君心有微澜

临渊鱼儿——著

河北出版传媒集团
花山文艺出版社

图书在版编目（CIP）数据

君心有微澜/ 临渊鱼儿著. —石家庄:花山文艺出版社,2016.8（2020.3重印）
ISBN 978-7-5511-2916-9

Ⅰ. ①君… Ⅱ. ①临… Ⅲ. ①长篇小说—中国—当代 Ⅳ. ①I247.5

中国版本图书馆CIP数据核字(2016)第164195号

书　　名：**君心有微澜**
著　　者：临渊鱼儿
策划统筹：张采鑫
选题策划：胡晨艳
特约编辑：层　楼
责任编辑：卢水淹
责任校对：齐　欣
封面设计：严小曼
内页设计：逸　一
封面绘制：一世核桃儿
出版发行：花山文艺出版社（邮政编码：050061）
　　　　　（河北省石家庄市友谊北大街330号）
销售热线：0311-88649221/29/35/26
传　　真：0311-88643225
印　　刷：三河市华东印刷有限公司
经　　销：新华书店
开　　本：880×1230　1/32
印　　张：8
字　　数：279千字
版　　次：2016年9月第1版
　　　　　2020年3月第2次印刷
书　　号：ISBN 978-7-5511-2916-9
定　　价：42.00元

君心有微澜

目录

君心有微澜

目录

第一章
相逢亦是偶然

"你就是陆遇止？"

清软的嗓音，平和如秋水，不带丝毫的攻击性，却成功地阻止了男人急促的脚步。

陆遇止的视线冷冷地转过去，女孩儿站在原地，垂下双眸任他打量。她神色平静，仿佛对这种事已习以为常。

眼前的人一身白色棉裙，一个淡蓝色的口罩遮住大半张脸，脚下一双白色布鞋……从头到尾都没什么看头。

陆遇止粗略扫了几眼便收回目光，长腿一迈，便越了过去。

"叶总工，刚刚那个就是陆总啊，你不是要找他吗？"

"没事。"叶微澜看了一眼十米开外那个颀长的身影，"他很快会回来找我的。"

"陆总。"

原本围成一团的人一看到陆遇止出现，迅速散开，排成整齐的两列。

"说说具体的情况。"

这个男人仿佛天生就带着一种上位者的威严，语气再淡然不过，却带着不怒自威的气场。

大家面面相觑，没有一个人敢出声。

那些资历比较老、稍微有些眼色的，早摸清这位高高在上的陆总表面虽云淡风轻，可骨子里却透着一股阴狠劲儿……再加上这次的事情还挺严重，谁都不想去做那捅马蜂窝的人。

陆遇止有些不耐烦地看向后面匆匆赶来的助理："你来。"

程杨推推鼻梁上的眼镜："爆破现场出了意外，导致附近地下水道阻塞，另外……"

"呵！"

跟在这人身边好几年，程杨完全知道这个单音意味着什么，路上来得太赶，后背稍稍出了点儿汗，被秋风一吹化作了丝丝凉意爬进皮肤里，他禁不住打了个冷战。

"这个工程的负责人，我要见他。"

"叶小姐一直在出口处等你。"

手心还积着汗，程杨心里有点儿担心那个看起来柔柔弱弱的女孩儿待会儿如何受得住这个人滔天的怒火。

陆遇止发起狠来可是不分场合不分对象的，这一点没有人比程杨更清楚。

"她？"陆遇止瞥过去的目光只捕捉到一个背影。女孩子站在树下，白衣黑发，安静得像一幅画，他唇边缓缓露出一丝笑意。

程杨已然收到危险的信号："是的。"

尽管感到难以置信，但这已经是他再三确认的结果。

那个看起来很是年轻的女孩子，便是这次爆破工程的总负责人，业内炙手可热的高级爆破精算师叶微澜。

不过，虽然有合作，程杨却是只闻其名，不曾亲见过其人。

太年轻了。

虽然看不到她的脸，但那双眸子看起来那么不谙世事，清澈得不可思议，和"爆破"这样的字眼太不搭了。

"叶小姐，"一个熟悉的清冷声音插了进来，"看来你蛮有自知之明的。"

程杨轻而易举嗅出了这话里的挖苦意味。

叶微澜闻声看过去，见那男人的视线直直地落在自己的脸上，她皱眉："什么意思？"

陆遇止脸上的表情耐人寻味："难道叶小姐不是知晓爆破失败，无脸见人，这才……"

叶微澜这时才明白过来他刚刚一直在看自己的口罩，忍着嗓子里的微痒，她反问："无脸见人，这还不是拜你所赐？"

陆遇止冷笑道："天才爆破师？完美爆破专家？万无一失？呵，真是有趣。"

他话锋突然一转，看向旁边的程杨："这世上太多的金玉其外败絮其中，以后记得要擦亮眼，不要让那些沽名钓誉的宵小之人钻了空子。"

点不点头都难做人，程杨决定还是站远点儿，保持沉默。

"我不觉得这是一件有趣的事情。"

叶微澜看向这个比自己高出许多的男人，她眸光微转，语气严肃地分析起来："第一，你视人命为草芥，丝毫不顾虑他们的安全；第二，你不懂得信任和尊重别人；第三，你……"

她眉梢轻蹙的模样，似乎真的没有听出"有趣"两字的讽刺之意，反倒是认真地同他辩解。

生平第一次被人指着鼻子骂，而且对方还是一个女人，这种感觉太新鲜了，陆遇止隐隐到了爆发的边缘，他薄唇紧抿，手背上青筋毕露。

一旁的程杨听到某个关键信息，突然尖声问道："图纸被改动了？"

"是的，你们未经同意就改动了我的图纸。"

爆破会出现意外根本不在叶微澜的意料之中——只要那份图纸署名"叶微澜"，便不会出现意外。

这也是她从业以来第一次发生意外，而在之前的现场勘察中，叶微澜发现某些炸药的安放位置，和图纸上是有出入的。

那么原因只有一个，有人擅自改动了她的爆破精算图。

"不可能！"程杨下意识地反驳。那份图纸是由他经手的，属于公司的绝密文件，不可能被人更改。

叶微澜转身轻咳了几声，一个小时前服下的感冒药让她的脑子有些昏沉，她从包里拿出手机，在屏幕上画了几下，递到两人面前。

因为工作的缘故，叶微澜的手机配置比市面上的手机要高很多，两人很快看到屏幕上现出的3D影像：一座座微缩的居民楼，"轰隆"一声巨响后，黄色爆破云迅速在空中聚集，像一朵朵硕大的花，片刻后，高楼被夷为平地，一切恢复平静，仿佛什么都没有发生过。

"如果按照我的计划，那么最后，每一个瓦片、每一粒尘土都会去向它们该去的地方。"

程杨被这女孩儿眼中的那抹沉静、自信震撼得说不出话来。

陆遇止则是看向不远处的废墟，目光渐沉。在他的计划里，三年内这里将会成为H市最大的商业中心，而以陆氏命名的商业大厦也会成为地标式建筑……

他将在脚下的这片土地上，开拓出另一个传奇的商业帝国。

虽不迷信，然而，眼前坍圮破败的景象，一开始便屡遭不顺，终究让陆遇止的兴致败了几分。他转过身来："如果事情真的如你所说，我会给你一个交代。"

"不必，"叶微澜定定地看着他，"我从不在乎这些虚名，也不屑做那沽名钓誉之徒，你真正要给交代的是那些差点儿因此而受伤的人。"

程杨不合时宜地想，这女孩儿，太有胆色了。

他已经不敢去看旁边某人的脸色，毕竟第一次当众吃瘪什么的……

半个小时后，陆遇止离开施工现场，路上接到妹妹的电话，说家里的猫不见了，问有没有在车上和他一同外出。

陆遇止察看了一圈，没有发现露露的身影。他漫不经心地安慰妹妹："你别着急，它可能躲在哪个角落睡懒觉了。"

陆清灵知道哥哥向来对这种事不上心，而且他对露露也没什么好感，便也不多说什么，挂了电话。

几乎同一时间，走在回家路上的叶微澜也接到了经纪人杰森的电话，这个美法混血的男人语气带着夏威夷热情的气息："叶，我请你吃饭吧，就当作是庆功宴！"

脚步越来越虚软，叶微澜扶着墙慢慢坐在石阶上："庆祝我第一次砸了自己的招牌吗？"

杰森在电话里大惊小怪地嚷："发生什么事了？"

听完解释，他怒火冲天："What？他们改动了你的图纸？破了你不败的神话？我要去告……"

叶微澜低咳几声："杰森，我们合作了这么多年，你应该是了解我的。"

杰森沉默了，可还是为她抱不平："叶，你太善良了，你不知道……"

"或许这是冥冥中的注定。"叶微澜苦笑道，"杰森，这件事到此为止，另外，一个月之内不要给我接新的任务。"

"知道了，你好好休息。"

风凉叶飞，多年前也是这样一个秋天的午后，她失去了生命中最重要的那个人。

妈妈，您也不希望我把我们原来的家炸掉吗？可是，它在不在，爸爸都不会回来了，不是吗？

叶微澜慢慢站起来："好了，现在轮到你了，你准备跟我跟到什么时候？"

回应她的，是一声娇俏的"喵"。

这只通体雪白的猫一路跟着微澜回来，她走它也走，她停它也停，彼此间保持着三米多的距离。

微澜招招手，那只猫竟不怕生，乖乖地走了过来。她蹲下身，轻抚它的后背，鼻尖嗅到一股轻微刺鼻的味儿，那是炸药爆炸后的余味。

这只很有可能是拆迁区的住户养的猫，不知什么原因和主人走失，便一路跟了她回来。

"那我先收留你几天，等找到主人了再把你送回去。"

那猫儿像听懂了般眯起眼睛，在她脚边蹭了蹭，讨好地"喵"了一声。微澜这时才发现它的眼睛竟是紫色的，像养在水中的上等宝石，有说不出的好看。

她摸摸它的头："走，回家。"

两个妇人一人一张小板凳在树下面对面坐着剥豆子。

"你听说了吗？昨晚那女人心脏病发，没几分钟就走了。"

"老话不是说吗？红颜薄命，你看她长那个样子……可怜还留下个女儿……"

"就是，听说在床边守了她死去的母亲一整夜，"先开口那个妇人接过话头，"按我说，她小小年纪，模样倒是会挑着长，长大定是个美人坯子。"

"女人长得太美也不是一件好事。"妇人浅笑着把剥好的豆壳抖下来，稀稀拉拉地混在满地黄叶中。

"说的也是。"

"对了，那小女孩儿叫什么来着？"

"孟行素。"

素素，以后你姓叶，叫微澜。愿你以后的人生纵遇大风大浪，也如微澜止于水中。

眼泪慢慢地从眼角渗出来，叶微澜用手指把它们轻轻揩去。天还没亮，她坐在床上，双手抱住膝盖，静静听窗外风吹树叶的声音。

淡淡的悔意覆上心头。

或许她不该接那项工程，那个曾经的家，也不该由她来亲自毁掉。

不知过了多久，从来只有她一个人的空间里，突然响起一个声音，微澜开了灯，眯眼稍稍适应了下："扣扣？"

"喵！"

这只猫儿颇通人性，昨晚微澜为它在客厅做了一个临时小窝，留下一盏小灯才回房。谁知睡得迷迷糊糊竟听见敲门声，她向来睡眠浅，对声音尤其敏感，便下床去开门。

房内透出的微光把一团小小的影子映在地上，微澜忍不住弯起嘴角，那猫儿竟然半夜来"叩"她的门，甚至把自己的小被子也拖了过来，压在肉肉的脚掌下。

它抬起头，又"喵"了一声，那双看着她的紫色双眸似泛着一股委屈。

微澜侧身让开，它满意地伸展了下四肢，便走了进去，还不忘带上小被子。

一人一猫，相安无事地过了一夜。

"早安，昨晚睡得好吗？"

扣扣爬到床上，在她手边蹭了蹭："喵！"

吃了药，又捂了一夜，烧退了，感冒也好了些，微澜准备了两份早餐，她厨艺极好，吃得扣扣眼睛都眯起来，最后像一头撑圆了肚子的小猪一样懒懒趴在她脚边不肯动。

手机"叮"一声，提示有新消息进来，微澜拿起来一看，是二堂姐叶子若发来的。

"警告你啊，后天陆夫人的生日晚宴，不准缺席！"

微澜看了一眼就退出界面，蹲低身子去逗猫儿玩。果然不出所料，没一会儿又陆续进来几条新消息，最后干脆来了电话。

"没死就吭一声。"

"喵！"

"咦，猫？对不起啊，我打错电话了。"

"好的，再见。"

"啊啊啊！叶微澜你怎么养猫了？"叶子若几乎惊掉了下巴，"你不是最喜欢清静的吗？"

"路上刚好遇到，就捡了回来。"微澜爱极了扣扣软软地在自己手心蹭的感觉。

"你这是拐卖未成年儿童！哎，怎么没有声音了？"

"不跟你说了，我先问问它有没有成年。"微澜装作要挂电话。

"好吧，我实话告诉你，"叶子若也不兜圈子了，"我听老头儿说那就是个鸿门宴，陆夫人是想趁着生日宴为自己挑儿媳妇！"

她可不愿意像那白菜萝卜一样，任人挑挑拣拣。

"你也快三十了，是该考虑一下终身大事了。"

"呸，我才二十七！"叶子若咬牙切齿，"一个字，到底去不去？"

"我能说'不'吗？"微澜揉揉眉心。

"不能！"

"你怎么给我挑这样的裙子？"

叶子若在上流名媛圈这么多年也不是白混的，眼光要用"毒到"方可形容，她满意地看着手中湖蓝色的长裙："不好看吗？这可是 syhn 的新款，独家定制。"

好看过头了。

微澜眉心轻皱："你确定要我这么穿？"她会成为全场焦点的吧？

"怕什么？放心地穿，你今晚绝对不会中奖的！"叶子若就差拍胸脯跟她保证了，"毕竟他们都讲究什么乱七八糟的门当户对……"

该死的，怎么把从老头儿那儿听来的一套说出来了？

叶子若恨不得咬断自己的舌头："微澜，我……我不是那个意思……在我心里，我一直把你当最好的姐妹。"

微澜浅浅一笑，仿佛真的一点儿都不在意："没事。"

叶子若见她面色无异，便稍稍宽了心，不过还是有些痛恨自己的口无遮拦。

微澜是叶家收养的女儿，因为某些原因一直不讨老爷子的喜欢，不过叶子若真的是从心底把她当作姐妹。

陆家夫人的生日宴在六点准时开始。

"微澜，救命啊！"

叶微澜向来低调，可偏偏事与愿违，那些吸引过来的惊艳目光让她觉得如芒刺在背，她干脆躲在角落，大方欣赏着场上打扮得花枝招展的各式美女，忽然一阵风过来，叶子若人就到眼前了。

"微澜，你真是……"叶子若搜肠刮肚，好不容易才憋出一句，"美得太惊心动魄了！"

叶微澜不自然地低垂视线："咳！你又闯什么祸了？"

"老爷子要我去弹琴为陆夫人祝寿。"叶子若咬牙切齿，白白浪费了她身上那袭优雅的蓝色长裙。

"这不是你的拿手绝活儿吗？"叶微澜可不相信这个钢琴十级的人会被这

种小问题难倒。

"可问题是，我刚刚看上了一个男人！"

"交给你了啊，我追我未来老公去！"叶子若匆匆扔下这句话，便大大咧咧地提着裙摆走开了。

微澜甚至还来不及跟她说自己不会弹钢琴。叶家的女儿皆是琴棋书画样样精通，可她偏生是个例外。

坐在琴凳上，面前一份简简单单的《祝你生日快乐》歌谱让叶微澜很是为难，她是真的不会，可也只能硬着头皮上了。

好一会儿后，一阵断断续续的怪异琴音成功打断了宴厅里人们的言笑晏晏，甚至惊动了一直站在阳台上冷眼观看楼下情况的陆遇止，他叫来管家："你去看看怎么回事。算了，还是我亲自去看吧。"

母亲大肆举办这个生日宴的目的，那可真是司马昭之心路人皆知了，不过他偏不让她如愿。

刚走到门口，那琴声便停止了。

陆遇止倚在门边，听到里面传来"五五六五一七，五五六五二一"的声音。

陆遇止太清楚今晚来参加宴会的女人的心思，他想，这个女人的手段倒也算得上高明，竟想到用这种独出心裁的方式吸引他的注意。

然而，他并不打算让今晚出现在这里的任何一个人如愿。

陆遇止面露冷色地走了进去。

海妖。脑中倏尔闪过这两个字，他的脚步立刻停了下来，视线却带着冷光重新射过去。

那是怎样的一幕？

海蓝色的裙摆铺了一地，女人仿佛静静坐在夜间的海浪上，她枕着月光，一颦一笑都带着一种妖意，红唇微弯，妩媚至极，可偏偏她身上又没有那种世俗的媚态，反而清新干净得像湖边初绽的水莲。

陆遇止见过许多女人，各式各样，可此刻才知道，这世间竟有人能把清纯和妩媚同时诠释出来，待反应过来时，视线已经停留在她胸口处那片雪白的肌肤上。

他仓皇离去。

凭着强大的记忆力，微澜硬是用阿拉伯数字的形式把那份简谱记了下来，和畅的乐音终于从指间流出来，她不知不觉沉醉其中，丝毫不曾察觉有人来过。

被人"客气"地换下来的时候，微澜松了一口气，心里暗想，要早知道这个是香饽饽，自己就不来凑热闹了，子若真是身在福中不知福。心思不知怎么转了个小弯儿，绕到这上面去了：也不知道这个陆家公子是个怎样的人物，怎么引得这么多人趋之若鹜？

不过，又与她何干呢？

"微澜。"

走到楼梯转角处突然被人叫住。

叶微澜回头一看，惊喜极了："宝姨，您怎么回来了？"

来人是叶微澜的恩师陆宝珠，她气质高雅、眉目祥和，让人有亲近之意，于她而言亦师亦母。

陆宝珠亲切地拉住微澜的手："我前天刚回国，今天就遇见你了，最近好吗？"

两人性情相投，多的是说不完的话，陆宝珠随手从服务生那里拿过两杯香槟："走，我们到阳台坐坐。"

刚走出门，有一个用人模样的人匆匆过来。

陆宝珠抱歉地笑笑："等我一会儿。"

微澜就站在原地等，她酒量特别差，平时基本不喝含酒精的饮料，便趁机把手里的香槟换掉了。

十分钟过去了，还不见人回来，微澜便想着出去看看，谁知道刚走出几步，便看到走廊那边有人鬼鬼祟祟地拖着一个人走了过去。

微澜的心"咯噔"一下，鬼使神差地跟了上去。她担心那是叶子若。

那人把人拖进房间就离开了，门也没关。

微澜走进去，看到床上躺着一个陌生的年轻女人，乌发散漫，脸颊绯红，有点儿像喝醉了，又好像不是，她正围在床边认真地研究着，突然听到门外传来一阵阵沉重的脚步声……越来越清晰。

屋内陈设简单，几乎找不到可以藏身的地方，微澜只好躲到床底下。

门"砰"的一声关上，她那清澈的眸子映入一双锃亮的男士皮鞋。她屏住了呼吸，一动也不敢动。

没一会儿，鞋子脱了，有衣服挂在床沿，男人的……和女人的，床也开始摇动了起来，微澜突然明白过来了什么，她震惊不已。

动静越来越大，空气中的气息都变了，微澜紧咬牙关，还是忍不住想要尖叫出声。几乎同时，后面伸过来一只手紧紧地捂住了她的嘴巴，她立时瞪大了双眼。

床底下还有别的人！

而且根据手的大小和力度判断，应该还是一个男人，这到底是怎么回事？

叶微澜感觉全身都起了鸡皮疙瘩。

床上传来的响动越来越大，而身后又有一副温热的躯体紧紧贴着自己，叶微澜险些忘记了呼吸，她的脸涨得通红，胸腔里"扑通扑通"的心跳声，分不清是自己的还是他的。

叶微澜瞬间冷静下来，她甚至稍稍扭头去看后面的人是谁，可床底光线实在太暗，她只窥见一个隐约的轮廓，不过，男人一双浸透寒意的眼睛倒是令她印象深刻。

似乎隐隐还有些熟悉。叶微澜不合时宜地想，她一定在哪儿见过这个人，而且时间应该是在三天内。

陆遇止也在暗暗打量躺在自己身侧的女人，黑暗中视觉受限，其他感官倒是被肆意放大，他闻到了她身上有一种兰花般馨香的味道。

本来是极其讨厌女人身上有香水味的，但这味道并不令他反感，他因此还闻了好几次。

她鼻间那温暖的气息喷在手背上，竟带来一种奇异的痒，他另一只手还捏着她的脖子，它是那么细，感觉轻轻一捏就断了，那上面的肌肤竟像上等丝绸一般滑嫩，陆遇止都有些怀疑自己快要握不住。

这些心猿意马的想法很快被驱出脑内，他必须弄清楚她是什么身份，还有，她的目的又是什么？

床上声息渐止，想来已经是到了尾声，床上的女人到底是为何被人算计，叶微澜一点儿都不感兴趣，她现在只想赶快离开这个是非之地。

但很显然，身后的男人并不这样想，因为他的手正慢慢往下，放在她胸口的位置……然后，她又感觉到那手放在自己肩上，再然后，她整个人被扳正了过来，和男人面对面。

"放开我！"叶微澜小动作地挣扎起来。

陆遇止从来不懂怜香惜玉，反而把她钳制得更紧。可怜叶微澜长得纤瘦，感觉骨头似乎都被他捏在手里，额头上也开始冒出细汗。

这样一来，两人的身体便紧紧贴在一起，不过彼此各怀心思，都没有想到那方面去。

外面突然传来一阵紧密而急促的脚步声，而且似乎来的人还不少，一声巨响后，门被人从外面撞开。

"啊！"有人失声尖叫起来。

"不许进来！出去，全都出去，听见没有！"一个听起来颇有威严的男人的声音响起。

叶微澜掀开流苏一角，从细缝里望过去，来的人大部分都被堵在了门外，不过刚刚那么大的动静，稍微有点儿脑子的人想想都知道里面发生了什么。

一个女人突然哭着在床边跪了下来："我可怜的女儿啊！本来好好的，一眨眼的工夫，人就不见了……怎么就发生了这样的事？苦命的，你和少康的婚事怎么办？下个月就要订婚了。"

刚刚那个威严的男人也连连叹气："造孽啊！以后让我们这老脸往哪儿搁？"

那哭着的女人突然歇斯底里地要去打床上的男人，原本的贵妇修养像一张皮一样被她脱了，如一个泼妇般要为她女儿讨一个公道。

贵妇的丈夫本来也是由着她泄恨，可这一看那床上男人的模样，顿时吓得面无血色，赶紧制止："别打了，他……好像是陆家大公子啊！"

屋内突然死一般的寂静。

叶微澜敏感地察觉到身后的男人全身有那么一刻的僵硬，不过他很快调整过来，显然是个自控力特别强的人。

难道是床上的其中一个人和他有关系？

接下来，事情以一种诡异的方式慢慢平息，最后屋里只剩床底下的两人。

"放开我！"

"先回答我的问题，你是谁？你……"质问的低沉男声突然变得有些异样，"你对我做了什么？"

陆遇止只感觉到脖子后一阵酸痛，人便慢慢失去了知觉……

晚宴接近尾声，不少千金贵女媚眼含羞四处张望，可奇怪的是，今晚的真正主角却不见露一回面，临别时心里不免有些依依不舍。

且不说攀上了陆家这条高枝前途何等无可限量，听说那陆家二少不仅相貌出众，而且能力卓绝，昔日那陆氏集团已到了残喘边缘，硬是被他救了回来……虽说他心肠是硬了些，不过要是得了这样一个男人，使出浑身解数，难保他不化作那绕指柔。

可却不曾想过，这男人却心硬到连一次见面的机会都不给，怎不叫人扼腕叹息？

晚宴结束一小时后。

"王管家，立刻帮我查清楚晚宴上弹琴的那个女人是谁。"陆遇止交代。

"是。"管家反应很快，"今晚弹琴的一共有七位小姐，不知道您要找的是哪位？"她习惯性地抬起头，惊讶地发现自家公子脸上似乎沾了点儿什么东西，不由得多瞧了几眼，心底暗暗猜测，那不会是……灰吧？可他平时连衣服上的一点儿褶皱都无法忍受，又怎么可能……一定是自己眼花了。

陆遇止稍稍回忆了一下那女人的长相，有些懊恼地发现已经没什么明显印象了。他轻咳一声："蓝色长裙，曲子是《祝你生日快乐》。"

莫不是看上了哪家的小姐？管家连声应着："我这就去查清楚！"

"杨姐，公子刚刚又把您错认成王管家了。"管家身后的女仆说道。

"可不是，我在陆家十多年了，他叫对我名字的次数……"管家杨姐比了比自己的手，握成一个拳头，"他就一次都没叫对过！"

"可不是，我听小姐说，这世上的女人啊，在他眼里都是一个模子印出来的，用时下年轻人的说法，我们公子可算是脸盲症的重度患者啊！"

"哎，不跟你嘴贫了，我得赶紧去把那位小姐找出来，保不准这次有戏。"

那边喜气腾腾地奔忙着，客厅里却一片冰天雪地的景象。

"遇止，可有合心意的？"

陆遇止本来心不在焉地坐在沙发上，听到这里眉峰突然一拢，随后不知想到什么又舒展开，他摸了摸下巴，语气颇玩味："叶家二小姐感觉还不错。"他面上的表情还是一如往日的冷淡，看不到什么波澜，可内心却是痛快、愉悦极了。

一个妖媚的女人，一个和良家妇女、贤妻良母、宜室宜家完全不搭边的女人，如果她成了陆家的儿媳妇，不知道母亲，您会作何感想？

似乎和意想中的答案有所出入，陆夫人几不可察地皱了一下眉，轻声问："叶家二小姐？"她的声音一直都是轻轻柔柔的。可就是这样一个温柔的人，做起伤天害理的事情来却毫不心软。

站在一旁的管家适时提醒："夫人，叶家二小姐叶子若知书达理、性情温婉，更是弹得一手好琴，今晚那曲《祝你生日快乐》便是出自她手，另外，她长得那真是美艳动人……"

"杨姐，你话太多了。"陆遇止冷冷地打断。

"是。"被叫错的王管家嘴角抽搐了一下，默默退到一边。

陆夫人对这个女孩子全无印象，她在山里住了太久，也是近段时间才起了和人活络的心思，实在是儿子的终身大事不能再拖下去了。

"你真的喜欢这位叶家二小姐？"她柔声询问。

陆遇止露出浅笑，可笑意分明没有到眼底，那处满是寒意："没有比这更确定的事。"

陆夫人胸口的某个地方紧缩，疼得她几乎说不出话来。

半夜，钟敲过了十二点。陆遇止躺在床上，慵懒地半合双眼，那修长的手指把玩着一朵蓝色的珠花，他唇边始终含着淡淡的笑。

窗外，秋风榨尽了叶子的最后一丝绿意，它们发出满足的吟笑，肆虐而去。

英俊的男人把那珠花递到唇边轻轻一吻："晚安，海妖小姐。"

第二天，陆遇止一大早就到了公司，助理早已把准备好的资料放在他桌子上，他看了十分钟，便起身泡咖啡，这是他每天的习惯，几乎从不假手于人。

浓醇的黑咖啡，是他身体上的瘾，如何都不能戒掉。

秋渐深，大约七点时分，整座城市才慵懒地苏醒了过来。

程杨到办公室时，一点儿都不意外地看到桌上放了一沓批阅好的文件，他心里叫苦连天：这跟了一个什么人啊？没日没夜地工作，跟不要命似的。

"我出去一下，十点的会议由你主持。"陆遇止交代一声。

程杨愣了几秒才反应过来，可那人早已经消失在门外，他看看窗外，天没变色，也没刮妖风，一切都再正常不过。

陆遇止的车子正等在红绿灯的关口，他的手放在方向盘上，唇边带着若有似无的笑意。

与此同时，叶家大宅里。

得知自己不幸入了陆家二少法眼的女主角却惊得花容失色，她第一个念头便是："他眼瞎了吧？"

反之，叶家老爷子一脸喜色，先夸这年轻人有眼光，又感叹自己的孙女有福气，好像两家联姻已经是铁板钉钉的事。

虽是满心不情愿，但碍于叶家大家长的威严，被精心打扮好的叶子若还是上了车，不过那张喋喋不休的嘴巴倒是一路都闲不下来。

"这实在太惊悚了！你说他连我是男是女，是圆是扁都不知道，怎么就看上了呢？"太气人了！他看上她，她还看不上他呢！

"嗯，"叶微澜看着自己的手机，漫不经心地答，"我也挺想知道的。"

还能不能好好聊天了？

叶子若一肚子气，无奈身上那套极贴身的淑女裙施展不了大动作，她只得把双颊鼓起来。

"林叔，麻烦您路边停下车。"叶微澜说道。

"你干吗去？"在叶微澜准备下车时，叶子若突然拉住她。

叶微澜抽回手："我去买点儿猫粮。"扣扣这几天伙食太好，比刚来的时候胖了好大一圈，她决定让它回归正常饮食。

"我以为你是要陪我一起去的。"叶子若的脸皱成了苦瓜。

"没有，"叶微澜老实地摇摇头，"我只是顺路搭车而已。"

叶子若就这样眼睁睁看着叶微澜推开车门走了下去。有的时候，叶子若很羡慕这个女孩子，觉得她像一阵自由的风，除了三叔三婶这个温暖的港湾之外，这世上大概是没有什么东西能困住她的吧？

在约好的咖啡厅里坐着，叶子若时不时去拉扯裙摆，粉色蕾丝？老天！她的头脑是受了什么蒙蔽，怎么会允许这么拉低品位的东西穿在自己身上的？

浑身透着不适，正想溜之大吉之际，叶子若突然看见一个西装笔挺的英俊男人在对面坐了下来。突然意识到什么，她有些尴尬地把撩到膝盖处的裙摆放下去，然后朝他微微一笑。

陆遇止紧抿着唇，一脸严肃地盯着对面的女子。

很不对劲。虽然不记得那个女人的长相，但感觉和直觉都告诉他，不是眼前这个女人。

叶子若刚想打招呼，岂料，那男人竟然奇怪地瞪了她一眼，转身便走了出去。

她气得浑身乱颤，胸口处剧烈地起伏着，竟隐隐有一种要将那层薄纱撑破之感。搞什么嘛？莫名其妙，这么没有礼貌没有风度的男人倒贴给她她都不要好吗？

初次见面，不欢而散。

陆遇止直接回了家，连走路都带着一股似怒的风，杨姐再三确认后肯定地告诉他，那晚弹奏《祝你生日快乐》的确实是叶家二小姐，而她当晚穿的正是蓝色长裙。

关键点都对得上，但就是人对不上，那就令人费解了。

"她那晚是独自前来，还是有人陪伴？"陆遇止突然想到了某种可能。

"是叶家三小姐陪同她过来的。"杨姐手里有当晚的宾客名单，而且她记忆力很好，"叶家三小姐叫叶微澜……"

"叶微澜。"陆遇止薄唇中轻轻吐出这三个字，双眸渐渐眯了起来。

原来是她，他轻哼一声："真是有趣。"

有趣极了。

杨姐见他神色有些反常，便多嘴问道："公子您认识这位叶小姐？"

"不认识。"不过，很快就会认识了，而且会以一种深刻的方式。

这时，王管家走了过来，她一脸凝重的表情："公子，夫人请您过去一趟。"

陆遇止已经隐隐猜到母亲找自己是为了什么事，虽然他把那件事压下来了，但纸终究包不住火。

果然，他一走进客厅，便看见向来不轻易露面的祖母坐在沙发上，甚至连妹妹陆清灵、姑姑陆宝珠也在，眼尾稍稍一扫，便看见母亲眼眶红红地站在一边，神色有说不出的凄苦委屈，他心底升起一股淡淡的烦躁。

"奶奶，发生了什么事，竟惊动了您老人家？"

陆老夫人向来最疼爱这个孙子，一看他出现，立刻把板着的脸松开，顿时变得眉开目笑："阿止，你怎么回来了？"

"奶奶您也真是的，回来也不告诉我一声，我好亲自去接您啊！"在这个敬重的长辈面前，陆遇止一改人前的冷漠，多的是说不完的甜言蜜语。

相比之下，陆清灵却大气都不敢出地坐在沙发上，腰杆挺得直直的，心里也打着鼓，她还不知道发生了什么事。

"遇止，跟我说说那天晚上的事。"陆老夫人十九岁开始掌家，说话都带着威严之气。

陆遇止简单解释了一遍。老太太听得眉头的皱纹都快打结了："好好的怎么会发生那种事？传出去多不好？你大哥……唉！"她重重叹了一口气，瞪向儿媳妇的目光仿佛啐了毒，"要不是当初……又怎么会被人这样设计？他们不就欺负他是个……遇止，你一定要把事情查清楚，给你大哥一个交代。"

陆夫人苍白着脸，双唇更是退尽了血色，她似乎想张嘴说些什么，但终究还是什么都没有说。

"是。"陆遇止一直留意着角落的某处。看见那人眼中的泪光，他心中不期然地闪过一丝疼痛。

"奶奶，我打算听您的话，要定下来了。"

听了这话，老太太这会儿竟是惊得连话都不会说了。

在场的每一个人都呆愣住了，陆清灵更是惊得嘴巴好半天都闭不上。

"你这说的可是真心话？"老太太双手发颤，连声音都在抖，"不是在哄我开心？"

陆遇止笑了，他平时很少这样笑，连眉眼都染了笑意："那您现在开心吗？"

反正迟早都是要定下来的，只是不知道和哪个女人罢了，不是吗？

老太太连连点头，喉头哽咽着，那嘴角的皱纹陷进老迈的皮肉里。

开心啊，当然开心，知道你要成家，奶奶余生将欢喜相伴，死后也能含笑九泉了。

因母亲做的那些肮脏事，陆遇止对这个同父异母的哥哥抱着一种愧疚之心，虽安排了专人精心照料他的衣食起居，却很少来看他。

那双如稚童般天真的眼睛总是会让他夜不能寐。

是的，陆家大公子陆择一智商低如儿童，是个不折不扣的傻子，可又有谁记得，他曾经是陆家上下一致看好的继承人呢？

而这一切的始作俑者，就是自己的母亲！

不能再想下去了，陆遇止紧握拳头，指甲陷入掌心，他重重地捶向墙壁。

待情绪稍稍平静下来，陆遇止才察觉不知何时竟走到了这个地方，他刚准备转身就走，门却突然开了。

"公子？"一个中年女人走了出来，看见站在门外的人，她的神色不是一般的惊讶，甚至藏着一丝不易察觉的慌乱，"您怎么过来了？"

陆遇止站在那儿，从走廊尽头吹来的风鼓起他的外套衣摆，他用手抵住唇："我哥……"

这个称呼实在太陌生了，他有多少年没有这样叫过了？一阵阵寒意从脚心蔓延到心脏，竟带着那个地方微微颤抖起来。

那妇人似乎并没有察觉他的失常，只轻声道："大公子吃完药刚睡下。"

大脑损伤，陆择一时常要靠药物来抑制疼痛，而那药几乎无一不带着让人深眠的成分，从出事那天起，陆家就没有陆择一这个人了，"大公子"这三个字，是陆遇止唯一能给他的体面。

"好好照顾他。"

"是。"妇人恭敬地送他走远。

然而，那个原本应该在床上熟睡的人，此刻却衣衫不整地缩在角落里，他双手抱着头，脸上都是泪，交错着斑驳的指痕。

沙发上坐着一个人，看不清面貌，也不知道是男是女，只听得那人的手指在桌上有一下没一下地轻轻敲着。

"你也真是个没福气的，绝世大美女不要，偏要那不入流的小贱人，你说你是不是傻啊？"那人突然哈哈大笑起来，声音竟是不男不女的，听起来诡异得很，"噢，不好意思，我忘记你本来就是个傻子了。"

陆择一跪在地上不断磕头，一会儿空气中弥漫开一股浓烈的臊味。

那人嫌弃地捏紧鼻子，冷笑着打开门出去了。

"收拾一下。"

"是。"候在门口的妇人应道。她声音平静，似乎这种事情早已司空见惯。

因为伙食被缩减得太厉害，扣扣好长时间闷闷不乐。叶微澜闲着没事，变着法儿地逗它开心。

可这小东西似乎脾气还不小，叶微澜戳戳它圆滚滚的肚子，耐心同它讲道理："你太胖了，知不知道？这样不好……"

"喵。"我不胖，一点儿都不胖。

"这是你喜欢的香浓排骨，"叶微澜不得不拿出了杀手锏，"不过你要答应我，吃完了就下去散散步好吗？"

"喵！"紫色的眸底闪着满意的光，不一会儿一碟排骨便见底了。

扣扣的食量和进食速度越来越惊人了，叶微澜看得目瞪口呆，一只血统高贵的猫，竟让她养成了这个样子，心里越发对它原来的主人感到愧疚。

公园里人很多，叶微澜不是个喜欢热闹的人，她选了一条幽静的小路，带着扣扣慢悠悠地走。

一开始扣扣还配合她的速度，不过接了个电话的工夫，它就撒欢似的跑远了。叶微澜望去，竟看见那猫儿跑进一团花里，扑、滚、扫，自个儿玩得不亦乐乎。

"叶，你还在听吗？"

"嗯。"叶微澜收回视线，"你刚刚的意思是，有黑客入侵了我的电脑，修改了爆破图的数据？"

她的第一个反应是不可能，当初那个人曾经说过："你电脑的保护系统，这个世界上只有三个人能破解。第一个人是我的老师，他前年去见了他的上帝；第二个人，如今他坟头的草大概已有半人高；至于第三个，那就是我孟遥光，不过，我才不做那么无聊的事。"

杰森对她强大的理解能力佩服得五体投地，他刚刚是说可能入侵了双方其中一方的电脑好吗？她是如何曲解成这个意思的？

"只有一种可能性。"

杰森以为她有了什么新突破的见解，下意识地追问："什么？"

"黑客入侵的是他们的电脑。"

这女人数理能力强大到非人的地步，其他方面的反射弧却长得不能再长，杰森无语凝噎。

"噢，你开心就好。"

"我为什么要开心？"叶微澜疑惑极了，"因为他们入侵的不是我的电脑？"

杰森："……"

挂了电话后，微澜发现自己走到了湖边，蓝净澄透的湖面，被夕阳涂抹了一层柔和的胭脂，仿佛一个含羞的娉婷少女。空气中团团香气袭人，温软馥郁。

咦，她是不是忘了什么东西？

"扣扣？扣扣……"

好不容易寻得一个清静之处，忽然被人打扰，坐在湖边的男人心情实在不能太糟糕。他从草地上起身，正要寻找那恼人的声源，谁知却见一道曼丽的身影从眼前一闪而过。

披肩长发，蓝色棉裙。

熟悉，熟悉极了。在哪里见过？一定见过！

"叶微澜！"陆遇止脱口喊出这个名字。

可叶微澜此时的心思都在找扣扣上，哪里听得见有人喊自己，反而脚步更快了。陆遇止以为她心虚要逃跑，想也没想地加快速度追上去，从后面一把拉住她的手。

叶微澜一个踉跄差点儿栽了跟头，她站定后，懊恼地看向拉住自己的人，还没来得及说话，却听他冷冷地问："你是叶微澜？"

一张千娇百媚的脸，那不点而朱的唇，清澈而又带着些许戒备的眼睛。陆遇止心里的那个声音越发清晰，应该就是眼前这个女人了。

不过看她一副无动于衷的模样，陆遇止又有些不确定了，他第一次有些痛恨自己在女人方面过目即忘的能力。

不过，他自有自己的确认方式。

叶微澜眼睁睁看着这个高大的男人朝自己凑过来，她清眸微瞪，下意识要挣脱，却不料他竟然把头埋在自己的脖颈间，甚至深深吸了一口气。她全身立刻起了一层密密麻麻的鸡皮疙瘩。

她是遇上……变态了吗？

不过，男人很快就把她松开，叶微澜迅速地向后退了两三步。

"你就是叶微澜。"

听见男人低沉中稍微带着愉悦的声音，叶微澜第一反应是：她真遇上变态了，而这个变态还知道她的名字，显然他是有备而来的。

她看过去，目光一顿，男人一身休闲装。

叶微澜认得那是英国的某个经典品牌，尤其是那皮相竟是少见的俊朗。这年头，变态都把自己伪装得这么衣冠楚楚吗？

不过，这不是重点。

叶微澜启动了惊人的计算能力：撒腿就跑，成功几率 0；正面冲突，成功几率 -93.78%……几秒后，她有些失望地发现，连自己最擅长的侧旋踢都用不上了，对面的男人估计有一米九，占尽了身高的优势，她估计没法一下把他扫趴。

"你是谁？"唯有拖延时间，体力上胜不过，那就在智商上将他全面碾压。

"你不记得我了？"陆遇止有些惊讶，当初在晚宴上这女人千方百计想吸引他的注意，现在却说不认识他？不过，这欲擒故纵的手段他见得多了。

算了，陪她玩玩。

"我为什么要记得你？"

得，还玩上瘾了。

陆遇止从兜里掏出一朵蓝色的珠花，递到她眼前。他的唇轻轻抿着，也不说话，反而饶有兴趣地观察她的表情。

那朵珠花已经有些散了，不过叶微澜还是第一眼就认了出来，它来自那天晚上她参加晚宴的礼服，正好别在胸口的位置，而当晚她唯一一次和别人有身体上的亲密接触……想到这里，她猛地瞪大了眼睛。

陆遇止似乎很满意她的反应："想起来了？"

"你想做什么？"

男人带着轻笑步步向她逼近，两人的脸隔了不过几厘米的距离，他几乎能闻到她的气息，像那晚一样，温暖又馨香的气息，他的手指轻佻地游走在她背部："那天晚上你是不是这样，嗯？"

天色渐暗，凉意一层层地裹上来，周围静悄悄的。这时，叶微澜依稀间听见不远处传来一声声娇软的"喵"，心里似乎有了某种依靠。

陆遇止听到声音抬头，看见一只大胖猫从草丛里蹿了出来，直奔那女人的脚下，他收回了手。

"喵！"扣扣赌气似的在她脚边蹭了几下，忽见一道逼人的阴影落下来，几乎把它硕大的影子盖住。

太过分了！谁这么没眼界，竟压住了我帅气逼人的影子。扣扣紫眸带着怒气瞪过去，瞬间像炸毛了一样跳起来，好像见了鬼似的，一眨眼的工夫就躲到叶微澜身后去了。

它逃得迅速，可哪里逃得过陆遇止的眼睛，月亮在他身上披了一层清冷的光泽，衬得那眼底的阴郁之色更甚，他捏住猫儿直接把它提起来："露露？"

"喵！"嘤嘤，不是我。

"露露？"叶微澜似乎明白了什么，"这是你的猫？"

虽然很不想承认，但细细察看了三遍，这只捏在手里沉甸甸、胖嘟嘟的猫确实是家里无故失踪了的露露。陆遇止突然露出一个意味深长的笑容："果然人不可貌相，叶小姐，除了非法限制别人的人身自由外，没想到你还有非法拐带小动物的癖好。"

"喵！"前任主人颠倒是非黑白的能力真是越发炉火纯青了。

"你有什么证据能证明它是你的猫？"

陆遇止直接拿出手机，点开一张照片给她看，那是陆清灵发的寻猫启事。

细细核对了一遍照片和失踪时间等信息，叶微澜完全没有疑问了："既然如此，那便物归原主吧。"

"喵呜！"不要！

"扣扣乖，"叶微澜温柔地摸了摸它的头，"之前不是说好找到主人了就把你送回去吗？"

"扣扣？"男人冷哼了一声，语气满满的不屑。一人一猫根本不理会他。

"猫还给你了，你还跟着我做什么？"

"呵，这条路是你家的？"

还真不是。叶微澜又恢复了沉默，继续往前走着，周围的景色越来越陌生了，她面色依然沉静，可心里却渐渐打起了小鼓，不会是又迷路了吧？

陆遇止也存着同样的想法，他心情不好开车出来，开着开着就开到了这个地方，下车走了几百米才走到湖边，这女人就住在附近，想着跟在她身后能找到出路，没想到也是个不靠谱的，他暗暗叹了一口气。

叶微澜决定不走了，她拿出手机拨通了号码："小多，你可不可以出来接我？"

"你又迷路了？"那边传来一道中气十足的声音，"这个月都第几次了？"

"第七次。"叶微澜老实回答。

陆遇止一个没忍住笑了出来。叶微澜奇怪地瞥了他一眼，继续讲电话："我现在在湖边，旁边有一棵很高大的树，"她嗅闻了几下，"噢，是玉兰树。"

"OK！我知道在哪里了，这就出去接你。"

叶微澜挂了电话，神色淡淡地走到另一边，她出门忘了带外套，现在身上只有一条薄裙，感觉有些冷。

扣扣走到她脚边，软绵绵地蹭了蹭，乖巧极了。叶微澜弯腰把它抱起来，抱在怀里。

陆遇止眉眼沉静地看着她被月光映照得十分柔和的侧脸，微微扬了扬唇，这女人，有点儿意思。

没一会儿，林中有手电筒的光照过来，脚步声也近了："微澜。"

"小多，这儿。"叶微澜朝来人挥了挥手。

余小多顺便带了一件薄外套过来，体贴地披到微澜身上："冻坏了吧？我说你这人啊，真不适合出门，最好呢，是被养在金屋里，被人疼着宠着，一辈子都用不着出门。"

叶微澜脸有些红："小多，又麻烦你了。"

"咳，多大点儿事！"余小多洒脱地摆摆手，两道英气的眉毛高高地扬着，"我就当出来晚练了，咱俩谁跟谁，跟我客气啥？"

两人是在地铁上认识的，而且颇具戏剧性。

那时叶微澜刚下地铁，听到后面有人大喊："前面那位穿香蕉色衣服的小姐，你的手机被人偷了！"

她低头一看，身上正是一件黄色外套，往口袋里一摸，空空如也。

放在兜里的一盒牛奶不见了。

不一会儿，一个短发女孩子微喘着跑到自己面前，递过来一部老旧的诺基亚手机："给，收好了，以后小心点儿。"

叶微澜接也不是不接也不是："这不是我的手机，他刚刚偷走的是我放口袋里的牛奶。"

"啊？"那女孩有些不解，"不是你的？这小偷不会被我一腿踹蒙了吧，我让他把手机交出来，他竟拿了自己的手机给我！"

锐利的眼神往人群里一扫，见那趴在地上的男人正准备起身，余小多往前走了几步："哎！你跑什么，手机不要了？"

那人还真不要了，一瞬间跑了个没影儿。

"天下之事，无奇不有。"余小多摇摇头，转身走向叶微澜，"你好，在下大名余小多。"

"我是叶微澜。"

余小多咂咂嘴，晃了晃那部破手机："白白便宜了他一盒牛奶。"她可是很喜欢喝牛奶的。

叶微澜从另一个兜里掏出一盒高钙奶："你要吗？"

余小多一点儿都不扭捏地接了过去，朝她眨眨眼："谢啦，正好补充体力。"

这样爽朗大方又充满正义感的女孩子应该没人能拒绝，叶微澜也不例外。后来发现彼此竟住在同一个小区，两人便自然而然成了好朋友。

"对了，微澜，"余小多刚想说些什么，突然听到男人的轻咳声，她顿时警觉起来，手电筒明晃晃的光照过去，在那人的脸上轮了好几圈。妈呀，活见鬼了，她立刻"啪"的一声关了手电筒。

"不照了？"男人的嗓音带着秋夜独有的清冷，像被白霜冻过一样。

"嗨，"余小多连音都咬不准了，"陆……陆总，您……您怎么坐在那儿呀？"

"那你觉得我应该怎样……"陆遇止的语气顿了顿，"在哪儿？"

余小多立刻想到一幅美人月下玉体横陈的画面，感到那渐渐逼近的骇人冷气，她猛地甩头把不该有的想法甩出脑袋："没有，没有，您不应该站在那儿，也不应该躺在那儿，就应该坐在那儿，坐得好，坐得好极了！"

好友的反应太失常了，叶微澜轻皱皱眉，很快理清了当中的缘由。余小多是陆氏集团的保安，而眼前这人，她称他陆总，陆氏集团的总裁陆遇止？

叶微澜眉头皱得更深了，她之前见过陆遇止一面，刚刚怎么没认出来呢？

印象中一个大写的高傲又阴冷的男人。

微澜啊，月黑风高的，你怎么会和这么一号危险人物在一起啊？余小多盯着叶微澜欲言又止。

正主倒是没什么反应，陆遇止却先看透了余小多挤眉弄眼的含义，他气定神闲地解释："花前月下，一男一女，还能干什么？"

余小多心里起了惊天骇浪，她小心翼翼地问："那我刚刚有打扰到你们吗？"

"你可以将功赎罪。"

那就是有打扰到了。余小多忽然眼前一黑。

叶微澜显然听不懂他们在打什么哑谜，腿酸得厉害，她催促道："还不走吗？"

"走了，走了！"余小多打起手电筒，战战兢兢走在前面带路。叶微澜也打开手机内置的手电筒，借着光抱着扣扣走在后面，而陆遇止则走在她身后，一脸幽深的表情，仿佛在算计着什么，不可探究。

"你一直看着我做什么？"

"怎么，"男人的声音听起来有些慵懒，又透着点儿戏谑，"你背后还长眼睛了？"

叶微澜停下脚步，摸了摸自己的额头，很认真地回头对他说："我的体温升高了。"

"你的意思是……"陆遇止站在离她一米远的地方，那幽深的眼睛仿佛藏了星辰，清透极了，他微微一挑眉，"我看着你，你的体温就会升高？"

这倒是有趣了。他突然来了兴致："那心跳呢？会不会也跟着加快？"

"不知道，"叶微澜摇摇头，把手放到胸口位置，"我数数看。"

体温升高一点儿没什么大碍，要是心跳也加快，害了心律不齐的毛病，那可就麻烦了。

两分钟后，她得到了答案："平均每分钟95下，比平时多了5下。"还好在正常范围内，微澜放下心来。

"只多了5下？"不知怎的，陆遇止对这个答案感到有些失望。

叶微澜白了他一眼："每分钟心跳超过一百下，那就是心律不齐了，会死人的。"

唉，真不想鄙视他的智商。

陆遇止："……"

"呀！"一个没留心踩到小石块，叶微澜踉跄了下，陆遇止眼疾手快地扶住她。

从手心里传来又软又暖的感觉，一股独属于女性的幽香萦绕在鼻端，那不是人工香味，似乎是从兰花中采撷的香，与她的雪肤浑然天成地融合在一起，陆遇止竟有那么几秒的恍神。

叶微澜则淡定许多，她借他手的力站了起来，然后轻轻把自己的手从那只大手里抽出来。

她可没有那些关乎男女亲密接触的旖旎心思，只是觉得那手有些凉，碰着不舒服。

余小多走在前头，一路听后面那对男女旁若无人地"调情"，她忍不住把外套帽子戴上。

不能再听下去了，听得人脸红耳热的。

回到家，叶微澜先去洗了澡，吹干头发后，坐在沙发上用平板上网，热点新闻的弹窗弹了出来，她看了一眼，竟看到了一个熟悉的名字。

金晖奖，赵熙宁称帝，实至名归。

她心思稍稍一动，点进了下面附带的采访视频。

"赵先生，首先恭喜您获得了本次金晖奖的最佳男演员，能不能请您谈一谈感想？"

画面切换到一个男人身上，他一身优雅的黑色西装，站在那个万人瞩目的舞台上，灯光追逐着将他围住，他只是站着不说话，已经引得台下尖叫声连连。

"首先，我很荣幸能获得这个奖项，这不仅是对我的肯定，同时也是对我背后团队的最大肯定，"赵熙宁高举金色奖杯，"今晚的荣耀属于你们！"

现场的气氛被推向了高潮，他又换上温柔的微笑："另外，我还要感谢另一个人，她是我生命中最重要的人。在我最落魄最艰难的时刻，是她一直鼓励我支持我，如果没有她，就不会有今天的我……"

说到这里，他声音似乎有些哽咽。眼尖的主持人立刻调侃圆场："女朋友？"

叶微澜笑了下，心里无限感慨。他终于做到了，真为他开心。手机亮了一下，有新信息，她划开屏幕，看到上面显示赵熙宁的名字。

"睡了吗？"

他们其实已经很多年没见过面了，连电话都没通过，一直都用这样的形式联系。叶微澜一个字一个字地敲出来："恭喜你，大影帝。"

她敲得很认真，以至于错过了视频中"女朋友"后面的内容。

手机"叮"的一声，斜躺在沙发上的男人像是得了什么重要珍宝似的轻轻点开。看完信息，他的笑容渐渐加深，这时，开着的电视机里传来了主持人略带暧昧的声音："女朋友？"

赵熙宁视线扫过去，看到屏幕里那个熟悉又陌生的男人，听他用温柔又落寞的声音说："暂时还不是女朋友，不过很快就会是了。"

主持人眼睛都笑得眯成一条细线："不知道哪个女人这么幸运，能得我们大影帝的青睐？"

"不是，遇上她是我一生中最大的幸运。她是这个世界上最好的女人，是我一直觉得自己配不上她。"

此话一出，场下顿时如炸锅，连主持人都惊愕得不知道该如何接话，画面很快就切到广告，这段采访算是在此画上了句号。

赵熙宁回了短信，此时千言万语，也只有四个字敢说给她听："晚安，好梦。"

他向来将她的作息摸得很清楚，知道这个时候她应该要睡觉了。

只是，她会知道"晚安"就是"喜欢"的意思吗？

她会记得，这些年，他一共跟她说了两千五百七十八次晚安，她会察觉，他一共跟她说了两千五百七十八次"我喜欢你"吗？

"呵呵，多么感人的表白。"

赵熙宁浑身一僵，冷冷地看向来人："你怎么会在这里？"

柔和的灯光下站着一个优雅的女人，她的手一下一下地拍着："我来恭喜你啊，我的大影帝，我最亲爱的……儿子。"

"陆宝珠，"赵熙宁神色瞬间变得极冷，"收起你那副虚伪的面孔，少恶心人了！"

陆宝珠依然带着笑意，那保养极好的手搭在赵熙宁肩上："你真的有那么喜欢她，非她不可了？"

"你管不着！"

陆宝珠丝毫不在意他生硬的语气，她温柔地拍拍他的脸："你不能喜欢她。"

赵熙宁嫌恶地躲开。

"只要你身上一天流着我陆宝珠的血，你就永远别指望和她在一起，"陆宝珠语气变得激动起来，"你会毁了……她，你们会毁了彼此！"

"你为什么要对她那么好？"赵熙宁微微眯着眼睛，"一路照顾她，什么事情都为她着想，难道……"他面露阴鸷之色，"难道她也和我一样，是你陆宝珠在外见不得光的私生女？"他被人窥见心思，纯粹是口不择言，拣着伤人的话来说。

"你！"陆宝珠几乎气得浑身发抖，她一巴掌甩在他脸上，"总之，我不会允许你们在一起！"

　　"不送。对了，谢谢你刚刚提醒我，我身上流的血有多么肮脏。"

　　在陆宝珠走出门之前，赵熙宁嘴角噙笑对她这么说，他肤色白皙，脸边的五根红印还没消失，明晃晃的，有些扎眼。

　　门被重重甩上。

　　一切又恢复了沉寂。

陆遇止刚进家门，妹妹陆清灵立刻就迎了上来，像是专门等着他回来似的：
"哥，露露好久没吃东西了，它是不是得了厌食症啊？"

"是吗？"陆遇止淡淡瞥了一眼她怀里那胖胖的一大团，得厌食症倒不至于，就是有些蔫蔫的。

"发春了吧。"

"喵！"你才发春了！

陆遇止轻描淡写地说："这不是挺有精神的？"

"可是……"陆清灵还想说什么，看见哥哥眉间隐隐的疲色，她又把原本要说的话咽下去。

"是不是公司发生了什么事？"

"也不是什么大事，"陆遇止揉了揉眉心，"就是遇到了一点儿小麻烦。"

程杨告诉他，叶微澜拒绝继续合作，而就目前的情况来看，那个项目迫在眉睫，似乎还就非她不可。可偏偏程杨手上又只有她经纪人的工作邮箱，要联系上本人，这就有点儿棘手了。

"今晚不用等我吃饭了，待会儿我要出去。"稍微思索后，陆遇止决定亲自登门拜访。

"哥你要去哪里？"

"叶家。"

该不是要去找那叶家二小姐？陆清灵猜想，看来哥哥这次是认真的了，每次看到他形单影只，她都觉得心里酸涩不已，听说他要定下来，她真的是为他感到开心。

"真是稀客啊，"叶家老爷子春风满面地亲自把陆遇止迎进会客室，"怎么这会儿来了？"难道是来商量婚事的？

陆遇止在外人面前一向都是疏淡有礼的："打扰了。"

叶老爷子笑得眼睛眯起来："客气了。"反正迟早都是一家人。

哪怕在长辈面前，陆遇止依然不动声色地掌握着话语权，客气的寒暄过后，他状似不经意地提起："实不相瞒，我在母亲的生日晚宴上对您的孙女一见钟情，叶小姐真是美貌与智慧并重……"

叶老爷子得意得连胡子都翘起来了，心里暗暗盘算着，这事十有八九是可以成了。他想得太过投入，以至于忽略了对面那男人一脸深不可测的表情。

陆遇止在心底冷笑，可他太擅长控制自己的情绪，淡淡道："我与叶微澜小姐一番相识，用'惊为天人'四字形容也不为过。"

叶老爷子的笑瞬间僵在脸上。

叶……微澜？不应该是子若吗？

直到把陆遇止送出门，叶老爷子也没搞明白到底怎么回事。

她竟然没住在叶家大宅，这倒是奇怪了。陆遇止开着车，心里琢磨着，那天晚上和她就是在附近分开的，没道理……他突然想到一个关键人物。

余小多。

之所以对这个假小子似的小保安有印象，源于去年年终晚会，余小多得了"最佳员工奖"，是陆遇止亲自给她颁的奖。

为了达到目的，他一点儿都不介意对小员工滥用职权。

你有狡兔三窟，我也有顺藤摸瓜的法门……

站在那扇古朴的木门前，陆遇止微微扬起嘴角。

没有人应答，屋里静悄悄的，可有光从门缝里透出来，他又第三次去敲门，这一次里面总算有了回应。

门开了，可却没见着人，陆遇止轻轻推开门，谁料有一个影子竟然大摇大摆地在他前头走了进去。

露露？它又躲在车里跟着自己出来了？

真是拿它没办法，陆遇止摇摇头也跟着走了进去，才一会儿工夫，那猫儿已经趴在地板上呼呼大睡了。

陆遇止清越的目光看向坐在沙发上的人，只见她身上套了一件浅黄色的睡裙，素淡的灯光下，面部线条柔美极了，她垂着眸，那密长的睫毛时不时眨一下，扑闪扑闪的，像一把交合的小扇子。

他在原地站了十分钟，十分钟视线都定格在某个方向。

又五分钟过去了，可那人还握着笔神色专注地不知道在写些什么，似乎根本没有发现他的存在。

陆遇止突然轻咳了一声："你一个人在家？"

叶微澜听到声音抬头，看到一个男人坐在自己对面，身姿清隽挺拔，等看清他的脸，她有些惊讶："怎么是你？"

"不知道是谁你还开门？"陆遇止直接从桌上拿了杯子为自己倒了一杯水，"也不怕遇到坏人。"

叶微澜心想，我这不是已经遇到了吗？

爆破出现意外，晚宴床底下狭路相逢……在她二十二年的生命中，眼前这个人已经算得上是最坏的了。

叶微澜没说话，轻咬唇，又沉入自己的世界——她每次遇到棘手的问题，都会习惯性地咬住下唇。

陆遇止就这样被晾在一边，茶水喝了一杯又一杯，那只胖猫都比他强，睡得可惬意了，甚至打起了小呼噜。他终于有些不耐烦了："我有重要的事要和你谈。"

"没空。"叶微澜连头也不抬。

她必须尽快把那组被篡改的数据测算出来，才能还原当时的爆破现场，那些人做得不动声色，事后又抹得一干二净，甚至连电脑高手孟遥光都查不出蛛丝马迹，这太诡异了……她叶微澜可没得罪过这样的厉害角色。

壁钟发出沉重的声响，七点整，陆遇止心中烦躁，他已经在这里浪费了一个小时的时间，这在之前是从来没有过的事情。

"喵！"

"咦，扣扣，你也回来了？"叶微澜抬眸看过去，眼底浮现一层清浅的笑意。

那猫儿伸着懒腰朝叶微澜走过去，撒娇似的在她手心里舔了一下："喵！"我好想你！

"饿了吧？"叶微澜放下手里的东西，轻揉它的脑袋，"我去做饭。"

陆遇止禁不住心塞起来，这样的差别待遇，还能再明显一点儿吗？

在她眼中，他甚至还比不上一只猫，而且是一只满肚肥肠的大胖猫？！陆遇止还真不信邪了，一只猫都能留下来蹭饭，他还不能了？

"你也要一起吃？"

"怎么？"陆遇止挑眉，"不欢迎？"

"不是，饭不够吃。"

"那简单，"陆遇止拿起筷子，"我可以少吃点儿。"

不过是普通的凉拌黄瓜，不知她放了什么调料，吃起来竟意外的清甜可口，陆遇止忍不住大快朵颐起来，没一会儿便干掉了一大半。

家里食材有限，叶微澜只煮了三菜一汤：茄子煲、糖醋排骨和青椒炒肉，乌鸡栗子汤这时候最是滋补，自然少不了它。

桌面上摆的都是再普通不过的家常菜，可道道色香味俱全，陆遇止心底暗想，这女人厨艺倒是真的好，忍不住又添了一碗饭。

叶微澜只得放慢自己喝汤的速度。看来今晚饭是吃不上了，待会儿再煮面吃吧。

陆遇止已经多年没有这么畅快地吃过一顿饭了，一碗浓醇温热的汤水下肚，感觉四肢百骸都舒服起来，他满足得眯起双眼。

"现在你应该有时间和我谈了？"

"碗还没洗。"

吃人嘴软。十指不沾阳春水的陆遇止只得卷起衣袖，在厨房忙活了大半个小时，出来时身上的白衬衫都微微被汗浸湿了。

"你要和我谈什么？"

"为什么要拒绝和陆氏的合作？"陆遇止在她旁边的独木沙发上坐下，顺便抽了两片纸巾擦手上的水。

见她没反应，陆遇止似乎明白了什么，他淡笑道："如果是对薪酬不满意，你……"

"我看起来像是一个很缺钱的人吗？"叶微澜很认真地问他。

私人资产达十一位数字的陆遇止还不曾在人前说过如此财大气粗的话，他不禁微微愣住了，好一会儿才回过神来。

目光定在她身上，那睡裙面料精细，做工考究，也不知道出自哪个知名设计师之手，还有她发上那支发箍，上面镶嵌的珍珠颗颗饱满晶莹，是市面上少见的好物。

陆遇止又环视了屋内一圈，古色古香的家具，墙壁上的名贵字画、桌子上的金石、雕塑，连那茶盘上的花瓷茶杯，都是精致不可言……无一不显露出主人高雅的品位。

怕是那橱窗里破了一道口子的瓷碗，拿出去也是有市无价的宝物。

而且看她自然散发的素雅气质，也不是小门商户能养出来的，看来叶城夫妇对这个女儿真的是疼到了骨子里。

时间有些晚了，一个男人留在单身女人家里总是容易惹非议，虽然正主儿看起来根本没有这方面的担心，但陆遇止还是礼貌地告别了。

刚踏进家门，陆遇止才突然想起自己把那只胖猫忘记了，他安慰妹妹："没事，反正跑不了。"

都跑不了的，不管是猫，还是人。

此时，叶城和妻子也风尘仆仆地赶回了家，叶微澜知道他们今晚回来，所以在客厅里留了一盏灯。

父母心疼她，从不让她一个人在客厅等。

第二天早上叶微澜很早就醒了，可叶城比她更早。

"爸，早上好。"

叶城正在阳台浇花，闻言回过头："晚上睡得好吗？"

叶微澜点点头："你们昨晚几点回来的？"

"十点左右，见你睡着了，便没去吵醒你。"叶城笑容慈爱地看着，"昨晚家里来客人了？"他注意到茶桌上多摆了一个茶杯。

"不算客人，"叶微澜想了想说，"上门讨债的。"

叶城跟着笑了："桌子上有给你的礼物。"

叶微澜的眼睛瞬间亮起来："谢谢爸！"她脸颊微红，语气娇软，这种十足的小女儿姿态，也只在父母跟前才露出来。

一个水晶雕塑，雕的正是她。

它大概有一指高，晶莹剔透，左胸口处还有一颗心形的红宝石。叶微澜仔细看了一下，上面还刻了三个字母：MXS。

是她名字首字母的缩写。

孟行素。

养父叶城是国内有名的考古学家，养母是知名服装设计师，都是上层社会有头有脸的人物，他们打心眼儿里把她当亲生女儿疼爱，却从来不让她忘记，她是孟行素，是孟素心的女儿。

叶微澜瞬间心底溢满感动。

影帝的风头正盛，一张疑似赵熙宁女友的照片流出，令那些闻风而动的娱记们乐翻了天，各种吸引人耳目的夸张标题迅速占领了各大版面，大大赚足了噱头。

最疯狂的莫过于赵熙宁的粉丝们，她们甚至开始了轮番人肉，可仅凭一个背影，也难以觅得蛛丝马迹，以证明照片上女人的身份。

赵熙宁的经纪人刷着评论："你觉得这个时候放这样的消息恰当吗？"

赵熙宁嘴角带着惯有的痞笑，淡淡反问："有什么问题吗？"

其实一开始看到那张照片他也很惊讶，不过稍微一思索赵熙宁就明白过来了，这是来自那个女人的警告。

她在提醒他，玩火必自焚，而这张照片，很可能只是她放的一颗小火种而已，至于是火速熄灭还是成燎原之势，掌控权全在她手中。

经纪人说出心里的担忧："你如今如日中天，我倒不是怕你名誉受损，而是照片上的这位小姐……"他暗暗观察着对面人的反应，更加肯定了自己的猜测，"一定是你在采访上说的，那位你生命中最重要的女人吧？"

"Jason，"赵熙宁的脸色瞬间变得冷若冰霜，"你管太宽了。"

那是任何人都不能触碰、不能谈及的所在，是他心中最美好的回忆，也是他唯一的底线。

尽管如此，赵熙宁还是召开记者会"澄清"了这件事，照片风波才渐渐平息下来。

他现在羽翼未丰，待来日……将没有人能威胁到他，任何人都不能！

绯闻里的女主角依然在网络以外的世界里过着平静的生活。

本来母女俩一起出来买菜，可半途工作室一个电话把叶母叫走，叶微澜唯有一个人去超市。

走到半路，余小多打来电话向她道歉："对不起啊微澜，陆总太狡猾了，我一不小心就被他套了话……"

讲了半天，叶微澜才反应过来余小多在说那晚陆遇止来家里的事情，因心里还想着别的事，她回答得有些漫不经心："没关系，我已经把他打发了。"

余小多一副被雷劈中的模样，刚刚她没听错吧？把他打发了……打发了？那可是他们集团食物链最顶端的大人物啊，怎么好用"打发"这么掉价的词去侮辱他呢？

她平时可是连多看他一眼都不敢的啊！

走过一个十字路口，一声鸣笛声破空而出，仿佛一根尖锐的针刺破了那被层层困惑围得水泄不通的思绪，叶微澜当即走进对面的林荫小道，随手捡了一块小石子，便在地上演算起来。

陆遇止赶来时便看到这样一个画面：女孩子蹲在地上，手里捏着一块石头飞速地写着，那双手白皙如瓷，极为养眼。

他慢慢走过去，可她太投入了，根本没发现旁边多了一个人。

陆遇止探头去看她写在地上的东西，每个数字他都认识，可组合起来却成了晦涩的天书，看得他眼花缭乱。

离得这么近她还是没有察觉，陆遇止微微弯下腰，轻闻着她发间的气息，他注意到她今天穿了一条五颜六色的长裙，一般的女人都不会轻易去尝试这一身，因为它极为挑人，而大多女人往往只能诠释出通身的俗气。

可叶微澜不一样，她本身长得极美，妩媚又清灵，这裙子盖不住她通身的气质，反而为她所驾驭。一截嫩藕似的脖子在乌黑的发下若隐若现，看起来纤白又柔嫩。陆遇止还记得自己的手在上面触摸的感觉，不由得有些心猿意马起来。

半个小时过去了，陆遇止哪里尝过这种路边罚站的滋味？他瞥到树下有一张椅子，便走过去坐下，边坐边等。

有几个背着书包的小学生叽叽喳喳走过来了，看到叶微澜蹲在路边不知道干什么，个个好奇地围了上去。

平静的画面顿时变得热闹起来，叶微澜不知道发生了什么事，她连分心去看一眼的时间都没有，只是她思考问题的时候不喜有人在旁干扰，那眉是越蹙越紧。

陆遇止见状，立刻招手将那一群乱叫的小麻雀叫过来。

"叔叔，你女朋友好漂亮！"

稚嫩的童言童语听得人舒心，可真正取悦陆遇止的却是那话里的某三个字。

这小嘴真甜。陆遇止拍拍他们的小脑袋，顺手将叶微澜放在椅子上的巧克力逐一分了，几个小朋友嘻嘻哈哈地走远了。

陆遇止又继续坐下来，时不时拿出手机查看工作邮件，可哪里看得进去？她蹲在那里，不做什么，只留给他一个背影，可他分明觉得，无形中有什么在悄悄撩动他的嗅觉、他的听觉、他的视觉、他的感觉……

女人的模样在他眼中千篇一律，可在这样一个凉飕飕的秋日清晨，陆遇止感觉到眼前的世界瞬间明亮起来。

世间灰蒙蒙一片，此刻独有她千娇百媚，姹紫嫣红。

算不出来。

叶微澜突然从地上站起来，往前走了几步，似乎要离开的样子，陆遇止连忙叫住她。

对这个总是神秘莫测地出现在自己面前的男人，叶微澜已经不感到一丝惊讶了："我记得昨晚拒绝过你了。"

"我来找你不是为那件事。"陆遇止挡在她前面，"那天晚宴，你为什么会出现在那里？"

"那里？"微澜有些不理解他的意思，"哪里？"

"床底。"

叶微澜凝眉想了一下："那你为什么也出现在那里？"

"你先回答我的问题。"

"我看到一个男人拖着一个女人进了房间，我担心是子若就跟过去了，结果又有人来了，我就躲到床底下，后面的事情你也知道。"

陆遇止的情况和她差不多，他也是见一男一女进了房间，以为母亲又在谋划什么见不得光的事，于是跟过去，打算静观其变，后来又有人进来了，那人便是叶微澜。

他们一前一后进入房间，相隔时间不超过一分钟，而且都选择了唯一可藏身的地方——床底下。

"那晚弹琴的人是你？"陆遇止突然问道。

难道那晚难听的琴音连他都听到了？叶微澜有些发窘，不过这也没什么好否认的，她点点头。

陆遇止心里早知道答案，但还是要找当事人确认一遍才放心："那就好。"

叶微澜不清楚他这话的深意，看了一眼手表，八点半了，她还要去买菜呢。

陆遇止顺着她的视线看过去，看到她纤细的手腕上缠着一块男士表，表看起来很老旧，连边缘都有些脱漆掉色，可她小心翼翼护着它的模样……

一块破表而已，值得这样当宝吗？陆遇止瞬间变得面沉如水，这表不会是某个男人送她的吧？

"那天晚上的男人……是我哥。"这在陆家是讳莫如深的消息，可对着她，陆遇止自然而然地就说出来了。

叶微澜十分吃惊。

"我怀疑他是被人设计的。"陆遇止继续说。

"可他当时看起来很正常，并没有被人下药。"叶微澜回想着那晚的情景，

"被下药的只有那个女的。"

"我哥他在十八岁的时候伤了脑子，现在的智商和一个孩子无异。"男人声音低沉，似乎还带着一丝黯然。

"可他还是……"

陆遇止明白她的意思："那是男人的本能反应，和智商无关。"

"你为什么要和我说这些？"这种私密事，怎么好对她一个外人坦诚，叶微澜难以理解。

陆遇止深深地看着她："因为，只有我们两个人，才能还原那晚的真相。"

"这些不需要擦掉吗？"临走前，陆遇止指着写了满地的数字和公式问。

"你能看得懂吗？"

陆遇止下意识摇摇头，还真看不懂。

"那就是了。"

陆遇止：我又被鄙视了吗？

"你又迷路了？"叶微澜转身看跟在自己身后的男人，突然想起什么，"还有，这条路不是我家的。"

呵，锱铢必较的女人。

"我随便走走。"

这一随便走就跟着微澜进了超市，陆遇止很少来这种地方，眼神带着探究扫向周围的人群。

叶微澜选好了食材，又给父亲挑了一瓶白酒，叶城闲时最喜欢独酌。

陆遇止简单扫了一眼她手里的酒："这质量算不得太好，我那里有上等的红酒，改天给你带。"

"我爸只喜欢喝这种。"

软硬不吃。陆遇止无奈地叹气。

因私自送掉了她的巧克力，陆遇止选来选去，选了一盒看起来稍微高档些的酒心巧克力。

周末人有些多，收银台前排起了长龙，叶微澜边等边看手机，一个不注意被旁边一个小孩儿撞了一下，跌进后面人的怀里。

货架上的物品稀里哗啦掉了一地，散落在两人脚边。

叶微澜摸着微微发红的鼻子从男人胸口抬起头，黑黑的眼睛像被水濯洗过般清亮："你身上好硬。"

说者无心，听者有意，在这方面陆遇止可比不得她懵懂无知，这句话实在太引人遐思了，偏偏说的人还一脸无辜的表情，而且，地上零零散散一盒盒安全套煞是刺眼，他感到一股热流迅速往某处汇集……

付完账后，两人从超市出来，叶微澜没有察觉他之前的异样，只是有些不解，外面气温那么低，他为何不把外套穿上，而是挂在臂间？

然而，令她更为费解的是，晚上吃过几颗巧克力后，她竟感觉有些晕乎乎的，好像是喝醉了一般。

没道理啊，她自知酒量太差，从不会碰含酒精的食品。

叶微澜酡红着脸，趴在床上醉醺醺地想：我这是怎么了？

次日清晨。

"微澜怎么这么晚还没下来吃早餐？"

"不知道，"叶母把热腾腾的粥分好在碗里，解了围裙，"我上去看看。"

叶家是独门独院，叶微澜住在二楼北面的房间，一棵高大的梧桐隔开老街，是个僻静的居所，她喜欢的。

叶母轻轻推开房门，发现女儿还在沉睡，一只雪白的手臂垂悬在床沿，她在床边坐下，摸摸她的额头，是正常的体温，叶母稍稍放下了心。

然而，盯着那张出落得越发娇媚的脸，叶母眸底浮现几分愁绪：她们两人长得真像啊！那人当年的姿色已是名动 H 市、艳绝一时，可惜她命太薄，而今微澜的容颜又隐隐有超她之上的趋势，长了这样一张让女人欣羡男人欲占的脸也不知道是好事还是坏事。可别步了她的后尘才好。

叶母轻轻叹了一口气。

叶微澜似乎听到动静，微微睁开眼睛，看到床边有一个人影在晃动，她软软地喊："妈妈，我头疼。"

有一双手温柔地替她揉着额头，叶微澜渐渐安静下来，一会儿后她又似犯了梦魇般呓语起来："妈妈，不要丢下我。"

叶母的心几乎被那听起来轻轻的、低低的声音揉碎："微澜别怕，妈在，一直都在。"

不，妈妈，你在骗我。

叶微澜记得那个秋日黄昏，那个几乎是她人生中最漫长的夜晚，她独自一人坐在床边，守着床上的人，守着她的身体从温软慢慢变得僵硬……直到有人来跟她说："素素，你妈妈已经走了，听话，让她入土为安吧。"

"素素，叔叔阿姨是你妈妈的好朋友，我们以后就是你的爸爸妈妈。"

"素素，从今以后，你姓叶，叫微澜……"

叶微澜睁开眼睛，看清坐在床边的人，犹自回不过神。

好一会儿后，她才开口："妈，我梦见我妈妈了。"

叶母知道，"妈妈"两字是微澜对那个给了她生命的女人的称呼，这也是这么多年来女儿第一次同自己谈起她的母亲，叶母心底满满都是心疼。

叶母将永远不会忘记第一次见到这个女孩儿的情景，她穿着皱巴巴的裙子，披头散发，目光涣散。她看起来那么脆弱，仿佛轻轻一阵风便可轻易刮去她的一层皮肤，带走她的生命。

"不要想那么多，"叶母揽住她的肩膀，柔声安慰，"那都过去了。你现在有我，还有爸爸，你还会拥有这世上最美好的一切。"

"妈，我可以一个人待十分钟吗？"

叶母轻轻把门掩上，脚步沉重地下了楼。

看着门外的不速之客，叶微澜的语气带着些许疑惑："你又来干什么？"

陆遇止斜倚着门边，挑两根修长的手指抵住门，过人的身高隐约有一种压迫感。这一次他的理由很充分："我是来带那只胖猫回去的。"

他话音刚落，叶微澜便听到楼上传来一阵"砰砰砰"的声音，好像有什么东西被撞倒落地。

叶父叶母刚出门，楼上只有扣扣在。叶微澜稍微想了下便明白过来，它很怕这个男人。

这些天相处下来，叶微澜对扣扣已经有了感情，连叶父叶母也对这只颇通人性的猫喜欢得紧，可现在正主过来想把它带回去，她也是很无可奈何。

"进来吧。"

陆遇止便大大方方地登门入室。

叶微澜上了楼，男人坐在客厅沙发上，他倒了一杯茶，轻抿了一口，茶是上等好茶，清香入鼻，在唇间暖香四溢。

楼上一直都没什么动静，倒是后院街上时不时传来叫卖豆腐花的吆喝声。

昨晚他因一些难以启齿的原因，睡得并不是很好，半夜还做了那样的梦……于是一大早就醒了。

陆遇止又多坐了一会儿，茶都有些凉了，他眉心已浮现隐隐的不耐，刚站起来，便看到一旁沙发上放着一部白色手机。

他突然想起，打交道这么久，自己好像没有她的号码，起先以为她连手机都没有，原来是有的。

更没想到，竟然都无须解锁，陆遇止便轻易进了界面，飞速地在上面输了一串数字，兜里的手机开始振动起来。他微扬嘴角，顺手点开她手机上的联系人，一个向来处世波澜不惊的人，忽然间竟微微愣住了。

她手机里只有三个联系人，陆遇止简单扫了一眼。余小多，他冷哼，那个小保安，构不成威胁；遥光，这名字比较中性，暂不能确定它主人的性别；他继续往下看，目光倏然顿住，第三个名字熙宁。

他有印象的熙宁只有一个，那便是不久前声名大噪的大影帝赵熙宁，他秘书室里那些女人每天追捧的对象，茶水间里的话题人物，似乎前段时间还和一个身份不明的女人闹了绯闻。

陆遇止之所以对这个人有印象，皆因坊间传言，他和这个人长得至少有六分相像，当时他还在心里冷笑，一个靠卖脸吃饭的人，也配拿出来和他相比吗？

只是，她怎么会认识赵熙宁的？而且就目前的情况看来，他们的交情似乎还不浅，不知为何，陆遇止的心底生出一股淡淡的烦躁。

一个和别的女人传绯闻的男人，她这是什么眼光？那种花心大萝卜倒挺上心，守身如玉的怎么不见她多看一眼？

绯闻？陆遇止突然想到什么，立刻拿出手机，十几秒后屏幕里出现了一张照片，他对着细细研究了一番，只有一个背影确实看不出什么，不过……他的视线定在那女人的手腕上，那里有一块黑色男士表，和那天他看到的那块脱漆掉色的不一样，它看起来要新很多。

原来那块她一直戴着的、视若珍宝的手表，是赵熙宁送的？

陆遇止几乎要把手里的手机捏碎。

片刻后，他吹过冷风，稍稍平复了莫名其妙的情绪，重新点开屏幕，把自己的名字输进她的联系人里，一开始存的名字是"遇止"，保存后发现它竟跑到"熙宁"后面去了，陆遇止不得已，只得咬牙切齿地改成"陆遇止"三个字。

至少，他现在是她手机里的第一个联系人了，陆遇止的心情因这一点稍微好了些。

等了那么久也不见叶微澜下楼，陆遇止只得亲自上去，二楼空间开阔，房间也多，不过不知道为什么，他似乎能感觉到她会住哪间。

北面窗外有一棵梧桐树，叶落如枯蝶，她应该会喜欢。

陆遇止推门进去便看到微澜跪在床边，她穿着一身柔软的裙，因她此时跪趴的动作而显得贴身，那柔软的部分被清晰地勾勒出来……他只觉得一阵气血不受控制地上涌，呼吸开始急促起来，俊颜也有些发红。

真是要命！

陆遇止退出房间，站在木窗前不住叹息，只恨这深秋的风不够刺骨，无法平息他体内的燥热。

美色误人。他在心底默念这四个字，只是向来平静的内心被人投了石子起了波澜，又如何能轻易平息得了？待得陆遇止反应过来时，他人已经站在微澜身后了。

叶微澜正奇怪他为什么刚进来又匆匆出去，她回过头，神色微恼："扣扣躲在床底下不出来。"她已经软声软语劝了很久，可并没什么效果，这只小猫儿似乎打定主意不出来了。

"我看看。"说着，陆遇止也在她旁边蹲了下来，瞬间有一股异香沁入鼻间，是她身上他最为熟悉的东西，"露露出来！"

"你不要凶它。"

他为了掩饰心中的情绪，不过声音大了些、冷硬了些罢了，听在她耳里却变成凶它。陆遇止有些无奈地用手抵住额头。

"露露，听话，出来好不好？"

床底下总算有了回应："喵！"老子不想回去！

叶微澜在地毯上坐了下来，托着下巴，一副苦恼的样子。她从不夺人所好，因此也没法开口把它留下来。

陆遇止不想浪费时间，他一只手压着她的床，右手直接探进去摸。

"你的脸好红，"叶微澜突然出声，"你发烧了？"她甚至伸出手想去摸他的额头。

陆遇止下意识往后退："没有。"要是她的手摸上来，他……会当场缴械投降的吧？

这时，床底下传来轻微的呼噜声，叶微澜侧耳倾听："睡着了。"

陆遇止见她注意力不在自己身上，忽地松了一大口气。这只胖猫，关键时刻还是有点儿用的。

"要不，你改天再过来吧？"

正中下怀。可某人还是蹙着眉心，一副颇为难的模样："这不太好吧，还要来打扰你。"

"不打扰。"

"那就麻烦你照顾它了。"两人一前一后下楼，陆遇止眼尖地看到饭厅桌上放了一盒巧克力，正是他昨晚买的那盒，便顺口问了句，"这酒心巧克力味道如何？"

"酒心巧克力？"叶微澜疑惑。咦，那天她在路上买的是酒心巧克力吗？

"不然呢？"陆遇止拿起盒子，指着上面两个大大的字给她看，"这不是写着吗？"心情愉悦的缘故，他还调侃了一句，"难道你不认识字？"

叶微澜恍然大悟："怪不得我昨晚感觉好像喝醉了一样。"

男人笑得眼睛都眯起来，他薄唇轻勾，弯起一道优美的弧线："这么不胜酒力？"

叶微澜无奈点头。

这几天都不见叶子若的身影，叶微澜也没多在意，直到在朋友圈里看到她的动态，才知道她真的看上了一个男人。

这并不是重点，重点是这位叶家二小姐的倒追行动，现在还没有结果。叶微澜不禁对那个男人微微好奇起来。

这时，手机响了起来。

"你出门了吗？"

叶微澜直接点了扩音，继续捧着一杯温水慢慢地喝："还没。"

"给你十分钟时间，我过去接你。"

叶微澜刚想说不用，那边就挂了电话，她看了一眼手表，八点十分。

她拒绝了和陆氏的合作，但有些关键线索还是得从他们的数据库中提取，可那人又说这属于公司机密，必须由她本人亲自到场且要他亲自监督才能进行。

门外传来鸣笛声，叶微澜从沉思中回过神，匆匆拿了包就出门了。

"真准时。"陆遇止双手放在方向盘上，侧头过来看她，黑黑的眼底似乎含着笑意，"十分钟，分秒不差。"

叶微澜以浅浅一笑算作回应，片刻后，她似乎想起什么："陆遇止，你都这么喜欢替别人做主张吗？"想了想，她又说，"下次跟我讲电话，在我没说再见前，请不要挂。"

陆遇止刚开始以为她是因自己未经同意就存了联系人而生气，听到后面就忍不住乐了，还以为是什么大事呢，他痛快答应："好，没问题。"

叶微澜转头去看窗外的景色。

这样一张美得有些过分的脸，没想到生起气来是这般生动可爱，陆遇止的心稍稍又痒了起来，艰难按捺着想摸摸她脸颊的冲动。

    忙了一个上午，叶微澜用来验算的本子都写了一大半，还是毫无头绪，她便坐在椅子上发呆。

    陆遇止一直在旁边陪着她，看了一眼时间："我们先下去吃饭吧。"

    叶微澜没反应。

    他只得又重复了一遍，叶微澜还是没有反应，于是他直接把她从椅子上拉起来，一路拉到了楼下的餐厅。

    叶微澜看了一眼面前道道飘红的菜，眉梢微动："我不喜欢吃辣。"

    陆遇止正大快朵颐着，闻言抬起头，一脸遗憾的表情："你不觉得辣是五味中最美好的味道吗？"

    "不觉得。"

    陆遇止只得又为她点了口味稍清淡的菜，又埋头吃起来，不吃辣真可惜啊，他可是无辣不欢呢！

    叶微澜也没什么胃口，简单吃了几口就放了筷子。

    "你得罪过什么人吗？"

    陆遇止似乎已经习惯了她奇奇怪怪的脑回路，竟认真地想了好一会儿："应该没有吧。"

    "真的没有吗？"叶微澜反问，脸上的表情分明已经坐定了这个事实，"总的来说，会得罪人的原因无非两种，一是利益，二是情感。"她眸光细细地在他清俊的脸上扫，"像你这样的，很可能两者兼有之。"

    "你怎么不说是你得罪了哪些人呢？"

    叶微澜看他一眼："我正要说。"

    好吧好吧，你说你说。陆遇止摊摊手，俊容有些许的无奈，不知道为什么，他总有一种感觉，在她面前，他的智商好像是被扒光了衣服般，窘迫而无所适从。

    这应该是错觉……吧？

    这几天叶微澜都在忙调取数据的事，幸好扣扣有叶父叶母帮忙照顾，不至于分去她一部分心神。

    "微澜，你今天怎么晚了半个小时？"

    叶微澜看到好友，露出一个清浅的笑容："小多。"

    余小多朝四周看了看："咦，今天你一个人过来的？"

"嗯，"微澜点头，"今天他说要开会。"听说是临时会议，他也告知得匆忙。

"微澜啊，"余小多突然贼兮兮地凑上来，附在她耳边，"我问你一个问题哦，你是不是在追我们陆总啊？"

不然怎么天天到他们公司来，而且每次都是由陆总亲自接待？听秘书室那些人说，这两人每次都单独待上大半天。余小多那个好奇心啊，简直像火山喷发了！

"追？"叶微澜疑惑极了，"没有啊，路上时间很充裕，不用追。"

余小多简直要跪了："我的意思是，你是不是在追求他啊？"

叶微澜神色迷茫："我为什么要追求他？"

"就凭他是世间难得一见的好男人啊！你想想，要钱有钱要脸有脸，关键是还很洁身自爱啊……"余小多掰着手指头一个个数给她听，"虽然性子冷了点儿，高岭之花嘛，应该的……"她轻轻叹一口气，"不过像他这样的，眼光肯定也很高吧？而且，我在公司网站上看到，他是常青藤的硕士研究生哦！"

"他配不上我。"

余小多听到头顶"滋滋滋"冒烟的声音，眼睛惊讶得仿佛要掉出来："哪里配不上了？"妈呀！眼前这个人，真的还是她认识的那个叶微澜吗？

"学历。"

余小多深深地抓狂了："你不是说自己只读到初中吗？"

"这也是事实，我在国内接受传统教育确实只到初中阶段，"叶微澜轻描淡写地解释，"但实际上，我曾在常春藤任教半年，职称是副教授，还有一点……"

余小多寒风中凌乱了："还……还有？"

"他心性清冷，做事阴狠果决，不留后路。"

"你怎么知道的？"

叶微澜想了想："我在来的路上遇见一个乞丐，他跟我说……"

"咦，乞丐怎么会来和你说话？"

"噢，"叶微澜垂下双眸，不自然地咳了一声，"我刚刚迷路了，找他问路。"

"怎么会找他问路？"

"我之前在网上看到的，他们都说乞丐到处走街串巷，是活的移动地图。"

余小多有些无语："你怎么不直接用手机搜地图？还有啊，我们陆氏集团那么大一个地标，你随便问一个人也可以问到的。"

叶微澜也反应过来了。余小多又问："那乞丐跟你说什么了？"

"他说自己以前是你们陆氏的高层，后来禁不住利益诱惑出卖了公司机密……再后来他被告得倾家荡产，好不容易振作起来又发现自己被这个行业全面封杀，现在带着一家老小每日沿街乞讨，艰难度日。"

不用叶微澜点明，余小多也知道这一切的始作俑者是谁，她面上也有些戚戚然，反倒不知道该说什么好了。

叶微澜又说："后来那乞丐就把我带到你们公司楼下，说要进去跟陆遇止要个公道。"

余小多吓得双腿发软："那……他现在……人……人呢？"要是被上面知道放了这样一个麻烦进来，她的饭碗还能不能好好端下去了啊？

"哦，我进来了，他被门口的保安拦下了。"

余小多大大松了一口气。

这时，茶水间里传来一个女人的娇笑："你说她整天往咱们陆总眼前凑，是不是怀了什么心思啊？"

"长得美则美矣，可惜注定只能是当情妇的命，你见过哪个男人会娶这样一个长得狐狸精似的女人，这不是把绿帽子一顶顶地往自己头上戴嘛？"

"对了，你打听到她叫什么没？"

"叶微澜。"

听到自己的名字，叶微澜停下了脚步，那说话的两人正好出来，四个人就这样打了照面。

气氛凝滞，似乎有什么在悄然酝酿。

"你能帮我把她们的舌头拔下来吗？"

余小多默默收好狠狠揍她们一顿的架势："不能。"她暂时还没学会这么逆天的技能来着。

"那就把你的拳头收好。"叶微澜往前走了几步，眸光淡淡地扫了一眼站在对面的男人，"不用你帮忙，我自己就可以。"

余小多原本以为这话是对自己说的，可她顺着叶微澜的视线看过去，顿时面色变得十分奇怪起来。

"你要干吗？"毕竟是被当场抓包，那两个女人神色也有些不自然。

叶微澜也不说什么，缓步走到她们面前，仿佛发现了什么有趣的事情，她细细端详着那两张脸，伸出手在上面刮了刮，竟刮下一层厚厚的粉来，她用手指捻了捻，凑到鼻间闻了一下。

"你竟然把铅和汞铺在脸上？"叶微澜感到很不可思议。

那女人似乎被她莫名其妙的举动吓坏了，一时间竟呆若木鸡，半晌后才弱弱发出一声"啊"。

她在……干什么啊？

"你这人是不是神经……"

另一个女人的话还没说完，叶微澜就朝她瞥了一眼："此刻，你口腔内的硫化氢、吲哚和氨类已经达到了最大峰值。"

"吲哚？"那女人疑惑地重复了一遍她刚刚的话，"这些是什么？"

叶微澜很乐意为她解答疑问："俗称口臭。"

"陆遇止，你笑什么？"叶微澜轻轻蹙眉看向对面，只见那个男人双手环胸，好整以暇地看着自己，甚至唇边还带了一丝笑意。

只是，当那两个秘书闻声转身看过来的时候，见到的又是另一番光景了，只见顶头上司面无表情地站在那儿，不知道他站了多久，也不知道把她们的话听进去了多少，唯有那微抿的嘴角将他的情绪撕了一道小口子，那恼怒才稍稍显露了出来。

那两人顿时双腿发软，连话都说不利索了："陆……陆……陆总……"

余小多一个没忍住，"扑哧"一声笑了出来。

可此时陆遇止眼中只看得见一个人，她那张柔美的脸看起来是那么生动，撩拨得他心痒难耐，恨不得占为己有，慢慢欣赏，对着她，他的眼底多了一丝连自己都不曾察觉的温柔缱绻。

碾压完那两人，余小多还有些意犹未尽："微澜，有陆总撑腰啊，你干吗不给她们点儿颜色看看？"

"她们说的是实话。"

"啊？"余小多张大嘴巴，"哪句？"她怎么没听出来？

"她们说我是狐狸精。"

"微澜啊，你是烧糊涂了吗？"

叶微澜躲开她欲来探测的手："难道狐狸精不是对一个女人的赞美吗？"

"你从哪里知道的？"

"网上搜的。"

余小多："……"

夜深如阑，叶微澜坐在梳妆台前，目光平静地盯着一个黑色雕花珐琅盒，半晌后她才将盒子打开，把里面的东西取了出来。

　　这不是母亲的饰物，却在临终前被她紧紧拽在手里。

　　水晶耳坠，翻动间闪着耀眼的光泽，搅得叶微澜的眸底起了轻微的波动，她轻轻摸着它，仿佛想从上面感受母亲的最后一丝温度。

　　在母亲去世前，她一定见过某个人，并受了极大的刺激，才突然心脏病发，这件事叶微澜从来没有跟人提起过。

　　有人间接害死了她的母亲。

　　那个风华绝代的女人，生如昙花一现，死前仍合不上眼。叶微澜知道，母亲在这世间一定有什么舍不得的人或事，可她从来不说。

　　一滴滴泪掉落到水晶耳坠上，将它濯洗得越发晶莹清亮，叶微澜趴在桌子上。

　　这个女子，连哭都是安安静静的。

　　悲伤，像屋外冬夜的寒冷一样浓厚得化不开。

　　一大清早，叶微澜被车子的鸣笛声吵醒，她昨晚睡得太迟，醒得晚了些。扣扣睡在她床头旁的小摇篮里，似乎也被吵醒了，它翻了个身，慢慢睁开了浅紫色的惺忪双眼："喵！"

　　洗漱好差不多是半个小时后的事情了，叶母出门前早已把三明治准备好，微澜热了牛奶，便坐下吃起了早餐。

　　"昨天睡得很晚？"

　　嘴里吃着东西，叶微澜发出含糊的声音："嗯。"

　　陆遇止想说我也是，又做了那样的梦，后半夜基本上没合过眼，可很显然，在这个对男人来说很敏感的时间点，不应该和梦中的女主角谈论这种更敏感的话题，不过，估计说了她也听不懂。

扣扣突然抬头看了过来，那目光仿佛看透了一切般，陆遇止不动声色地用眼神对它做出警告。

两人一同到了陆氏，一前一后进了公司，踏进办公室前，叶微澜突然停住了脚步。陆遇止心生疑惑："怎么了？"

"她们不见了。"

"谁？"男人下意识反问，不过他很快便明白过来，"哦，引咎辞职了。"

"她们犯了什么错？"

陆遇止瞬间被堵得哑口无言。这个女人的思维，真不能用平常的标准去衡量。

没有得到回答，叶微澜也不是个喜欢多管闲事的人，不过是觉得奇怪罢了，便没有继续问下去。

像往常一样，叶微澜独自一边捣鼓着电脑，一边在本子上写写算算，而陆遇止则坐在离她不远的地方，面前堆了一沓要处理的文件。

"经过我这几天的测算，初步可以排除黑客修改炸药殉爆距离数据的可能性。"

陆遇止听得不是很明白，皱眉轻声问："什么是殉爆距离？"

"一般来说，"叶微澜手上的动作依然没停，"在爆破工程中，影响殉爆距离的因素主要有以下几种，分别是装药密度、药量、药径、药包外壳和连接方式等。"

男人大概了解了，他微微一挑眉，淡淡地问："那你觉得是什么原因？"

"我觉得有人在误导我们。"叶微澜说出自己心里的想法，"或许爆破精算图并没有被人修改。"

她的思绪渐渐有些飘远，除非……是有人在故意诱导她往那个方向想，或许根本没有黑客入侵这一回事。叶微澜轻咬住唇，努力回想，除了杰森以外，还有谁跟她说过？

连电脑高手孟遥光都查不出一丝痕迹，只有两个可能性，一个是那人技术水平比她高出太多太多，第二个是那人根本不存在。

前者的可能性太小，叶微澜越发相信，或许那个黑客只是一个烟幕弹，用来迷惑他们的工具罢了。

"你的意思是，"陆遇止很快跟上了她的思绪，他一只手撑在桌子上，形成半围住她的姿势，"精算图没有出错，真正出错的环节是爆破中的实际炸药安放？"

陆氏集团，又出现了内鬼。

"有可能是炸药的分量，也有可能是……"叶微澜突然转过头，没察觉男人不知什么时候竟离自己那么近，轻轻开启的红唇一不小心擦过他的……她仍然面不改色地把话说完，"炸药的安放位置。"

她看起来是那么淡定，仿佛刚刚什么事情都没有发生过般，陆遇止简直也要怀疑那个蜻蜓点水般的吻是自己的错觉了。

可怎么可能是错觉？此刻跳得快要蹦出来的心脏、粗重的呼吸，以及脸上铺天盖地袭来的燥热……

他惊得几乎连呼吸和心跳是何物都忘了，她怎么还能如此安然淡定？

叶微澜也不是全然没有反应的，不过她的反应有些奇怪，她眼神明媚而疑惑地看着他："你是异体质人。"

"什么？"只有陆遇止自己知道，此刻自己的声音听起来是那么幽沉，他拼命地在压抑着一些东西。

"刚刚，"叶微澜指着他抿得紧紧的双唇，"我碰到你的时候，感觉好像被电电了一下。"

"所以呢？"

叶微澜垂眸想了一会儿，认真地同他说："三年前我和导师在加州某个大学的实验室做一个实验，发现有些人因体内电解质不平衡，各类离子不平衡地分布在血液中，由心脏流向全身，如果受到相应刺激，皮肤就会呈现带电的特征……我们把这类人称作异体质人。"

"什么刺激？"

叶微澜眼底闪过一丝怪异的光："这个会因人而异。你现在是不是感觉全身发热、心跳加速、呼吸不能自主？"

还真的是。陆遇止点点头。

"那就是了。"叶微澜点点头，"不过你也不必担心，这不会对你的身体造成什么太大的危害。"

陆遇止被她唬得一愣一愣的，竟没察觉她藏在眼底深处的那抹极淡的笑意，整个人便僵在了原地。

叶微澜也是因事情有了眉目才突然起了玩心，不料这个平时看起来高深莫测的男人此刻竟真的被自己吓住了，一时也微微乱了方寸。

"其实，"叶微澜有些心虚地看了他一眼，"我刚刚在逗你玩。"说来，她还不曾这样捉弄过别人，也不知怎么的就对他……唉，可能是平时逗扣扣逗得太多了，一时没忍住才……

"都是假的？"男人低沉的声音渐渐逼近，"在逗我玩？"

叶微澜能嗅到他身上清冽的气息，感觉到他热热的呼吸喷过来，撩动她的发丝，她预感到一丝危险，身子下意识地往后仰，可似乎已经来不及了……

男人已经一口咬住了她的唇。

真的是咬。

鼻尖闻着那熟悉的馨香，唇下的触感又是那么温暖柔软，陆遇止已经分不清这是在梦中还是在现实，他修长的两指轻轻捏着她的下巴，加深了这个似真似幻的吻。

"你也是异体质人了。"他虚抱着她，居高临下地宣告。

叶微澜早已晕头转向，目含水光，只看得见那欺负自己的薄唇动了动，却没听清他说了什么。

他为什么总是要吸走她的空气，害她都不能呼吸了。

中午两人去外面吃饭，对于他们同出同进这件事，余小多已经见怪不怪了，只是她觉得今天的好友好像有些异样。

"微澜，你的唇怎么这么肿啊？"

叶微澜只含糊点头笑了笑，她总不能说是被人咬的吧？这样太丢人了。

"直接通知财务部，这个月奖金翻倍。"陆遇止似乎很开心。

余小多被这个从天而降的大馅饼砸得有些晕晕的，好一会儿才反应过来，连忙道谢："谢谢陆总，谢谢陆总！"

直到看着车子绝尘而去，余小多也没想明白，赶紧扯住旁边一个人："刚刚老板是不是说我这个月奖金翻倍啊？"

那看起来有些资历的保安笑着说："这事在以前可从来没有过。"

"那可就奇怪了。"余小多喃喃道。

两人刚抵达餐厅，陆遇止在门口便被人叫住，他神色颇为讶异："姑父，您什么时候回来的？"

张敏行拍拍他的肩，一副和蔼的长辈风范，说的话也是如沐春风般温和："昨天刚到。"

"您昨晚住酒店？"

张敏行目光越过眼前的高大男人，看向站在他后侧的女孩子："这位是？"

叶微澜抬起头，清浅一笑："我是叶微澜。"

看清那张脸，张敏行心底深处传来巨大的震动，不消几秒便如经历了十级地震般，残垣处处，荒无人烟。

终其大半生，他只见过一个妖而不媚、柔而不弱的女子，向来不在人前显露山水的张敏行此刻脸上的表情复杂难测。

幸好，眼前的两人都没察觉他的异样。

"你怎么穿这么少？"陆遇止皱眉问。

"外套落在车上了。"车里暖气足，叶微澜就脱了外套，顺手放在车上，此刻身上只有一条裙子，虽说餐厅里也有暖气，但她体质特殊，一不小心就容易发烧。

张敏行终于恢复了些许冷静，他坐在一边听两人说话，心又开始揪了起来，遇止看那个女孩子的眼神他太熟悉了，在二十多年前他也曾这样看过一个女人，那是男人看女人的眼神。

"先坐，我去给你拿。"一件黑色外套盖了下来，叶微澜还来不及说话，陆遇止已经站起来往外走了。

"让他去。"张敏行对叶微澜说道。

"张先生，我知道您。"

"哦？"

"在电视上看过几次。"

"只有几次？"张敏行轻笑反问，他语气温和，给人一种很舒服的感觉。

"嗯。"叶微澜点点头，"不好意思，我接个电话。"

此刻他们坐的地方偏角落，叶微澜走到落地窗前，接通了电话。

"妈。"

轻轻柔柔一个字，先是像钢针层层刺破张敏行的心，后又如一张密密麻麻的网将他覆盖，挤空他肺腑间的空气，令他疼痛，令他窒息。

深秋的暖阳笼了那个笑意嫣然的女孩子一身，张敏行突然感觉视线渐渐模糊，他的唇微微张开，哆哆嗦嗦地念出两个字。

这二字，他一笔一画妥妥帖帖折叠好，安放心中，二十余年不敢轻易念出。

"素心。"

碍于身份，张敏行并没有在公共场合停留太久，没一会儿就匆匆离去。

刚吃完饭，陆遇止就发现了对面坐着的人的异样。

"你的脸色怎么这么差？"

叶微澜摸摸自己的脸："有吗？"

男人的手从对面伸过来，直接覆上她的额头："你发烧了。"

那修长的手指轻轻贴着额头上的肌肤，凉凉的，很舒服，在他的手离开时，叶微澜心里竟有些不舍。

"必须马上去医院。"陆遇止晃了晃她肩膀，"先起来。"

叶微澜艰难地半开眼睛，有些许的清亮从那里面透出来，像午夜细碎的星光："我起不来。"

她的声音太轻陆遇止没听清，便微微弯下腰附到她耳旁。

叶微澜又低低地重复了一遍："我没力气，起不来。"这次的发烧来势汹汹，她全身乏力，脑子也晕乎乎的，像被人催眠了一样。

只觉得一股暖香在鼻尖萦绕，她乌黑的发丝近在咫尺，随着他的呼吸轻颤，颤动得越发厉害。

陆遇止深深地吸了一口气，把她扶了起来。

"抱我。"

陆遇止严重怀疑自己幻听了："什么？"

叶微澜只感觉整个世界像万花筒一样旋转着，她轻轻扯了扯他的袖子："我说，抱我。"

这个女人抱起来好轻。这是陆遇止的第一个感觉，原来不仅是看着清瘦而已。然而，尽管温香软玉在怀，陆遇止也没有生出其他心思，他尽量把每一步都走得又平又稳，唯恐她在自己怀里感到哪怕一丝不适。

"你的手可以拿开吗？"她的声音听起来有些含糊，像人困极了时发出来的。

"好的。"他一本正经地应着，可扶着她腰间的手分明没有挪开半分，甚至悄然又收紧了，路旁的灯光一闪而过，照出那微扬的温柔嘴角。

陆遇止无法形容此刻心里的感受，一开始不过是对她起了玩心，图个有趣罢了，毕竟一个长得这么美的女人，是谁都会忍不住多看一眼，这是男人的天性。

但她却是自己唯一能看进眼里，把模样记在心里的女人，这一份独特，对陆遇止来说意义不言而喻。

二十分钟后车子抵达医院，此时叶微澜已经烧得失去了意识，陆遇止没想到会这么严重，向来波澜不惊的他此时却有些慌乱。

医生很快帮叶微澜做了简单的检查，挂水时护士分心看了一眼站在一旁脸色幽沉的英俊男人，一不小心刺偏了，血立刻从叶微澜的手背上涌出来。

陆遇止见状，急红了眼，连在人前勉强维系的修养风度都顾不上了。那护士应该是不经事的，被他吼得红了眼眶，连声道歉。

好不容易挂上水，叶微澜的烧还没退，陆遇止一直坐在病床边陪着，偌大的 VIP 病房里，安静极了，只有清晰的药液滴落声。

陆遇止眉心皱得老紧，如果不是亲眼所见，他如何都不肯相信，早前看起来还健健康康的人，不过一会儿工夫就毫无生气地躺在床上。

他的人生没有经历过这样细碎、难熬，需要用时间去等答案的事情，父亲去世，也不过是几分钟便闭上了眼，甚至还来不及交代些什么。

此刻消停下来，陆遇止才后知后觉地发现衬衫背后湿了大半，此刻凉凉地贴着后背，很不舒服——他何曾有过这样狼狈的时刻？

夜寒霜重，天亮得格外迟。叶微澜慢慢睁开眼睛，床头只开了一盏小灯，她只模糊地看见一个男人趴在床边，便喊了一声："爸。"

每次叶微澜生病，叶父叶母总是会轮流守她一夜，而叶父心疼妻子，总是让她守上半夜，自己守下半夜。

拂晓时分，陆遇止确定她烧退了才眯了会儿，睡得浅，几乎在床上的人有动静时他就醒了，听到她开口第一句话，简直啼笑皆非。

"乖。"他摸摸她的头，再次确认不烧了，一直悬着的心才真正放了下来。

叶微澜脸颊红红，双眸湿漉漉仿佛含了水光，仔细看了他一会儿，才说："怎么是你？"

陆遇止微微一挑眉，反问道："那你希望是谁？"趴着睡的缘故，他额前的碎发有些散乱，平日里的清冷生生被去掉了几分，使他整个人看起来多了一丝温润。

他捏捏她的脸："嗯？乖女儿。"不过是想逗逗她，却也觉得这话有些不伦不类，便不再说话了。

叶微澜轻轻呼出一口气，闭上眼睛，不再理他。

从相识以来，陆遇止从未在她清醒时讨过便宜，也不觉得有什么好尴尬的。

"我饿了。"叶微澜说道。

"想吃什么？医生说你只能吃清淡的食物。"

"我一直都吃得很清淡，我的手机呢？"

陆遇止已经拨通了助理的电话，简单交代几句就挂了，这才看向她："你的包好像落在餐厅了。"

"帮我打个电话给我爸爸。"父母出差，刚好今早回来，叶微澜担心他们知道自己不在家会心急。

"号码。"

叶微澜不假思索地念出一串数字，陆遇止突然意识到，或许没有出现在她手机联系人里的人才是对她而言最重要的。

叶父叶母很快就赶到了，一左一右地围着女儿。陆遇止看着那充满温情的一幕，眉宇间仿佛染了一丝落寞。

好半晌，叶母才注意到病房门口的陌生男人："微澜，这位是？"

叶微澜垂眸思考了一会儿："他昨天送我来医院，守了一夜……"

陆遇止觉得这老实孩子很有可能把自己调笑的话也说出来，连忙出声打断："叔叔阿姨你们好，我是微澜的朋友。"

朋友？叶父叶母不约而同地对视一眼，彼此心中都明白了几分。女儿的朋友三根手指都数得过来，再说，有哪个朋友会在床边守上一夜的？

不过，二老都是开明的人，只是，在看向这个年轻男人时，眼神便多了些许探究的意味。

临别前，叶父把陆遇止送到门外："有空来家里坐坐，你阿姨的手艺不错。"

"一定一定。"这样的场面话陆遇止过去说得太多，可这一次格外真诚。

医生复查后告知叶微澜身体已无大碍，她下午便出院了。陆遇止正开着会，听到手机响了一下，他面无表情地看向其他人，眸底满是不悦。

秘书在一旁轻声提醒："陆总，刚刚是您的手机响了。"

陆遇止淡淡扫了一眼桌上的手机，视线突然顿住，在所有人惊讶的目光里，他拿起来点开看了一眼。

"我回家了。无碍，谢谢。"

"继续开会。"尽管面色依然沉稳，可微扬的嘴角还是泄露了他的好心情。

不错，看来也不是全然不懂人情世故的。

"妈，我已经听您的话，跟他道过谢了。"

叶母："打过电话了？"

"不是，"叶微澜摇摇头，"发了短信。"

"你啊！"叶母点了点她的头，脸上都是笑意。

"不过，这个年轻人看起来不错。"

叶微澜不置可否。

叶母笑笑，站了起来："我去楼下找你爸回来，他不知在哪个角落和人下棋呢。"

"妈，我去吧。"

要是母亲去了，父亲一定舍不得让她站一旁等，少不得又败了棋兴。

"出去要多穿点儿衣服。"

叶微澜去得不巧，对弈的老人告诉她："你爸前脚刚走，你后脚就来，不巧得很！"

礼貌道谢后，叶微澜一个人往回走，路过一个喷水池，她习惯性地停了下来，测算水量和射程。

"素素。"

听到这久违的名字，叶微澜奇怪地转过身，看见几米开外站着一个男人，米色风衣，脸被墨镜盖了大半，可她还是一眼就认了出来。

"熙宁哥。"她惊喜地喊出这个名字，朝他跑了过去。

好久好久不见。

隔着十余年的时间，他们静静看着对方，没有从彼此的眼中看到疏离。

有些人从来不会提起，但永远不会忘记。

以前的赵熙宁可不是这般光鲜亮丽，他是徐宁街头有名的小混混，人长得跟扁豆干似的，顶一头小黄毛，擅长干架，但经常被人围殴，伤痕累累。

那晚他被人打断肋骨扔在角落里，被下楼倒垃圾的孟素心发现，这个心肠柔善的女人收留了他。

不过三个月后，一辆黑色车子把赵熙宁接走，留下了一大袋钱。似乎从此就消了痕迹。叶微澜和他联系上已经是三年后的事情，那个时候他已经顶着偶像歌手的光环在娱乐圈混得风生水起了，后来不知怎的又转行去演电视剧，也是成绩斐然。

两人静坐在台阶上，冷风把他们的谈话声吹散，丝丝缕缕地飘回了十多年前，那个有着槐花香气的月夜。

过去和现在有了微妙的重合，赵熙宁看着这张姣好的脸，心里有千言万语想和她说。

你知不知道为了这一天，我等了十多年？

世间有些等待可以同时光较量，终成正果，然而，大部分已不为人知，随春花落去，掩埋在冰冷的地下，来年春天，开的已不是这朵花。

叶微澜一大早就听到楼下传来说话声，她用被子紧紧捂住头，总算觉得好了些。

可不知怎的，扣扣却躁动起来，它胖胖的身子不安地扭着，浑身的毛都竖了起来，一副如临大敌的惊恐模样。

叶微澜去了大半睡意，她安抚了扣扣好一会儿，搭了一件毛衣便下楼去了。

叶母在厨房忙着泡茶，客厅里两个男人正相谈甚欢。叶父一脸舒心笑意，而坐他对面的另一个男人也是面带微笑，气氛好到了极点。

"微澜，"叶母最先发现女儿的存在，她迅速走过去，"家里有客人，你怎么穿成这样就下来了？"

陆遇止循着声音看过去，手上捧杯喝茶的动作一顿，目光渐渐变得幽深起来，他慢慢移开视线——总不能当着她爸妈的面如此失态。

叶微澜穿着柔软的睡衣站在楼梯口，外套松松垮垮地披着，一头黑发也乱糟糟的，可偏偏她脸上的表情那么无辜，让人不自觉地心生怜爱。

"陆遇止，你怎么又来了？"怪不得扣扣这么反常。

又？二老对视了一眼。

"我过来看看你。"

叶父替女儿接过话头："陆先生有心了。"

"叔叔，"陆遇止面露笑意，"您叫我遇止就好。"

叶父心底又对这个年轻人多了几分欣赏："刚刚我们说到哪儿了？围棋，你如果也有兴趣……"

中午，陆遇止自然而然地留下来吃饭，他记得微澜说过自己父亲喜欢喝白酒，便投其所好，花了点儿心思托朋友带了几瓶陈年茅台。叶母呢，则送了一条苏绣的精美丝巾，哄得二老眉开眼笑，开心得不行地进厨房忙活了。

"没有我和扣扣的吗？"叶微澜打趣。

那只胖猫一脸期待地看过来，陆遇止只得把钥匙扣上的钻石吊坠取下来扔给它。

扣扣就喜欢这种亮晶晶的玩意儿，它一把扑上去，高兴地玩起来。

"那我呢？"

"我把自己送给你，"陆遇止一脸戏谑，"要不要？"

叶微澜竟也认真地思考起来，将他和茅台酒、丝巾、钻石吊坠对比了一番，一会儿后，她摇摇头："不要。"

陆遇止的笑意僵在脸上，心底暗暗想：呵，由不得你不要。

"为什么？"

"你看起来不好养。"

心情又突然变得明媚起来，陆遇止直直看向她的眼睛："噢，原来你已经考虑过要养我了。"

叶微澜："……"

叶微澜的好厨艺承继叶母，而叶父的水平又在妻子之上，这一顿由二老亲自下厨，陆遇止真是极有口福。

偏偏还有他最喜欢的水煮鱼和羊肉煲，前者符合他的口味，后者是温补之物，正好可以弥补他这些天流失的精华。

叶母和叶微澜口味清淡，只有叶父偶尔才下筷去夹鱼片和羊肉，其余的几乎全进了陆遇止的肚子。

这一顿真是吃得不能再满足，陆遇止坐在沙发上，根本不想动一下。

叶微澜和叶母在厨房洗碗，水流哗哗地流着，掩映着两人低低的说话声。

"微澜，遇止这人，"叶母欲言又止，"你对他有什么想法？"

想法？叶微澜疑惑反问："妈，我应该要对他有什么想法？"

叶母哭笑不得，推推她："那他对你有什么想法？"

"这个我没问，"叶微澜想了想说，"不过，他刚刚说要把自己送给我。"

叶母听到了关键信息，忙追问："那你怎么回答呢？"

"我拒绝了，他不好养。"

"怎么说？"

叶微澜皱眉，简单举了个例子："他只喝某个牌子的纯净水，一口都要好几十块，我养不起。"

在叶微澜成长的记忆里，所谓的成家，便是两人共同分享分担，叶父叶母便是这样，他们经营着这个温暖的小家，数十年如一日地相爱。尽管当初他们并不被人看好，但当初那些反对的人如今不是半脚踏进了坟墓，便是已成了一堆白骨。

叶微澜知道父母走到今天并不容易，他们在一个学术研讨会上相遇，一见钟情，谈婚论嫁之际，母亲被查出不孕症……波折重重，后来父亲为了她不惜和叶家决裂，那么喜欢孩子的一个男人，竟一生都无法拥有一个流着自己血脉的孩子。

叶微澜还记得那天，这个男人语气哽咽地跟她说："素素，我很抱歉，但你必须要姓叶，这是我对叶家的交代。"

从今以后你就是叶家的人，是我叶城唯一的女儿。

这句话时时在叶微澜心中回响，尽管她从不被叶家老爷子喜欢和承认。

"想什么呢？这么入神？"

叶微澜回过神，从后面抱住母亲的腰："妈，谢谢您和爸。"

叶母握住她的手："傻孩子。"

午后闲暇的时光，陆遇止和叶父下了几盘棋便消遣过去了。

"年轻人，深藏不露啊！"叶父忍不住竖起大拇指。

"哪里哪里，"陆遇止谦虚极了，"是您一直让着我。"

叶父看了一眼窗外天色，颇有些意犹未尽的意味："改天有机会一定要再切磋一下。"

"当然，"陆遇止站了起来，"我的荣幸。"

"微澜，你送一下遇止。"

"哦！"叶微澜应了一声。

两人一前一后地出门，叶微澜跟在后面，他长得那么高，她一路踩着他的影子，突然想起什么："我这里有电影票，送给你。"

陆遇止慢慢地停下了脚步，转过头来看她。他的眼神带着探究，似乎还有笑意从眼角一闪而过。叶微澜张着手心，上面躺着两张粉色的电影票，他简单扫了一眼，是最近大热的一部爱情电影。

之前拒绝得那么痛快，现在又变着法儿和他约会？在那种黑漆漆的地方，她到底想对他干些什么？尽管这样想着，陆遇止脸上的表情还是淡淡的："看在你这么有诚意的分上，我勉为其难收下吧。"

叶微澜完成了母亲交代的任务，转身就要往里走，陆遇止连忙拉住她的手："去哪儿呢？"

"我不是都送你出来了？"

陆遇止意识到有些事情和自己想的有些偏差："你送我两张电影票，不是要和我一起去看？"

叶微澜闻言有些惊讶："难道你连陪你一起看电影的人都找不到？"人缘不至于这么差吧？

陆遇止深深吸了一口气，真想撬开这女人的脑子看看上天是不是把她的情商都稀释成了水，不过他更想的是把她抱进怀里，堵住那令他心痒难耐的红唇，狠狠欺负她一番！

"当然不是！"陆遇止当即反驳。

"哎，那你还拉着我干吗？"

"我不管，谁送的票谁负责陪我看。"

"这不好吧。"叶微澜犹豫了一会儿，"他很忙，这会儿估计没空陪你。"

陆遇止简直气得一塌糊涂，哪里听得清她在说什么。

最后叶微澜还是陪着去了电影院。电影票房不错，里面人很多，不过好在两人的位置视野极佳又不受打扰。

"你靠这么近做什么？"

"我好像有点儿冷。"男人一本正经地扯着谎，"你身上好暖。"他忍不住又靠了靠，直接把头靠在她肩上。

叶微澜没指望能把他推开，只能任之为所欲为。她认真地盯着大屏幕，有马蹄声传出来，不一会儿画面出现一个骑着马的男人，看起来俊朗非凡。

陆遇止察觉到她轻微抖动着，随着她的视线看过去，看到一张不算陌生的脸，他沉下脸："这票谁送给你的？"

叶微澜指着屏幕上的男人："赵熙宁。"

还真被他猜中了。陆遇止浑身散发着阴森森的气息，他咬牙切齿地问："你和他什么关系？"

叶微澜莫名其妙地偏头看他："这和你有什么关系？"

"唔！你怎么又咬人啊？"

许久许久后，两人各自平复着气息，陆遇止的手机开始振动起来，他连看都没看直接接通。

"遇止，还没下班？"

"妈，"陆遇止含混不清地"嗯"了一声，"有什么事吗？"

"你和那位叶家二小姐，进展如何了？"

陆遇止发出一声轻笑，她竟然掐他，他捏住她的手握紧在自己的手心里："还行。"

"什么时候，把她带回家里吃顿饭吧。"

"明天去我家吃饭。"陆遇止说道。

叶微澜不解："为什么？"

陆遇止难得耐心地解释起来："今天我去你家吃饭，明天你去我家吃饭，这叫礼尚往来，是基本的人情世故，你不会连这个都不知道吧？"

这还真的是叶微澜的弱项，从小叶父就教她宁可藏拙，也不要献丑。她沉默了一会儿才点头："那好吧。"

陆遇止没想到她这么好糊弄，忍着笑意："那我明天早上去接你。你喜欢吃什么菜，我先让他们准备。"

"基本上你不喜欢的我都喜欢。"叶微澜挪了挪身子，后知后觉地发现手还被他握着，他的手那么大，把她的严严实实地裹住。

"知道为什么要握你的手吗？"黑暗、独处、暧昧……这样的环境太适合同她"调情"。

"当然。"

"哦？"还懂得回应他了，看来情商也没那么低嘛！陆遇止挑起眉，眼底深处绽开的笑意露了一些出来，"说说看。"

叶微澜自信地说："在物理学上，这叫热传递，原理是……"她说起自己擅长的东西，总是眉飞色舞，模样妩媚又生动，让人移不开视线。

坐她旁边将他们的对话一字不漏听完了的一个年轻女孩子终于没忍住"噗"的一声笑出来。

陆遇止也哭笑不得地揉乱她的一头秀发。

算了，慢慢来吧，不指望她一下子就开窍。

电影散场已经是两个小时以后的事，陆遇止将微澜送回家。临别前，他突然问："叶微澜，有没有人说过你很有趣？"

叶微澜摇头："没有，"她摸着下巴想了会儿，"不过，倒是有很多人说我很古怪。"

陆遇止觉得自己真是捡到了大宝贝。

"明天见。"

车子在渐深的夜色里绝尘而去，陆遇止回到家，一个冷冷清清的地方，除了客厅那盏壁灯，没有人等他回来。

想起在叶家同他们一家人相处的情景，从父亲去世后，他再没有过那样幸福的时光。陆遇止的心里隐隐对明天开始期待起来。

叶微澜，不管初衷如何，如今我可能真的没办法放你走了。因为你过着的是我一直求而不得的生活，你要借我一些温暖，借我一些幸福。

叶母听说女儿要去陆家，一大早就起来忙活了："这件不行，太素了。"

"这件也不太好，太艳了。"

叶微澜知道母亲大概又是职业病犯了，她有些不理解，不就是吃个饭吗，为什么要这么讲究？

"妈，您不用这么紧张，昨天陆遇止不是直接一身工作装就来了我们家里。"

"你这孩子，"叶母好笑道，"遇止昨天那身可是出自比普安大师之手，专业定制……"她是服装设计师，自然在这些方面多留了心思。

叶微澜撇撇嘴，在她眼里，再高级又如何，男人的西装就是工作装。

最后挑了一条浅蓝色长裙，搭白色坎肩，配棕色小羊皮短靴。叶母看着女儿这一身，满意地点点头。

一个小时后，叶微澜来到陆家，她先前来过一次，不过印象并不深刻。

此刻看着这两栋占地广阔的白色别墅，还有门前两排整齐的用人，叶微澜突然有些不想进去了。

陆遇止直接牵着她往前走，用人们都瞪大了眼睛，他们经过时连大气都不敢出。

"怎么会有长得这么美的人？"

"好像天仙下凡一样。"

"要我说啊，她更像妖……哎哟！疼死人了，你掐我干吗？"

杨姐低声呵斥："有这等嚼舌根的工夫，还不快去把活儿干了！"

待用人散了后，王管家在一旁轻声问："刚刚那就是叶家二小姐？"

杨姐摇头："怕是叶家三小姐才对。"

"我得去厨房看一下，"杨姐搓搓发红的手，"你不知道，公子天没亮就来找我，吩咐我把一些菜品备下，还细细叮嘱口味一定要清淡些。"

她四处望了望，压低声音："那模样可做不得假，不像逢场作戏，何曾见他对一个女人这么上心过，我估计这回没得跑了，就是不知道夫人那边……"

"哎，"杨姐突然不说了，"我得赶紧去看看。"

正屋的客厅里，陆夫人坐在主位上，笑容温婉得体。

"妈，这就是叶家小姐，叶微澜。"

叶微澜看见眼前这个妇人一脸怪异的表情看着自己，微微愣了一下，勉强扯出一个僵硬的笑。

幸而陆夫人没有失态太久，她站起来，笑得也有些不自然："来了。这边坐……"

叶微澜在这两人中间坐下，感到稍微不自在，她把腰背挺得直直的。

陆夫人问："今年多大了？"

叶微澜答："二十二。"

陆夫人又说："你和遇止差了整整五岁。"

叶微澜在心里暗想，原来他已经这么老了。

"家里都有些什么人？"

叶微澜看向旁边的人，眼神在问：你妈妈问的问题好奇怪，你来我家吃饭我妈可没这样问过你。

陆遇止面带微笑地看她，并不说什么话，继续缠着她裙子上的小玉珠玩。

好不容易到了午饭时间，叶微澜松了一口气，吃完饭终于可以走了。

长餐桌上只有三个人，陆遇止夹了一块鸡肉放进微澜碗里："这道水晶鸡还不错，尝尝。"

叶微澜轻声道了谢。

陆夫人看着这一幕，心底突然很不是滋味。

菜都很不错，可惜吃的人各怀心思。叶微澜想着赶紧回家，可不知为什么，浑身忽然虚软无力，刚站起来就又要跌下去。

陆遇止赶紧抱住她，第一反应就是去探她的额头，幸好没有烧起来。

好好一个人，眼皮子底下就这么倒了下去，陆夫人也吓了一跳："这是怎么了？"

"应该是醉了。"

陆遇止转头问："今天哪道菜用了酒来烹制？"

杨姐立刻答："那道水晶鸡放了清酒佐味，不过量应该不会很多。"

"你把叶小姐送去客房休息一下吧。"陆夫人柔声发话了。

"不用。"陆遇止直接拦腰把叶微澜抱起来走了出去。他抱人的动作娴熟，步子也走得很平稳。

几分钟后，一个用人小跑着回到饭厅："夫人，公子把叶小姐抱进了他卧室。"

陆夫人大骇，险些站不稳："你快让他过来一趟。"

而那边，陆遇止轻轻关上门，听了用人的话，他淡淡应道："知道了。"

走过楼梯转角，刚好和上楼的陆宝珠碰上，陆遇止退到一侧："姑姑。"

"听说你把女朋友带回来了？"

陆遇止笑了笑："真不巧，她刚刚喝醉了，在房里休息。"

陆宝珠看起来有些遗憾："看来要见上一面只能等下次了。"

"姑姑，前几天我看见姑父了。"

"是吗？"陆宝珠对此似乎没什么反应，他们夫妻貌合神离在陆家已经不是秘密，"不说这个了，我很久没见你母亲了，走，和我一起去。"

陆夫人已经在客厅等着。

"遇止,这叶家二小姐不适合你。"陆夫人第一句话如是。

"我想妈您弄错了,"陆遇止气定神闲地在沙发上坐下,"她不是叶家二小姐。"

"那她是?"陆夫人眉头一皱,怪不得和她得到的消息不一样,端庄大方,光这一点就严重失实,那女孩子浑身都透着一股妩媚,一颦一笑都像那……

"她是叶城的女儿,叶微澜。"

陆宝珠的笑意微微一僵,陆夫人已然沉下脸:"我不同意你们在一起。"

陆遇止无所谓地笑了笑:"我以为你应该很清楚,你的意见在我这里没有任何的参考价值。"

陆夫人被逼出了泪,趴在一边低低啜泣起来。

"遇止,你看你……"陆宝珠适时地打圆场,"怎么说话的?还不跟你妈道歉。"

陆遇止站起来就往外走,刚出门,那张俊脸立刻沉了下来,这样伤她,他心里也很难受。

回到卧室,陆遇止顺手反锁上门,看着床上睡得无知无觉的人,他的心莫名又变得柔软起来。

"像你这样多好。"他捏了捏叶微澜的脸,本来只是捏着玩,可那肌肤像上等丝绸一样,又滑又柔,像是有无边吸力,令他爱不释手。

她的额,她秀气的眉……陆遇止的手一处处滑过,最后停留在她嫣红的唇上。陆遇止以为她涂了口红,指腹轻擦了一会儿后才发现,她根本未施粉黛,是天生丽质,和她的人一样纯净自然。

他闭上眼睛,闻着她暖香的气息,轻轻含住那两片红唇……

夕阳笼罩着阳台,空气里弥漫着阵阵花香,深秋的黄昏被酝酿得诗情画意起来。

叶微澜老爱翻身趴着睡,陆遇止纠正了好几次都收效甚微,不得已,他只得轻轻按住她。这样一来,他大半个身体都压在床上,香甜的睡眠是会传染的,没一会儿他便觉眼皮渐重,很快人便失去了意识。

叶微澜只觉得自己睡了很长时间,做了一个杂乱的梦,她梦见扣扣用舌头舔她的脸,很痒很痒,她伸手去摸它的头,它却突然变成一个男人,扑上来,紧紧把她压在身下……

原来并不是梦。

睁开眼睛，叶微澜看到一个男人静静躺在身侧，她的腰被他的手掌压着，炙热的温度隔着衣衫从他手心里传过来。她揉揉眉心，看着陌生的房间，努力回想发生了什么事。

"陆遇止，"叶微澜推了推身上的人，"起来，你好重。"

男人模模糊糊地应了一声，直接把头挨近她的颈窝，又没了反应。

叶微澜被他呼出的热气弄得有些痒，红着脸往后躲，她在这方面再怎么不开窍，也知道自己不应该和一个男人躺在一张床上，而且还是以这么暧昧的姿势。

"砰"的一声，陆遇止猛地惊醒，他看看坐在床上的女人，又看看摔在地板上的自己，神情错愕极了。

她……竟把自己从床上推下来了！这女人到底还能给他多少"惊喜"？

见他朝自己伸出手，叶微澜迅速往后退，她见识过他惊人的体力，在这方面，如果他要硬来的话，她绝不是他的对手。

"躲什么？"陆遇止危险地眯起双眸，朝她晃了晃手，"又不会吃了你，拉我一把。"吃肯定是要吃的，不过不是现在。

叶微澜定定地看着眼前这男人，像是在衡量他话里有多少真实性，好一会儿才伸手将他从地板上拉了起来。

陆遇止顺势往床上倒，直直地把她压下去，他捏着她的下巴："看你往哪儿躲。"

"你别碰我那里，"叶微澜笑得上气不接下气，"痒……"

"这里？"他的大手肆意游走着，"还是这里？"

叶微澜呼吸急促，脸颊已经涨了一片粉霞，手绕到他身后，可刚有动作就被他察觉。

陆遇止轻轻地反手捏着她的手腕，似笑非笑："又想来那招？"

叶微澜扭动着身子娇笑："陆遇止……哈哈……我们……哈哈哈还不是那种关系……不可以这样……哈哈……"

陆遇止停下动作，声音低沉地问她："那你觉得什么关系才可以这样？"

叶微澜平复着自己的呼吸，偏头想了想："男女朋友。"

"那简单，"他笑得眼睛都眯起来，"你当我女朋友。"

叶微澜微喘着说："我又不想和你做这些事。"

"那你想和谁？"陆遇止依然在笑，但眼底一片冰冷，"赵熙宁吗？"

叶微澜犹豫半晌，才问出这么一句："哥哥也可以当男朋友吗？"

陆遇止突然气得笑出来。

晚上，叶微澜回到家，和叶母说了会儿话便上楼去了。吹干头发，她坐在梳妆台前，细细地看了一眼镜中的自己。

唇好像肿了，难道那男人又咬她了？

叶微澜拿出手机，点开浏览器，输入：为什么男人喜欢咬女人的唇？

搜索结果很快出来了：占有欲的表现，说明男人对这个女人喜欢到了极点。

叶微澜很快就否定了这个答案，她继续往下看，有一个答案是：大概是想尝尝生肉的味道？

她全身哆嗦了一下。

最后，叶微澜的视线停留在一行字上：喜欢咬女人唇的男人通常缺乏安全感。她细细回想了一下前几次他咬她的情景，其实也不算真正的咬吧，只是一开始的时候是，后面他还把舌头也伸进来了……

叶微澜暗暗在心底做了个决定，如果下次再这样她一定要用力地咬住他的舌头。

陆遇止一下子就从那群穿保安服的人当中认出了余小多，他立刻把她叫出来。

余小多站在他面前恭恭敬敬地敬了一个礼："老板有何指示？"

"叶微澜去哪儿了？"

这"情"刚有点儿苗头，可连续几天叶微澜好像人间蒸发了一样，电话打不通，闭门羹吃了一次又一次，陆遇止的耐心已到了崩溃的边缘。

"微澜她去普陀村炸山了，她发了朋友圈。"余小多说，"是她前段时间刚接的工作……"

工作？陆遇止冷笑："那她的电话怎么打不通？"

"这个嘛，"余小多默默地吞了吞口水，"微澜的手机安装了智能拦截系统，她工作的时候需要保持绝对的专注和安静，除非她主动联系别人，否则是没有人能打进电话的。"

还好她不是在躲他，陆遇止暗暗松了一口气："你刚刚说朋友圈，"语气顿了顿，"她的微信号是什么？"

迫于这人威严太甚，余小多只得如实告知。

"她经常用这个账号？"

余小多点头："微澜很依赖网络的。陆总我可以问你一个问题吗？"

"问。"

"你是不是在追我家微澜？"

陆遇止冷冷地看她一眼："你哪只眼睛看出来的？"

怎么感觉说哪只都很不安全的样子。

"哎哟！"余小多捂住双眼，"天怎么一下子黑了？好像眼突然瞎了一样，陆总我不奉陪了，先去滴点眼药水。"

陆遇止站在原地，嘴角微微扬着，心想，明明是她追他好吧，又是送花又是看电影，现在还玩起了欲擒故纵。

他最不喜欢别人半途而废了。

车子抵达普陀村的时候已经接近傍晚，村里太窄，陆遇止只得把车停在村口，自己下车进村。

这个村子因为资源开发，时常有陌生的人来，村民们都见怪不怪了，只是这么英俊的男人平日里倒是少见，便不由得多看了几眼。

陆遇止向一个坐在屋前掰玉米的老妇打听叶微澜的住处，老妇耳朵不太好使，是她的小孙子在旁边做的翻译。

小男孩听了一会儿，突然站起来往里屋跑："姐姐，姐姐，有一个叔叔找你。"

陆遇止向老妇道了谢，便跟着走了进去，他脚步倏然一顿，然后好整以暇地倚着木门看了起来。

叶微澜正在杀鸡。

那鸡看起来不太机灵的样子，乖乖被她捏在手里，傻傻的也不知道挣扎。叶微澜只看过别人杀鸡的后半部分，不知该从何下手。

这只鸡是叶微澜上山考察地形的时候捡回来的，它大概冻傻了，钻在一堆枯叶里，她拔萝卜似的把它弄出来。

跟着一同去的东东开心得手舞足蹈："好棒，今晚有鸡汤喝了！"叶微澜便歇了将它放生的心思。

习惯性地掏出手机上网搜，好一会儿后叶微澜心中大概有了个底，她拎着鸡，举起刀，手起刀落，一刀把鸡的脖子连毛一起剁了下来，地上溅开好大一摊血。

陆遇止看得叹为观止，一旁的小家伙东东早已急红了小脸，多浪费啊，这鸡血可好吃，姥姥可喜欢吃啦！

"姐姐，你怎么这么杀鸡啊？"带着点儿委屈的声音。

叶微澜回过头，看见一个身形颀长的男人倚在门边，她心想，果然是日有所思夜有所梦吗？

几天前，叶母不知受了陆遇止什么蛊惑，说了他许多好话，叶微澜向来是很听母亲话的，被洗脑得很彻底。

"既然他开销大，那你多赚点儿钱就是了。"叶母的原话如此。

好像是这个道理。叶微澜当即查看了自己的银行存款，还能撑好一阵子，不过如果真的要养的话是远远不够的。

"姐姐……"

稚嫩的童声把微澜从沉思中唤了回来，她摸了摸小家伙的头，又朝那个方向看了一眼，奇怪的是，人竟然还没消失。"陆遇止？"

陆遇止不急不缓地朝她走近，夕阳的光在他身后渐渐变淡："不过几天不见，就不记得我了？"

"姐姐，"东东扯了扯微澜的衣角，努了努嘴，"刚刚就是这个叔叔找你。"

小家伙完成任务，就屁颠屁颠地去烧水，准备拔鸡毛了。

"你在我身上安了定位装置？"

"这叫心灵感应，"陆遇止好笑道，"懂不懂？"

还真是不懂。叶微澜拿出手机搜什么是心灵感应，她面上表情没什么变化，心底却暗暗惊叹起这世上竟有此等奇妙的东西，比 GPS 还管用。

陆遇止淡淡扫了一眼"凶杀现场"："你就这么杀鸡？"

"不然呢？"微澜拿出手机给他看自己刚刚搜的杀鸡教程，第一句话明晃晃地写着：务必第一时间让它断气。

"难道剁脖子不是让它最快断气的最好方式吗？"

陆遇止抬手去揉她的头发，每次他被她奇怪的脑回路气得想笑又笑不出来时他就喜欢做这个动作："叶微澜，你怎么可以这样可爱？"

"你以前作文从来没得过优秀吧？"

"你怎么会知道？"

叶微澜瞥他一眼："我想，但凡有点儿职业道德的语文老师，应该都不会让只会翻来覆去说'有趣''可爱'、描述又失实的学生作文拿优秀的吧？"

好端端的一句情人眼里出西施竟被她扭曲成这样，陆遇止无语望天。

晚上山路不好走，陆遇止就顺理成章地住下来，村里人晚饭吃得早，周围才刚染了一层薄薄的暮色，大人小孩就吃完饭，背着背篓上田里摘玉米去了。

将暮未暮时分，田里一片热闹，连空气都充满了欢悦。

老妇人腿脚不便，东东年纪又太小，叶微澜和陆遇止便主动承下了上山挖番薯的任务。这时节，田里的老鼠都忙着屯过冬的粮食，甜甜脆脆的番薯恰恰是它们的心头好。

两人来到山上，很快忙活起来，都是生手，动作笨拙得很，土很松，陆遇止很快翻了一小片，他趴着挖了半天，只挖出几块瘦不拉几的东西。

估计是还没成熟的番薯，陆遇止随手扔在一旁。

微澜擦擦额头上的薄汗，继续翻地，奇怪的是，翻了好大一片，挖出的番薯都是黑乎乎的小圆块。

"我看这地这么贫瘠，估计番薯也只能长这么大了。"

叶微澜只喝过番薯糖水，却不知道长在地里的番薯是什么样的，陆遇止情况要糟糕些，他既没吃过也没看过。

叶微澜看了看天，暮色已深，她蹲下来，挑了几根长得比较大的"番薯"装进袋里："天黑了，我们回去吧。"

山风很大，微澜裹紧了外套，打着手电筒小心翼翼地走着，陆遇止跟在她身后，只穿了一件薄毛衣，毕竟养尊处优惯了，他哪受过这些苦，风一吹就打哆嗦。

叶微澜听到喷嚏声，转过头见男人双手环胸，黑色短发被风吹得有些乱，那张轮廓分明的俊脸在光的映照下显得越发英挺，她从头到尾看了一遍："你多高？"

"189cm。"

叶微澜偏头想了一会儿："我才165，我的衣服你穿不下。"

她神色认真，是真的想把衣服借给他。陆遇止的心莫名变得和春水一般柔软："不用。"他眼底都是温暖的笑意，"不过，有一种别的方法可以帮我取暖。"

"什么？"

男人已经来到微澜面前，他居高临下地看着她："你之前不是教过我热传递？"

"知道了。"叶微澜点头。

"陆遇止，这棵树我们刚路过。你是不是又迷路了？"

叶微澜趴在男人背上，被他的大手稳稳托着，可山路并不平整，她的手还是紧紧搂着他的脖子。

"哎，"叶微澜拍了一下他肩膀，"前面有人，快过去问问路。"

可当他们渐渐尾随上去，那人竟越走越快，不一会儿就消失了。

两人也算是运气好，刚好有一家人丢了牛，上山来找，半路碰上，顺便把他们带回了村子里。

地方实在不宽阔，一块木板隔开两张床，叶微澜睡里间，陆遇止睡在外面，他刚洗过冷水澡，睡意还不深，便拿出手机准备看工作邮件。

不一会儿，隔壁已经没了动静，陆遇止轻手轻脚下床，推开门板走了进去，床上的人已经沉入梦乡，大格子木窗透进来的月光铺了一地，他在她发上落下一吻，轻轻道了一声"晚安"。

月落霜满。

东方的天空刚露出点儿鱼肚白，一声尖叫打破了普陀村的宁静："造孽哟！谁把我昨天刚种下的土豆儿全挖起来了？"

第四章
只对你有感觉

"地震啦!"有人大嚷。

"死人啦!"

一时间村里乱如一锅粥,恐慌乘了谣言的翅膀飞遍了每个角落:"这哪是地震啊?没看见山都被炸得平了一大片?听说老赵在山上放牛,不知怎么回事,手脚就飞了……"

村民们平日里守着一亩三分薄地,日出而作日落而息,哪听过这样耸人听闻的事,个个吓得面如土色。

那人还在唾沫横飞:"听说掉下一根胳膊,叫山上的野狗叼了去了。"

"你的良心才被狗叼了去!"有人灰头土脸地从人群里扒拉出来,大家定睛一看,这不正是那老赵吗?再一看,他腿脚都好好地在身上呢!

说人家胳膊腿都炸飞了,这诅咒也委实毒了些。

大家都附和开:

"我就说,二赖子的话能信吗?这小子尽会瞎扯淡。"

"咦,二赖子人呢?"

有人呸了一口:"这小黄毛不正夹着尾巴走着吗?"

众人乐了,没一会儿就散了,个个上山看热闹去了。

爆炸发生的时候,叶微澜正在山上勘测地形,她刚测算好土壤密度,一阵地动山摇,一个没站稳倒了下去,抱住一棵树才没继续往下摔。

陆遇止睡得晚,起来时天色已大亮,他从东东那儿得知叶微澜的行踪,准备吃完早餐再去找她,谁知道刚刷着牙,听到外面有人喊:"地震啦!"

他把杯子一扔,火急火燎就朝山上跑。

山上找了大半圈也没发现叶微澜的身影,陆遇止急得后背出了大片冷汗。

走到一个小坡，看见她放在地上的工具包，人却不见了行踪，他越发心乱如麻，生怕她出了什么意外："叶微澜！"

叶微澜正坐在草地上用手机验算着一个重要数据，听到自己的名字，顺口应了一声："我在这儿。"

没一会儿，就有人从上面滑了下来，叶微澜抬起头，看到他，惊讶地问："你怎么来了？"

陆遇止脸色隐隐有些发白，可那双眼睛却幽沉极了，叶微澜突然发现一个事实，经过这场爆炸，她现在手上的数据都失效了。

"干吗看我看得这么入神？"

叶微澜的心神这才集中到他脸上："你嘴边还有牙膏沫。"

陆遇止淡定地拉起她的袖子擦了擦嘴角。

叶微澜有些嫌弃地皱了皱眉，不过并没有说什么。

两人回到了落脚的地方，在村口遇见熟人，陆遇止惊讶极了："姑姑？"

陆遇止知道姑姑不会平白无故跑来这个地方，猜测是家里的老祖宗等得急了，派她来一探究竟。

"我出差经过，听说你们在这里，就想着过来看看。"陆宝珠笑着去探看他身后的人，"藏这么紧呢？"

陆遇止身材高大，叶微澜在他身后完全被盖了过去，她向来不喜欢和生人接触，不过这声音听着有些熟悉，只是不太确定，经过那场爆炸，现在她耳朵还有些嗡嗡响。

"丑媳妇还要见公婆呢！"陆宝珠开玩笑地上前。

谁知从陆遇止身后露出一张千娇百媚的脸，两人同时惊喜地喊出来：

"微澜！"

"宝姨！"

这下倒让陆遇止愣住了："你们认识？"

陆宝珠亲热地拉着微澜的手："好多年前就认识了，比你还要早。"

叶微澜眉眼都是笑意："宝姨，你也和陆遇止认识？"

"她是我姑姑。"

陆宝珠看着眼前这一对璧人模样的男女，感慨道："真是应了那句老话，不是一家人不进一家门。"

叶微澜十二三岁的时候陆宝珠就认识她了，后来她出国自己外派，两人又重新有了交集。叶微澜体质特殊，发烧是家常便饭，叶父叶母为她请了家庭教师，她在数学上爆发惊人的天赋，陆宝珠就是她当时的数学老师。

叶家夫妇将这个养女保护得很好，叶微澜几乎鲜和外界有接触，便养成了这样不谙世事的性子。后来两人虽然从事不同领域的工作，但志趣相投，便一直保持着联系。

"姑姑，这会儿时间还早，您是……"

陆宝珠哪里听不出侄子话中的深意，这是不动声色地变着法儿赶人呢，反正老太太交代的任务完成，她也不当这大灯泡了："我还得赶去邻市开个会，一会儿就得走了。"

"这么快？"叶微澜语气中有些不舍的意味。

陆遇止轻笑："路上注意安全。"

陆宝珠走到他旁边："不需要我在老太太跟前美言几句？"

"不需要，"陆遇止瞥了一眼站在不远处的女人，"她有多好，我相信奶奶会知道。"

"这小子，"陆宝珠捶了一下他肩膀，"真有你的。"

走出很远，陆宝珠又回头看了看，一男一女正背对着她而行，她的眼底露出一丝怪异的笑意。

叶微澜进了屋，坐在床上，感觉膝盖有些疼，拉了拉裤子，她忍不住轻轻地"嘶"了一声。

"怎么了？"

"膝盖疼。"

"脱掉裤子我看看。"

说完，陆遇止自己先愣了一下，这句话太引人遐思了，不过他这时确实没那方面的心思，不过是考虑到她穿的窄脚裤，从下面不好卷上去。

叶微澜直摇头："不用，应该不严重。"

"难道你想我亲自动手？"

"这是我的腿。"她有些迷糊，莫名其妙来了这么一句。

陆遇止失笑："我当然知道是你的腿，我不过想看看你的伤。"

叶微澜认真地想了一会儿，偏头问他："不会像上次一样突然扑上来？"

她还有些心有余悸，上次他说她身体好暖，人就扑了上来，压得她喘不过气。

"我保证。"

"那你先转过身去。"

一阵窸窸窣窣的声响过后，叶微澜换了一条羊毛裙，确认没什么异样后，她才开口："可以了。"

那露在外面的双腿纤长又白皙，独独那膝盖处一片泛红，甚至有些地方还破了皮，他有一种那皮破在自己心上的感觉。

火速出去找来了消毒水和棉签，陆遇止蹲在地上给她清洗伤口："可能会有点儿疼，忍着点儿。"

叶微澜只觉得被棉签擦过的地方凉凉的，被他的大手按着的地方又热热的，真奇怪，伤的明明是她，为什么他看起来这么紧张？

叶微澜摸了摸自己的胸口，心跳又加快了。这是怎么回事？

"很疼？"陆遇止轻声问。

叶微澜摇头。

"那你皱眉干吗？"

我皱眉当然是因为……大家都说女人对一个男人莫名心跳加速，那必然是喜欢上他了。

"陆遇止，你有对别人动过心吗？"

陆遇止以为被她看破了心事，有种如沐春风的欣喜在心底发酵，又有些窘迫，他定定地看着她，"嗯"了一声。

"那是一种怎样的感觉？"

就如此刻，我看着你时的感觉。

叶微澜被他看得有些不好意思，微微垂下头，露出一截白净的肌肤，她轻咬着唇，时不时用余光瞥他。

一轮弯月静静挂在普陀村的天空，屋里暧昧渐生，暖意融融。

张敏行也在看这一轮清冷的月，他站在落地窗前，身后是一室冷清。

不知道站了多久，灯"啪"的一声开了，他眯了眯眼适应这突如其来的光明。

"真是稀奇，你竟然还记得回来。"淡淡的嘲讽声从陆宝珠嘴里传出来。

张敏行面无表情地看着她，这个同床共枕数十年的女人怎么变成这个样子，他竟是像不认识她了一般。

"我的家，我还不能回？"

陆宝珠冷笑道："当然，您说什么就是什么。"

话不投机半句多，张敏行转过身，不欲多理。

他之所以回来，不过是因着这座城市，住着素心。

第二天一大早，村主任就带了几个人过来，点头哈腰地跟叶微澜一行人道着歉："都怪他们几个没文化，眼皮子又浅，听说山里藏了什么好宝贝，就到镇上托人搞来雷管去炸山，结果……"

"给你们的工作添麻烦了真是对不住啊！"老实的村主任一脸诚恳，"我已经教训过他们了。"

石油开发带来的利益是可观的，这些村民不知哪里听来的小道消息，说只要把山炸开一道小口，那油就会源源不断地流出来，到时拿个瓶子去装就好，这可是个好东西，能卖不少钱，大家不由得存了私下发点儿小财的心思，谁知道一不小心犯了大错。

"雷管？"叶微澜捕捉到关键字眼。

大家都不敢直视眼前这个气质高贵的女子，仿佛怕亵渎了她似的，何况她身后还站着一个高大冷峻的男人，一时间没人说话。

"问你们话呢，怎么个个哑巴了？"村主任吼得眼睛都快掉出来。

一个稍微憨厚的中年男子说："镇上拿的货，老王有个兄弟，专门搞这些。"

这不是叶微澜想听的答案，后面的事情团队里会有专人处理，她直直地越过人群走了出去。陆遇止见状，也赶紧跟上去。

"你在想什么？"

叶微澜沉默了一会儿："我知道答案了。"

陆遇止一头雾水，又听她说："他们的目标是我。"

"谁？"

"我也不知道。"叶微澜看向远山，她的眉眼仿佛染了一层青黛之色，"这是第二次。"

第一次的爆破失败，破了她的完美记录，这一次她的爆破精算图只需最后的细节确定便可实施工程，可中途却又出现了这样的意外……

陆遇止经她提醒便明白了过来，大概旁观者清，他甚至可以冷静地帮她分析："有得罪过同行吗？"

有的时候，你太优秀，对别人也是一种无声的冒犯。

叶微澜摇摇头："可能性不大。"

这段时间相处下来，陆遇止大概清楚这女人的性子，她不是恃才而骄的人，相反，怀一身才华却极为低调。

"既然原因不清楚，我们先看结果，一点儿一点儿来。"

"爆炸会产生什么后果？"

"山体发生改变，大部分数据都要重新测算，"想了想，叶微澜又补充道，"这项工作繁重紧密，极耗心神和时间。"

"还有其他吗？"

微澜垂眸想了一下："对精算师的名誉多少会有点儿影响，不过不会太大。"

名誉上的损失倒是无关紧要，对大部分精而不通的爆破精算师来说，计算出现细微的差错再正常不过，虽然她叶微澜从来不在此列。

"测算数据会消耗你的大量时间？"

"可以这么说，"叶微澜点头又摇头，"不过，真正耗时的是验算各项数据。"

"有没有可能这就是他们的目的？"陆遇止提出了一个大胆的猜测，"他们炸山很显然是要毁掉你手上原有的数据。"

"你的意思是说，有人想把我困在这深山里？"

"真聪明！"陆遇止将她被风吹乱的头发别到耳后，指间偷了一缕香。

"为什么要把我困在这里？"叶微澜有些不解。

身后是青山远水，她红唇微嘟，全身散发着令人无法忽略的吸力，陆遇止看得几乎移不开眼睛，他语气有些漫不经心："或许是不想让你去做什么事，或者……"语气突然一顿，"阻止你去见什么人？"

"你说的不对。"叶微澜出声打断，"我遵纪守法，不曾做过伤天害理之事，从事的也是正当职业，第一条可以排除。至于第二条更没有可能，我回国以来，认识的人都见过了，而且我来普陀村也没多少人知道……"她停了下来，自己好像跟赵熙宁提过，"不，还有一个人知道。不过，他不可能做这样的事。"

"你就这么相信赵熙宁？"男人的目光晦暗不明地落在她腕间的手表上，语气稍有些不善。

叶微澜很是惊讶："你怎么知道是他？"

还真的是他，陆遇止转过头不想理人。

叶微澜觉得这人有些莫名其妙，刚想问他怎么了，脚下踩到什么东西，她捡起来仔细研究着。

"这是什么？"陆遇止本来生着闷气，可见她一脸专注，忍不住问道。

"炸弹碎片。"叶微澜随口答，她捏着那黑色小碎片，眉心紧蹙。

"有什么问题吗？"

"这不是雷管的碎片。"叶微澜还想说些什么，手机响了起来。

陆遇止听到里面传来一个男人的声音："叶，我到了，你现在在哪儿啊？"

"山上，爆炸区域。"

"十分钟后到，么么哒！"

陆遇止问："他是谁？"

"杰森。"

"他是你什么人？"

叶微澜奇怪地看他一眼："助理。有什么问题吗？"

陆遇止觉得自己太反常了，怎么跟她在一起这情绪总是反反复复的？

果然没一会儿杰森就风风火火地赶到了，陆遇止正好在接电话，两人没打上照面。

叶微澜把碎片交给他："回去查一下这碎片所属的型号和购买记录。"小事上她虽迷糊，但正经事却从不含糊。

杰森严肃地接过来："我会尽快给你答案。叶，那个男人是？"

"陆遇止。"

杰森印象中不记得有这一号人，他面露迷茫。

"陆氏集团的这个。"叶微澜比了比大拇指。

杰森肃然起敬："The biggest！"他听说过这人的传奇经历，一家濒临倒闭的企业，陆遇止轻轻松松就让它起死回生，不过让杰森印象更深刻的是，陆遇止手段狠厉，令人发指。

杰森望了过去："叶，他……是不是在瞪我？"

"好像是的。"叶微澜继续趴在草地上察看情况，连头都没抬。

"你有没有得罪过他？"那人的冷冽目光让杰森忍不住打了个冷战。

"数不清了。"

妈呀！怪不得他怎么觉得这男人眼神好像要杀人呢！

"叶，我还有事，先走了！"没一会儿，杰森的身影就消失了。

"你助理怎么跑得比兔子还快？"

"因为我告诉他山上有狼。"

陆遇止有点儿不相信："真的有狼？"

有啊，叶微澜笑，不就站在我跟前？

两人下山的路上，时不时遇到一些挎着装满香烛的竹篮上山的妇人，原来今天初一，她们是要到东北角的一座老禅寺上香祈福。

陆遇止碰碰叶微澜的手臂："要不要跟上去看看？"

老太太礼佛，近年来身子骨一直不稳当，他想替她求张平安符。

"你信这个？"

陆遇止拉起她的手就往上走："宁可信其有，不可信其无。"

禅寺幽静，人们安静地上香，叶微澜被那香气熏得眼眶红红的，于是在里面待了一会儿就走了出来。

陆遇止自然跟在她身后，两人一前一后走着，前方有一口古井，井沿长着一圈青绿的苔。

"这位女施主，请留步。"

两人回头一看，一位慈眉善目的老僧人站在不远处，灰色的衣袍随风轻扬。

叶微澜指指自己："您叫我？"

"正是，"转眼间那僧人已来到跟前，细细端详了她一会儿，突然说出六字，"父缘浅，母命薄。"

叶微澜的身体起了轻微的颤动，许久后她才平复了情绪："有生之年，我还有同他相见之日吗？"

"此乃父生之相。"老僧人执起微澜的左手，温和地说，"亲缘线浅，希望渺茫。"

父女缘分竟浅薄至此。叶微澜的泪立刻掉了下来，她鲜在人前显露这种脆弱的情绪，可实在忍不住。

"她父母还活得好好的，你这老和尚尽说些胡话！"陆遇止忍不住动怒了。

叶微澜连忙拉住他，低低地说："他说的……是真的。"

"年轻人，莫冲动，老衲也有一话与你，"老僧人一捻手指，神色变得高深莫测起来，"得而失，失而得，得而……"

"什么意思？"

老僧人只笑而不语，拂袖而去，踏过门槛时，他又大笑："青灯古佛相伴，岂不妙哉！"

"莫名其妙。"陆遇止冷哼了声。

身旁的人一副心事重重的模样，他心一紧，想说些什么话来安慰她，可又不知道安慰些什么，她的悲伤看起来是那么浓重。

她仿佛把自己隔绝在另一个世界，任谁都进不去。

陆遇止将她搂进怀里，紧紧抱住，她的身子那么纤细，还在轻轻发抖。

不远处一树桂花开得正浓，香气四溢，时不时风拂过，花瓣簌簌飘落，香染凡尘。

陆遇止本来打算多留几天再回去，可突然来了一个晴天霹雳——那天晚上和陆择一在一起的女人怀孕了，家里乱成一团，需要他回去主持大局。

他原本只带了换洗衣物，收拾起来不麻烦。收好后，陆遇止看了一眼盘膝坐在床上的女人，轻叹了一口气："我走了，你要好好照顾自己。"

叶微澜只知道他有急事要赶回去，具体是什么不怎么清楚，闻言点点头。

陆遇止走过去揉她头发："没什么想跟我说的？"

"唔，"叶微澜终于抬起头，"路上注意安全。"

他的俊脸上露出无奈的笑容："会不会想我？"

"如果有时间的话。"叶微澜又重新投入自己的工作中。

这个答案让陆遇止宽心不少，他捏捏她的手："工作结束后我来接你。"

"不用，"叶微澜想都没想就拒绝，"太麻烦了，我可以跟他们一起回去。"

陆遇止没再继续要求，他垂眸打量她在阳光下柔和又漂亮的侧脸线条，那两排又长又密的睫毛像两把小扇子轻轻眨着，眨得他的心都微微荡漾起来。他情不自禁地伸手去摸她的脸颊，触感又滑又嫩，他又忍不住捏了捏。

"痒。"叶微澜轻笑着躲开。他顺势抱住她："你什么时候才给我个名分？"

没名没分的，弄得每次做些亲热的事，他总有一种占她便宜的感觉。

他在跟她谈养他的那件事吗？

叶微澜想了一下："可我还没赚到足够多的钱。"

陆遇止弄不清楚这两者之间有什么必然联系："什么意思？"

叶微澜把原因解释了一遍，又说"我爸妈说，我们每个人生来就是一块拼图，要去找自己契合的另一半，同他生儿育女，拼成一个完整的家。"

"你爸妈说得对！"陆遇止简直不能再赞同这个说法，"所以你的决定是？"他的心在胸腔里加快了跳动。

"现在还不清楚。"叶微澜放下笔，轻咬下唇，"我知道你对我很好，不过我不确定这是不是喜欢。我妈说，男人对漂亮的女人总是有一种天生的占有欲，大多只是抱着玩玩的心态……"

这老实孩子将叶母的话全盘托出。

陆遇止听了忍不住笑，他抬起她的下巴，顺手拿起床头的小镜子给她看："漂亮吗？我可不觉得，"他动作极轻地替她擦着脸上的黑色笔迹，"脏兮兮的，像只小花猫，丑死了。"

叶微澜在他胸口捶了好几下："你该走了，不然回到H市会很晚。"

"担心我？"陆遇止笑得像只偷了腥的猫，"给点儿福利我才走。"

讨够了福利，陆遇止才微喘着松开床上的人，只见她双眸含水脸红红地看着自己，呼吸又急促起来，可不能够，他必须要走了。

"我们终将只属于彼此，不过是时间早晚而已。"

家丑不宜外扬。

陆择一的问题有些棘手，女方坚持要打掉孩子，而她双亲却恨不得攀上陆家这根高枝，说什么都要将女儿嫁进来。

陆老太太自然对此乐见其成，她也不希望自己的孙子孤独终老。

在这种事情上，向来没有陆夫人说话的余地，她理所当然地沉默着，她也只能沉默。

而另一个当事人，根本没有人去问他的意见，一个傻子的人生，通常都是掌握在别人手里的。

陆家真正能做主的人只有陆遇止，以前处理事情他向来快刀斩乱麻，但这一次情况特殊，那女人肚子里怀着陆家的血脉，或许那是陆择一唯一的孩子。

权衡之下，陆遇止打算问问姑姑的意见，谁知陆宝珠只是轻叹："如果你父亲九泉之下知道择一有了自己的孩子，不知道会有多高兴。"她的立场已经很明确，陆家的血脉一定要留下，至于那女人……

陆遇止有些不耐烦，如果是他和叶微澜有了孩子，肯定就不会这么麻烦了，有多少个生多少个，最好有儿有女。

算算时间，她也应该快回来了。想到这点，陆遇止的心情稍稍好了些，吩咐助理推掉了下午的会议，他一个人开车来到了叶家。

从普陀村回来那天他就想过来一趟了，有些事情他想亲自跟叶父叶母确认，可苦于事务繁忙，抽不出空，只得延期至此。

叶父刚好在窗边花架下独自小酌，热情地拉他共饮，叶母去厨房为他们做了几个下酒菜，卤水猪耳分两小碟，叶父的筷子偏好清淡的那碟，连夹了好几次，他眉开眼笑地夸妻子厨艺好，自己多有口福云云。叶母则红着脸看他一眼，说他酒没喝多少，人就醉了说起胡话来。

一来一往，羡煞了陆遇止这个旁人，有生之年，他不曾在自己家中感受过如此和乐融融的气氛，更不曾见父母"打情骂俏"过。

没一会儿，那碟清淡的猪耳就差不多见底了，陆遇止赶紧把自己面前那碟推过去，叶母阻止了他："别，他吃不了辣。"

陆遇止似乎意识到了什么："那上次那道水煮鱼……"

叶母温柔地笑了笑："那是微澜临时要我加上的，她说你很喜欢吃辣。"

闻言，陆遇止的心像被一层层温柔的水波裹挟着，微微发烫起来，他神色变得十分严肃："叔叔阿姨，我想问一件事情，不知你们能否告知？"

叶父叶母对视一眼，大概猜到了这年轻人想问什么。好一会儿后，叶父开口了："那要看你对她的心意有多少。"

凉风又起，只听得见三人轻微的说话声，不过听不太清，顷刻间也随风而散，只听得花架在风中瑟瑟发抖的声音。

待得风稍停时，那对话才渐渐恢复了清晰，只听陆遇止说了一句："谢谢叔叔阿姨。"

叶父满意地点了点头："时间也不早了，不介意的话留下来吃个晚饭，上次的残局不是还没解？"他还念念不忘那未解的棋局。

叶母在他腰上扭了一下："就只想着你的棋，不是说要陪我去买菜吗？"

"谨遵妻命。"

棋再重要，也比不过他的妻呀。

二老出门后，陆遇止便来到了叶微澜的房间，那只大胖猫舒舒服服地睡在自己的小窝里，还打着小鼾，他坏心地去捏它的耳朵。扣扣连眼睛都没睁开，懒懒地在他手心里蹭了蹭，又继续睡了过去。

陆遇止突然觉得这只肥猫顺眼了很多，忍不住又多摸了几把。

楼下传来响动，陆遇止下了楼，映入眼帘的便是一袭如黑瀑般垂在沙发边的发丝，他放轻脚步走了过去。

叶微澜一路风尘仆仆地赶回来，行李倒在地上，她人倒在沙发上，有一种想睡到地老天荒的感觉。

迷迷糊糊听到挂钟响，她翻了个身，觉得脑袋下的枕头好像有点儿硬，便把自己的手垫在上面，意识还未消散之前，叶微澜终于察觉到了不对劲，她慢慢睁开眼睛。

"你怎么在我家？"

"你睡糊涂了，"男人拨开她额前的碎发，"这明明是我家。"

叶微澜竟很认真地打量起周围来，思绪恢复清晰后，她才意识到这只是一场玩笑，太困了，她来不及说什么便打了一个呵欠。

"很累？"

叶微澜轻轻点了点头，懒得说话。

陆遇止推推她："那你上楼睡会儿。"

"你和我说说话，我就能慢慢清醒了。"

好难得才两人独处，陆遇止也不舍得浪费这样的大好时光，他问出了自己最关心的那件事："你想好了没有？"

"啊？"叶微澜先是疑惑，然后反应过来，"太忙了，没时间想。"

"那你现在想想。"

"陆遇止，"叶微澜难得语气严肃，"难道你没听说过，不要在头脑不清楚的时候做任何决定吗？"

"是吗，谁说的？"陆遇止心想，这还叫头脑不清楚？你要真头脑不清楚，那准得二话不说就投入我怀抱了啊！

阴影突然笼罩上来，叶微澜瞪大眼睛："你要干什么？"

"喜欢这种感觉吗？"许久许久后，他才慢慢放开她，两人的气息都有些乱，彼此交融在一起。

不等她回答，陆遇止又补充道："如果说你不排斥，就说明你是喜欢我亲你的。"

"我又没被别人亲过，没有可比性。"

陆遇止皱眉，又缓缓舒展开："这就对了，以后也不能随便被别的男人亲。"他指指她泛着水光的红唇，"这里只能属于我。"

他可是时刻都不曾忘记自己还有一个劲敌。

"这不公平。"微澜说。

"哪里不公平了？我也只亲过你一个女人。"

叶微澜摸了摸脸颊，感觉有些莫名地热，她突然想喝水润润嗓子，谁知道刚站起来就被拉了下去。

"去哪里？"

"口渴。"叶微澜揉揉额头，刚刚不小心撞到他胸口，有些生疼。

"我有一个方法，两秒钟内可以帮你解渴。"

"什么方法？"

男人笑得像一只阴谋得逞的狼："试试就知道了。"

于是，买菜回来的叶父叶母打开门，便看见了沙发上少儿不宜的一幕。

二老惊得目瞪口呆，而罪魁祸首脸色也变得异常尴尬，连手脚都不知道往哪儿摆。

"叔叔阿姨，"陆遇止此刻真是坐立难安，他刚想说什么，只听坐在旁边的人疑惑地问了一句："陆遇止，你的耳朵怎么这么红？"

她话声未落，只见那血色又迅速扩散，男人白皙的侧脸染了一层薄薄的红，此刻陆遇止心中只对一件事感到后悔莫及……

他刚刚就应该吻得她连话都说不出来，不然……干脆吞了她的舌头，反正它已在梦中折磨他太久太久，那甜软的话语，那炙热滚烫的温度……肆虐在他周身。

身为过来人的叶父也忍不住为这年轻人感到些许的同情，他拍拍陆遇止颇遗憾地摇摇头："依这情形，这局棋怕是要留到下一次了。"

这话戳中了陆遇止的心，他的人生可从没有过这么窘迫的境况，他站起来，礼貌地告辞了。

一家三口吃晚饭时，叶母趁机问了一句："微澜，你和小陆现在在……谈朋友？"

"谈朋友？"

叶父宠溺地笑了笑："就是谈男女朋友。"他向来在这方面甚是开明，也颇热衷，可女儿始终情上不开花，唯有去撮合单位的年轻人为乐。

叶微澜咬着筷子，轻声问："爸妈，你们觉得他是适合我的那个人吗？"

叶父叶母对看了一眼。

叶母说："傻孩子，哪有一开始就知道适合不适合的，我和你爸还不是这么多年磨合过来才变成如今的样子？"她看了丈夫一眼，"你爸啊，年轻时像块木头疙瘩似的，我们谈恋爱那会儿，如果不是我……"

叶父握着妻子的手说道："两情相悦是人一生中最美好的感情，不管结果如何，我们都希望你去试一试。"

叶微澜似懂非懂地点了点头。

冷月当空，叶微澜翻来覆去睡不着，手机突然"叮"的一声，她吓了一跳，划开一看，竟是陆遇止发来的短信，提醒她不要忘了三天后的订婚宴。

叶微澜觉得有些不可思议，两个月前被人设计的陆择一这么突然就要订婚了，而且还是和那个被下了药的女人。她不禁疑惑了，难道女人的身体给了一个男人，连自己的一生都得赔上吗？

摸清了她的作息，陆遇止发这条信息不过是午夜梦回，屋外寒冬凄凄，打发内心突来又无法排遣的寂寞罢了，根本不指望能得到她的回应，可仿佛又身处梦境般，握在手心里微微发烫的手机竟然突然振了一下。

单单一个字："嗯。"

却烧得他寒凉的心陡升温热，他欣喜若狂地回复："你怎么还没睡？"

"在想一些事。"

陆遇止看着这句话，脑中浮现她微微皱着眉头敲下这些字的情形，他嘴角不自觉地挂上笑："什么事？"

"一些和你有关的事。"

"有没有想清楚？"陆遇止情不自禁地发出低低的一声"嗯？"，那纵容又暧昧的语调，连他自己都感到有些惊讶。

"暂时没有。"

宛若一盆冷水从头浇下来，陆遇止轻轻打了个颤儿，把被子拉得更严实些，眼看时间已经不早了，他回她："太晚了，现在快去睡觉，明天再继续想。"

再没有信息回过来，陆遇止翻了个身，面对被遮得严严实实的落地窗，他轻轻叹了一口气。

这一声叹息，在他胸口熨烫到天明，一刻不停。

在此之前，他不知道一个男人对一个女人的渴望和执念会深及此，想把心肝掏给她看，让她知道此生他只爱这一人。

世间荒谬事太多已无从数起，这一场订婚宴足以让人从中窥见百态的一角，身着大喜红衣的准新娘哭得眼睛又红又肿，脂粉盖了一层又一层，脸看起来像个未蒸的大白包子，她的手挂在丈夫臂间，强颜欢笑地一桌一桌去敬酒。

而那准新郎则是一脸傻笑，臃肿的身材把定做的高级西装撑得不像样，他嘴角时不时还会溢出白丝。

这场陆家大公子的订婚宴给人一种严肃却又忍俊不禁的感觉。

叶微澜不是单纯来参加这场订婚宴的，她依约前来，为的是和陆遇止一起把上次事情的真相调查清楚。

"你脸怎么这么红，发烧了？"陆遇止问。

叶微澜摸摸自己的额头："没有啊。"

她不过刚刚有点儿口渴，从侍者那儿拿了一杯饮料而已，原本以为那是橙汁，可喝起来味道不像，酸酸甜甜的很可口，她忍不住就把一杯喝完了。

难道……叶微澜晕乎乎地想，那饮料里掺了酒精？

"陆……陆遇止……"叶微澜揪住男人的袖口，"我好像喝醉了。"

此时微澜意识渐渐涣散，视线已经开始模糊，她根本看不到男人眼底一掠而过的那抹笑意，更不知道他当着众目睽睽之下，将自己打横抱起来，光明正大地抱回了他的卧室。

身下有了床温软的质感，虽然醉着，然而嗅着那陌生的清冽男性气息，微澜还是不敢安心地彻底沉睡，那是一种本能的戒备。

"微澜。叶微澜？连醉了都这么不老实，嗯？"

叶微澜缩了缩身子，人就安分下来了，可没一会儿，从喉咙那处传来的焦灼感又令她躁动难安。

"渴……"

温暖的水从唇间进来，叶微澜不满足解渴的缓慢速度，微张着嘴想要得到更多，她迷迷糊糊地发现那水杯里好像藏了软绵绵的不知什么东西，她用舌尖去推，它又缠上来……

"这次就先放过你，"陆遇止轻轻地捏住床上酣睡的人的鼻子，在她秀气的鼻子上咬了一口，"不过，绝对没有下次。"

叶微澜一个巴掌拍在他脸上。

陆遇止正准备下床冲个冷水澡平息体内的燥热，可偏偏这女人突然翻了个身，那随着她的动作隐隐露出的白皙……极为晃眼。

偏偏她犹自睡得香甜，陆遇止艰难地深深吸了一口气。

他慢慢在她身侧躺下，心跳快得惊人，修长的手指轻挑开她胸口处那片白色薄纱……

直到子夜时分，偌大的卧室才慢慢消了动静。

困意渐重，陆遇止却一刻都舍不得闭上双眼，怀里的女人枕着他的臂弯安静地睡着，那张脸几乎让他移不开目光。

怎么会有这样的女人呢？有时你觉得她纯真如婴童，白纸无瑕不谙世故，可在那样的时候，她却懂得回应他。

陆遇止原本只是想浅尝辄止，可根本抵不过她的甜美，叶微澜只需稍稍主动，他便乖乖缴械投降。

他到底存了私心。

要想得到一个女人的心，便先得到她的身体。

如此等不及，也是因了另一个男人的缘故——赵熙宁。陆遇止预感这会是一个很强大的对手，更何况，他们长相有几分相似，难保她对自己的亲近也存了这一层因素。

他总得做些什么来证明自己对她意义独特。

睡在梦里的女人无知无觉，任他辗转亲吻着。

天亮了。昨日下了夜雪，枝上压了一层薄薄的晶莹，那红艳的梅也裹了半身白衣，半露着娇羞的花朵。

叶微澜睁开眼睛，慢慢侧过头，看到一张熟悉的脸，她同他离得那么近，鼻尖几乎对着鼻尖，她几可细数他浓密的睫毛……

男人的眼皮动了动，先是露出一小条细缝，不一会儿那双深邃的眼睛便全露了出来。

时间仿佛在这一刻停止，只有风吹帘子带来的光影在两人间飘动。

陆遇止揉揉眉心，沉声问她："昨晚你到底对我做了什么？"

他的声音听起来又低又哑，字字入耳。叶微澜脑子一片空白，目光缓缓地从他脸上扫过，她惊奇地发现，男人的薄唇不知受过几番凌虐，竟微微肿了起来，视线继续下移，他的睡衣有些松，露出了大片胸口，那锁骨处竟……

她凑近去看，那红痕越看越像人的牙齿……咬出来的。

天，难道她醉酒了还会咬人吗？

叶微澜羞愧得无地自容："我……我不是……故意的。"

"接下来你有什么打算？"

"要不，大事化小小事化了？"

陆遇止听了这个这么没有诚意的答案，冷笑了一声："这世上还没有人占了我的便宜后还能全身而退的。"

叶微澜有点儿委屈："昨晚……我好像也没有……全身而退啊！"

他极力忍着笑，故意冷着脸说："昨天晚上你说口渴，抱着我一直不肯放……"那严肃的模样，仿佛自己被占尽了便宜。

叶微澜对那事懵懵懂懂，因醉着，也想不起来具体发生了什么事，她拉起被子遮住自己的脸，心底又羞又乱。

手突然被捉住，叶微澜吓了一跳："你干什么？"

陆遇止把戴在自己尾指上的戒指套进她的无名指，往下按了按，她手指纤细，男戒显得有点儿大。

他又从床头桌上取了一条银链子，将戒指穿进去，戴在她脖子上，轻轻"哒"一声系上暗扣，他看向她："你要对我负责。"

叶微澜瞪大双眼看着挂在胸口的戒指，好一会儿才反应过来："你在跟我求婚吗？"

"你觉得呢？"

叶微澜眸含迷茫地望着他。

陆遇止摸摸她的头，轻叹一声："你什么时候才能……"

你什么时候才能在那方面懂点儿事？

这时门外传来敲门声："公子，您醒了吗？老夫人想见见叶小姐。"

"知道了。"

"你奶奶为什么想见我？"

陆遇止沉默了一会儿才低声开口："大概她老人家想知道把她孙子睡了的女人长什么样子吧？"

叶微澜惊讶地问："我睡了你？"

"你现在在谁的床上？"

"你的。"

"那不就是了，"陆遇止存心同她胡搅蛮缠，眉头都不皱一下，歪理一大堆顺口拈来，"你睡了我的床，我又在床上……"

"所以你的意思是，我也顺便把你睡了？"叶微澜有些懂了，她喜欢趴着睡觉，昨晚可能没压着床，而是压着他睡了。

原来是这个意思。好吧，她承认，自己确实睡了他。

陆遇止没想到她这么好哄，摸摸她的头："先去洗漱吧。"

半个小时后，两人一起前往陆老夫人独住的宅院，用人告知老夫人在焚香沐浴，他们便坐在客厅等。

桌上摆了瓜果和细软的点心，陆遇止见她早餐没吃多少，便拿了一块桂花糕递到她唇边。

低头便可闻见那揉碎的桂花香，叶微澜微微张开嘴咬了一口，口感清软，甜度适中，很合她的口味，不消一会儿便整块下了肚。

陆遇止又为她倒了一杯茶："尝尝，这是碧螺春。"

大约十分钟后，陆老夫人终于出现了，陆遇止立刻站起来走过去，扶住她的手："奶奶。"

老夫人拍拍他的肩膀，视线越过去，看见不远处站着一个明艳动人的女子，思忖着这便是让孙儿上心的那位叶家三小姐了。

她活了这把年纪，阅人无数，这女子的皮相是世间少有的妩媚，甚至有些偏艳色了，可那双清澈的眸子，偏偏又灵动逼人……陆老夫人大步地朝她走过去。

叶微澜只觉得这位老人家一来，空气里就带着一种淡淡的禅香味，令人感觉很舒服，连头疼似乎都稍有缓解，她微微一笑："陆老夫人。"

她鲜有同长辈接触的经验，不免有些拘谨，陆遇止也看在眼里，心也不由得捏了一把。

"遇止，"老夫人的目光淡淡地看向桌案，"人老了，眼睛越发不中用了，那佛经只抄了大半，剩下的，你拿去替我抄了吧。"

　　陆遇止知道奶奶这是故意支开自己，他深深地看了叶微澜一眼，便拿了那卷佛经进了内室。

　　陆老夫人见自己孙子眉头紧皱的模样，忍不住有些发笑，她又不是母老虎，难不成还能把他心上人吃了？

　　"今年多大了？"

　　"二十二岁。"

　　这个问题那位陆夫人也问过，叶微澜抬头看过去，老人家面上挂着笑意，看起来很是慈祥。她心中不由得疑惑，这老人头发全白，可面容看着又不似有那么老。

　　"陆老夫人，您今年多少岁了？"

　　老夫人被她这样一问反愣了一下，随后朗声大笑："我……"她用手指比出一个手势，"我今年整整八十岁了。"

　　"真厉害！"叶微澜由衷地感叹道。

　　八十年，那是多么漫长的一段岁月？她妈妈也只在这世上活了三十三年。

　　陆老夫人一改之前的严肃，亲昵地拉着微澜的手同她说话："你是第一个这么称赞我的人……"她说着说着，不禁眼眶微微湿润起来。

　　活了八十年，还是头一回有人说她厉害。陆老夫人年轻守寡，顶着重重压力撑起陆氏集团，后来又中年丧子，雪染发鬓，再后来大孙子又出了事……

　　好友一个个离世，活着的不知有多少人盼着她快些闭眼，现在却有人告诉她能活八十岁是一件了不起的事，老夫人内心如何不受触动？

　　陆遇止只花了半个小时便抄完了佛经，急匆匆出来时，看到外厅只有微澜一个人，他问："我奶奶呢？"

　　"她回房间休息了。"

　　陆遇止突然有一种不祥的预感："你们刚刚说了什么？"

　　他一边送她出门一边问："我奶奶有没有问一些奇怪的问题？"

　　"没有啊，"叶微澜摇头，"她人很亲切，也很健谈。"几乎从头到尾都是她一个人说，自己就只说了那三个字。

　　陆遇止严重怀疑奶奶是不是突然被人掉包了，那个曾在谈判桌上让对手闻风丧胆、哪怕入了迟暮之年仍令许多人生畏的陆老夫人竟然和"亲切、健谈"这些莫名其妙的字眼沾边？

　　"她真的没有为难你？"

　　"她为什么要为难我？"

陆遇止被堵得哑口无言，随后，他故作轻松地笑了笑："我先送你回去。"

叶微澜到家后，和母亲聊了一会儿，便上楼准备洗个澡，刚脱下衣服，她就低低地"啊"了一声。

只见胸前某处，不仅布满了和陆遇止锁骨上形状相似的红痕，而且还密密麻麻地印着指痕……

叶微澜捂住发烫的脸，恍然大悟，她终于知道他为什么要送自己戒指了。

因为他们做了那样的事！

怪不得那陆老夫人总盯着她脖子瞧，叶微澜还以为她是在看那条串着戒指的项链，没想到是……

这晚，叶微澜的手机搜索记录里多了这样两条：其一，女人初夜之后一般会有什么身体反应？其二，男人和女人做了坏事会有什么后果？

完了。

叶微澜躲在被子里扭来扭去，她很有可能要生孩子了，可是，她还没有结婚啊！

陆家大宅里。

陆遇止正陪着老太太用晚饭，时不时瞥过去一眼，一副欲言又止的样子。

老太太也不吊着他了："这女孩容貌太盛。"

"您孙子也不差。"面上轻松，心里早捏了一把汗。

"不过，"老太太又说，"我挺喜欢的。"

"真的？"

老太太看他一眼："难道你不喜欢？"

"当然喜欢……"

顿觉被套出了话，陆遇止波澜不惊的脸上难得现出些许红色，也有些无奈，可心里又按捺不住地开心起来。

"什么时候定下来？"老太太问。

"不出意料，应该很快。"

张敏行来华帝酒店参加一个老友会，打发了随行的助理，他一人站在走廊尽头静静吸着烟，灯光时明时暗地从他线条冷硬的脸上打过，明时可见他眼中的那一抹倦意，暗时又只有他指间的红点微微闪烁。

烟和女人一样会让男人上瘾，这么多年来他对前者渐渐戒了瘾，后者却成了他心中的一根刺……

"姑丈？"

张敏行从沉思中回过神，匆忙整理好自己颓然的神色，转过身时又成了那个温润如水的长辈："遇止，你怎么在这儿？"

"明月厅有一个棋艺交流大会，我刚好有空就过来了。"

张敏行只是轻轻点头，复又想起什么："听说带你的女朋友给老太太看过了？"

"就几天前的事。"陆遇止笑了笑说。

张敏行注意到他眉间眼梢都是笑意，心里暗想着，这些变化大概都是那女孩子带给他的吧？当年的自己，是不是也这样呢？满腔的柔情尽显，虽然他向来喜欢藏山藏水。

"姑丈，先不跟您聊了，"陆遇止看了一眼手表，"时间差不多了，她爸妈也在，我得赶紧过去。"

张敏行的胸口传来一阵不期然的疼痛，甚至有些失了风度地去拉他的手臂，连声音都带着无法控制的颤抖："谁……谁也在？"

陆遇止惊讶于姑丈的反常，正想细看他面上表情时，他又瞬间敛了情绪，叫人看不出一丝一毫来。

"刚好有空，我也随你进去看看。"

厅内人潮涌动，灯光被调得诗情画意，大家都忙着向棋艺大师取经，故而几乎没人发现进来了这样一个大人物。

"你不用管我，该干什么干什么去。"

陆遇止也怕二老久等，便没再说什么，转身没入人群中。

张敏行背手站在角落，视线却一直紧紧跟随着侄子的身影，看见他走到对面，站在一对夫妇面前，他的目光像一张巨大而密实的网，覆盖在那妇人周身。

那女子穿着一身优雅旗袍，正是她年轻时最喜欢的月牙色……得逢故人，张敏行看得眼眶发热，又不想分心去拭泪，可又恼它们模糊了自己的视线。

素心，二十余年不曾见了。

可那女子笑意盈盈地转过身来，眼中映入的却是一张全然陌生的脸，张敏行惊得脑中一片空白。

张敏行仓皇离场，面色像那苍白的灯光。

路上，他给助理打了个电话。

第二天一大早，助理便把一沓资料整整齐齐地放在办公桌上。张敏行迫不及待地翻开来看，心情起起伏伏。

十年前，孟素心死于心脏病发，她唯一的女儿被叶城夫妇收养……

张敏行伏于案上，双肩抖动，关在室内一整天不曾出来，也不曾同任何人说过一句话。

时间匆匆，白天的尾巴一闪而逝，竟然被黑暗吞没。

"你姑丈要见我？"

陆遇止点点头："他说有个数学问题想请教你。"怕她推辞，他又补充道："他以前可是数学系的大才子，如果不走那条路的话，说不定现在已经是个鼎鼎有名的大数学家了。"

会面约在市郊一家极为古朴的茶馆，门前的花木似乎都沾了一缕茶香，陆遇止临时有事，便没有在旁作陪，微澜一人前往。

"坐吧。"张敏行笑容温和地站起来，亲自替她拉开椅子。

叶微澜有些受宠若惊地坐下。

"小姑娘，真是久仰大名了。"他神色看来似乎颇为遗憾，"上次匆匆见面……"

被这样一个高高在上的人说"久仰大名"，叶微澜感到一阵压力排山倒海地袭来，她有些紧张地说："我才是久仰您的大名。"

张敏行在她对面坐下，亲自倒了茶水，小姑娘那美得不可方物的脸已是让人移不开目光，偏偏一身素雅大方的气质……他轻抚着杯沿，素心，看啊，你的女儿养得多好。

"今年几岁了？"

陆家的人似乎都喜欢问这个问题。

叶微澜答："二十二岁。"

和资料上写的一样。张敏行的心被一种甜蜜又酸楚的复杂感受俘获，连握着茶杯的手都轻轻抖了起来。

半个小时很快过去了，茶也喝了半盏，张敏行突然提议："我刚一路来，外面风景不错，出去走走？"

叶微澜偏头看着窗外的暖阳，不禁也心动了。两人并肩在羊肠小道上走着，染了花香草味儿的光影在地上轻柔地铺开。

"爆破精算师，这工作很辛苦吧？"

叶微澜摇摇头："我很喜欢。"

张敏行赞许地看了她一眼："这最是难得。"

　　叶微澜余光瞥到他的手突然伸过来，不知发生了什么，疑惑地"咦"了一声。张敏行笑着把她肩上的一片枯叶取下来："继续走吧。"

　　他放慢脚步，微微垂眸，深邃的眼睛躲着阳光，不动声色地将同那枯叶一起取下的一根黑色长发放进了衣兜里，而同他一起前行的女子，对此却毫无察觉。

　　检测 DNA 的结果很快就出来了，张敏行对着那张纸，心钝钝地疼痛着。

　　我的女儿……知道有她这样一个人时，她叫着另一个男人爸爸。

　　他目光空洞地看着天边那一弯清冷的月，连须发都仿佛染了一层银光，窗子没关，寒风呼呼地鼓进来，钻进他宽大的衣襟……

　　感受不到任何的冷意，他全身被一种深深的疲惫感占据，别人眼中光鲜亮丽的人生，他此刻只想用力将它揉碎。

　　如果人生可以换另一种方式活，他愿意付出一切的代价，回到过去告诉那个伤心落魄又骄傲的自己，就算那个你爱的女人将你伤得体无完肤，让你深尝抽丝剥茧之痛楚，也绝对不要让她离开！

　　因为你的余生，再也不会遇见这样一个女人。

　　她爱你，她也恨你，她还给你生了一个女儿。

　　孟行素。

　　张敏行的行，孟素心的素……素素，我的女儿。

　　露深寒重，那轮月点缀着世间无数人的失眠。

　　叶微澜也躺在床上辗转反侧，她捏着胸口上挂着的戒指，轻轻摩挲上面的碎钻，心绪慢慢飘远。

　　在爱情上虽然还有些懵懂，但也不尽然是白纸一张，网络对微澜来说至关重要。网友们也很乐意为她答疑，其中一个名字叫"风太大了没听清"的网友留言说："你生病他整夜贴身照料，你出远门他千里迢迢跑去陪你，费尽心思讨你父母的喜欢，甚至还带你回家……遇到这样的好男人你就嫁了吧。PS：温馨提示，如果他颜值高的话，以上全部条件不用参考，直接扑倒吧！"

　　叶微澜特地去查了一下"颜值高"是什么意思，脑中清晰地浮现男人英俊的脸，那深邃的眼，高挺的鼻子和总喜欢抿着的薄唇……她不得不承认，在这一点上他是当之无愧的。

　　从前她的世界里只有爆破和数字，不知何时又多了这样一个人，叶微澜后知后觉地察觉到他似乎已经渗透进自己的生活了。

叶微澜翻到半夜才沉沉睡去。第二天醒来时，日光丰盛，亮得人睁不开眼睛。

叶父叶母去西安参加学术会议，家里只剩她一个人。叶微澜做好两份早餐，扣扣才伸着懒腰从楼梯上下来，睡眼蒙眬地看了她一眼，"喵"了一声，便蹲坐在自己的小碗前，等着她前来献食了。

吃过早餐后，叶微澜搬了一张椅子到阳台看书，她最近在重温霍金老先生的黑洞理论，书翻了大半，楼下传来门铃声，她站起来往下一看，长身如玉的男人正站在院门前，阳光投在他身上，映得他周身流光溢彩。

叶微澜下楼给他开了门，他披着一身光泽走进来，耀得她微微眯起眼睛："你怎么来了？"这个时候他不应该在上班吗？

陆遇止突然从身后抱住她，灼热的气息喷在她耳后："昨天梦见你了，很想过来看看你。"

他闭上了眼睛，不愿再回想那一幕，他在梦里跌跌撞撞地寻找，却不知道在寻些什么，又想起那老僧人的预言，不觉后怕。

叶微澜乖乖任他抱着，他身上很暖，还带着冬阳的味道，感觉很舒服，她笑了笑："我也梦见你了。"

陆遇止眉间写满疲倦，他放在她腰上的手紧了紧："梦见我什么了？"

"嗯？"叶微澜想了想，脸颊现出一层薄粉，"现在不告诉你。"

"真的不说？"他脸上露出一丝坏笑。叶微澜察觉到危险，以为他要挠自己的痒，缩着就要往后躲，谁知他伸出两根手指捏住自己的下巴，她刚想喊"疼"，他的唇就压了下来，重重地辗转碾磨，似乎又不满足似的，火热的舌也探进来。

待得分开时，两人的呼吸都有些乱，叶微澜的情况更糟糕些，她胸口剧烈起伏着，上面还停留着男人炙热的温度，她抬头狠狠瞪了他一眼。

亲就亲，干什么还……揉她那里啊？叶微澜吐了一口闷气。

陆遇止慢慢平复着自己的气息，片刻后才出声："知道什么叫礼尚往来吗？"

"当然知道，"单纯的叶微澜还没意识到自己进了某人的圈套，"你之前不是跟我说过？"

"那就好。"陆遇止满意地笑了笑，牵着她进了门，径直上了楼，熟门熟路地进了她房间——自然得仿佛在自己家一样。

"你现在要睡觉？"

陆遇止将她推上床："准确来说，是我们一起睡。"

"可我不困。"

"我那天可是陪你睡了一整晚，"他已经躺下来，顺手拉过被子盖上，他强词夺理的功夫早已练得炉火纯青，"你陪我睡一会儿不过分吧？"

叶微澜还想说些什么，可旁边的人早闭上了双眼，没一会儿呼吸就变得平缓，看来是真的累坏了。

叶微澜毫无困意，怕吵醒他，一动不敢动，只能盯着他那张好看到过分的脸看。实在无聊了，她还一根根地去数他的睫毛，数玩了又去数他下巴处冒出的零星青楂儿——她对数字有着一种难言又执着的喜欢。

陆遇止睡了一个多小时才醒来，看见乖乖躺在怀里的人，他一扫之前的疲惫，连眼睛都透出微光来："早。"

叶微澜白了一眼，手伸到他眼前让他看表上的时间："不早了，现在是 11 点 24 分。"

他顺势捉住她的手放到唇边吻了吻。叶微澜轻笑出声："痒。"

男人越发得意地用胡楂儿去扎她白嫩的手腕，他故作轻描淡写地说："这表太旧了，不适合你，要不换一款新的？"

其实他真正的目的是将那块又丑又旧的表从她手上除去——在陆遇止的主观臆想里，它已经是赵熙宁的所有物，是他的眼中钉，恨不得除之而后快。

"不要！"

陆遇止一口闷气堵在胸口，脸色突然沉了下来。

"这是一个很重要很重要的人给我的。"叶微澜小声解释。它是我妈妈的遗物，她生前最珍惜的东西。

陆遇止哪里舍得她这样为难："不想就不换了，跟你开个玩笑而已。"

"陆遇止，我们试一试，好不好？"

"试一试？"

叶微澜不懂他为什么这么惊讶，想了想才说："我们不是已经做了夫妻才会做的事吗？"

而且她肚子里很可能会有他的孩子——她昨晚就梦见她生了一个孩子，他抱着她，她抱着孩子，一家三口在花园里静静晒着太阳。

陆遇止真是又惊又喜，他压抑着这种欣喜，可惜嘴角早已扬起来："微澜，你真聪明。"

"所以，你决定要对我负责了吗？"如果不是看她脸皮薄，陆遇止真想得寸进尺地问上一问，夫妻间的事是怎么做的。

叶微澜翻身下床，在梳妆台的抽屉里找了一会儿。

陆遇止疑惑地问："找什么？"

说话间，叶微澜已经找好了东西，她拿出一个玉面檀木盒，轻轻打开，将里面的淡青色玉佩取了出来。

"给我的？"

叶微澜郑重地将玉佩放到他手心："这是信物。"

他送了她一枚钻戒，她还他一枚玉佩。

陆遇止很快会意，微微挑着眉，满心愉悦："定情信物？"

多聪明的女人，像一块璞玉，稍微雕琢就变得柔情似水，现在还玩起了这么浪漫的信物定情。陆遇止越发肯定自己捡到宝了，而且是真正的稀世珍宝。

那玉仿佛要在他手心里融化了，他低头亲了亲她脸颊："谢谢，我很喜欢。"

他目光稍微倾斜，落到一个黑面雕花珐琅盒上："那里面是什么？"

同这块价值斐然的玉佩放在同一个抽屉，想必也是她的心爱之物。

叶微澜眼底迅速掠过一丝不易察觉的情绪，她取出那黑盒，打开给他看。

黑盒里面静静躺着一枚水晶耳坠，散发着柔和晶莹的光泽。

陆遇止瞬间瞪大了眼睛，这耳坠颗粒饱满剔透，雕成眼泪的形状，顶端有一缕淡血色的红——这件首饰，他太熟悉！

可是，怎么会在她这里？

"你怎么了？"叶微澜见男人将那水晶吊坠捏在手里，像是要把它捏碎似的，她问道，"你不舒服吗？"

陆遇止勉强压下心里的疑惑，把手放在她肩上，轻轻压了压，转眼已经是一副笑容满面的模样："没事，我只是太开心了。"

叶微澜便不作多想，将吊坠取回来，小心翼翼地放回黑盒子里。

"这是你的？"他故作语气漫不经心地问道，幽深的眼睛却紧紧盯着叶微澜，仿佛想从她的脸看进她的心。

"不是，"叶微澜摇摇头，睫毛垂下来，遮住眼中半角的悲伤，好一会儿后她才抬起头，"我也不知道这是谁的。"

她语气淡淡的，但陆遇止没有错过她眼底残余的些许哀伤，他的心突然就疼了一下。

叶微澜又说："我妈妈去世那天，紧紧把它握在手里。"她语气顿了顿，"在那之前，我从没见过这个东西。"

"你的意思是……"陆遇止清晰地感受到自己的声音在颤抖着，他喉中发涩，艰难地问，"这个水晶耳坠的主人是害死你母亲的凶手？"之前他从叶父叶母那里知道，她的亲生母亲是因突发心脏病而死。

"只是怀疑。"这四个字将陆遇止残留的希望撕了个粉碎，他的双唇顷刻间褪尽了血色，脸上的表情也变得异常怪异。

"你真的没事吗？"他的反应很奇怪，叶微澜有些担心。

"没……"陆遇止仿佛要确定些什么似的，低头在她唇上亲了一口，"我还有点儿急事要处理，要先走了。"

叶微澜送他出门。目送着黑色车子绝尘而去，她才转身走进家门，阳光有些刺眼，她举起手挡在额前，眼角余光瞥见扣扣正懒洋洋地晒着太阳，看到她，它抬起肉肉的脚掌画了几下，算是同她打过招呼。

此时，说有急事要处理的男人正脸色铁青地踏上家门前的台阶，王管家脚步匆匆地上前。陆遇止冷冷地看了一眼："杨姐，我妈在哪儿？"

王管家连忙说："夫人在祠堂，她……"

话都没说完，一阵冷风掠过，她打了个哆嗦，定睛一看，眼前的人早就没了影儿。王管家不禁心里擂起了小鼓，前阵子公子还满面春风的，整个陆家上下一片喜意，现在看这个阵势，肯定又是有什么大事发生了。

陆遇止刚踏进前门，一脚就踢翻了挡在路中间的长明灯，陆夫人正在内堂跪着祈福，听到这么大的动静，人吓了一大跳，心魂都吓去了大半。

院内满地狼藉，陆夫人惊慌着嗓子问："这是……怎么了啊？"

陆遇止的眼底因着极大的怒意而墨色翻滚："听奶奶说，您进门那会儿得了一套陆家家传的首饰，其中有一双耳环吊坠最是奇特，内藏乾坤，放入水中其身会现出绝妙图景……"他语气一转，"怎么从来不见母亲您戴过？"

"我……"陆夫人的声音有些不稳，她甚至垂下头躲闪着不敢看他的眼睛，"那么贵重的东西……我把它收起来了。"

"是吗？"陆遇止淡淡反问，他的心随着她发白的唇吐出的每一个字而渐渐变冷，"我知道了。"他再不想看她一眼，转身毫不留恋地出了屋子。

他的母亲，是杀人凶手。

她杀的，是他心爱女人的亲生母亲，陆遇止的心开始钝钝地疼起来。

叶父叶母会议的行程原本只有三天，两人回程坐的火车，沿途中温带风景独特，他们便中途下了火车，四处游玩起来。

叶微澜对他们延期归来这件事一点儿都不感到惊讶，这对年过半百的夫妻骨子里不知比时下年轻人浪漫多少，她一边写着算式一边漫不经心地答着："放心，我会好好照顾自己的。"

那边又说了什么，她挑起眼角看了不远处一眼："扣扣吗？也不用担心，它过得比我还好。"

大概是听到自己的名字，那只趴在阳光下的大胖猫竟挥了挥爪子，"喵"了一声算作回应，没一会儿又慢慢闭上了那双浅紫色的双眸。

叶母还不怎么放心，又细细嘱咐了几遍，这才挂了电话。

叶微澜继续算着，她已经写废了很多张纸，揉成一团团散在地上当扣扣的玩具。

手机响了起来，叶微澜看了一眼屏幕，接通后直接按了扩音键。

于是，余小多中气十足的声音便在静谧的室内炸开来："微澜，微澜，你最近是不是和我们陆总吵架了？"

叶微澜莫名觉得有点儿冤："没有啊。"说来她最近一直忙着手头上的事，已经好几天没见过那个男人了。

"他怎么了？"

余小多哀号一声："他没怎么，是他把别人怎么了。微澜你不知道，我们全公司上下，现在那叫一个冰封千里，寸草不生啊！"

"发生什么事了？"听起来好像很严重。

余小多夸张地嚷道："陆总这几天老冷着一张脸，整得跟移动炸弹似的，我听说他在会上还把公司几个高层狠狠批了一顿……"

叶微澜听后沉默了一会儿："他心情不好跟我有关系吗？"她这几天一直闭关在家，应该没惹到他吧？

余小多却误会了好友的意思，尖声道："怎么和你没关系，你可是他女朋友啊！"说来真是不敢置信，这八杆子打不着的两人竟走到一起了。余小多连连叹气，不公平啊不公平！

叶微澜还没适应某人的"女朋友"这个新身份，一会儿后才反应过来："他现在在公司吗？"得到肯定回复后，她抽出一沓文件，"那我等会儿过去一趟。"

之前的爆破还原图她绘制出来了，刚好可以趁这个机会送过去。

半个小时后，叶微澜到了陆氏集团楼下，这次她特地用了导航，一路顺遂，不过在前台那处还是遇到了一点儿小麻烦。

"小姐，请问您有预约吗？"

预约？原来见他一面这么麻烦？叶微澜摇摇头："没有。"眼前站的两个女人她都看着面生，估计是新来的。

"那很抱歉了，"前台小姐一副公事公办的语气，"没有预约的话，我们是不能让你进去的。"

叶微澜礼貌地笑了笑，走到角落去翻包包，谁知出来得太匆忙，手机忘带了。她转过身，刚好听见那两个女人的对话。

"刚刚她说要找谁来着？"

"呵呵，说是找我们陆总，"那妆容精致的前台小姐笑着说，"也不用脑子想想，我们陆总是随便什么人都能见的吗？"

另一人附和着笑起来："你说得对。不过，她长得挺美的。"

"美？你是说她那张狐媚子似的脸？"

叶微澜直直地走了过去，仿佛刚刚什么都没听见般，她淡淡问道："能借一下电话吗？"

那两人只顾着聊八卦，哪里想到正主儿还没走，毕竟是代表着公司的形象，顿时脸色都有些讪讪的，不过反应还算快，干笑着主动把电话推过来。

叶微澜想都没想就按了十一个数字，电话很快接通："喂。"

男人的声音低沉又沙哑，听着还隐隐有些不耐烦，看来他是真的心情不好。

"陆遇止。"叶微澜握紧了话筒，不知怎么有些紧张，她不知道接下去说什么好。

陆遇止第一时间就听出了她的声音，他猛地站起来："你现在在哪里？"

果然，他听到她独有的温软嗓音："你公司楼下。"

"站在原地，不许乱跑，等我！"陆遇止清楚地感受到心脏在胸腔里剧烈跳动，然而心底有一个声音在冷笑，你输了。

不是说要放弃她？可人家一句话，你就恨不得贴上去。承认吧，你爱她。

叶微澜把话筒放回原位，发现刚刚还说笑的两人脸色突然变得很不自然，她不禁有些奇怪："我现在算是预约过了吗？"

那两人点头也不是摇头也不是，彼此对视了一眼，直觉自己好像招惹了什么不该惹的人。

当那个平时难得一见的清俊男人步履匆忙地出现时，她们有一种不祥的预感，当他牵起刚刚还被骂狐狸精的女人的手时，她们双腿忍不住发软，连呼吸都带了一丝颤抖的意味。

叶微澜乖乖被他拉着往前走，站在前台的两个人不约而同地松了一大口气，她们眼睛直勾勾地看着那个喜怒向来不形于色的男人此时竟然一脸温柔笑意地说着什么，那女人看了他一眼，红唇动了动，也不知说了什么，他又伸手去揉她的头发，当着人来人往的大厅也不避嫌，丝毫不在意自己这番暧昧的举动吸引了多少人的目光。

"怎么突然来了？"陆遇止问。

叶微澜侧身看他一眼："过来送资料，顺便看看你。"

"原来看我只是顺便？"

叶微澜很快改了口："我过来看看你，顺便送资料。"

才几天不见，竟然学会说甜言蜜语了。陆遇止不禁心情大好，他伸手摸摸她的头发："这还差不多。"

两人有说有笑地进了专用电梯。

陆遇止的办公室很大，设计舒适，还特地弄了一个精致的小型茶室。叶微澜坐在沙发上，手捧着一杯热茶垂头慢慢喝着，时不时抬眼看看不远处的男人。

他是真的很忙，不过十分钟的时间，他已经接了三个电话，秘书进来送了两次文件，都是急需他签名的。

这人明明那么忙，还亲自下楼去接她。叶微澜心里有些触动，放下茶杯，慢慢走过去。

原本讲着电话的男人抬头对她笑了笑，有说不出的宠溺，在还有几步远的时候，他伸手将她拉到自己旁边。

"总之，我不管你用什么办法，这个月的市场份额必须提上去，否则，这市场部也该换换血了。"

陆遇止挂了电话，直接把手机扔到桌上。

隔得这样近，叶微澜清晰地看到了他眼底的淡青色，想来是这几天没怎么好好休息过，商场的事她不在行没法帮他，可转念一想，这个在商界翻云覆雨的男人怎么可能被自己擅长解决的问题难倒？

"你怎么了？"

男人将五指滑入她的指间，按在自己胸口处："这里很难受。"

叶微澜微微弯下腰，白皙的手指轻轻抚过他清越的眉眼："唔，那……给你抱抱。"

陆遇止轻轻地"嗯"了一声，不期然地被她抱住，他坐着她站着，他的头埋在她温软的小腹上，她身上的淡淡幽香飘进鼻端……

他突然用力抱紧了她，像要把她揉进自己的身体里。

两人静静抱在一起，门外人来人往，可没有一个人再进来打扰。

叶微澜觉得腰有些酸，又不敢用手去摸，他抱着她就这样睡过去了，呼吸一簇一簇暖融融地喷在她小腹处，像静好流逝的时光，充满了甜蜜的味道。

他的唇很好看，嘴角微微扬起，勾出一丝缱绻后的疏懒弧度。不一会儿，叶微澜注意到他眼皮动了动，她的心突然"怦怦"跳起来。

"我睡了多久？"轻微沙哑的声音。

叶微澜垂下双眸，躲开他清亮得不可思议的目光："四十分钟吧……"

他伸了个懒腰，脸在她身上蹭了几下："累不累？"

"还……还好。"叶微澜胡乱点头。

他手绕到叶微澜身后，轻轻帮她揉着，故意低着声音诱惑她："要我报答吗？"

"不……不用，"叶微澜的心脏仿佛被他那在腰后游移的手攫获，脸以一种不可思议的速度铺满了温热。

"确定？"

叶微澜深深吸了一口气："待会儿有空的话，陪我去超市买点儿东西。"

她不能在他的地盘上，由着他为所欲为下去。

"好。"男人捏了捏她的腰。

叶微澜几乎是软着双腿跟他来到停车场，在他径直地走向自己的车位时，她突然开口："那个……坐我的车吧。"

陆遇止的脸上写满了惊讶："你还会开车？"按照常理推断，这个女人迷迷糊糊的，还是路痴，她会开车这件事，实在太令人震惊。

叶微澜凉凉地看了他一眼："这不是很简单吗？"

陆遇止半信半疑地坐到副驾驶座，叶微澜熟练地启动了车子，将它平稳地开出停车场。

果然开得很好，陆遇止放下心来同她闲聊："什么时候考的驾照？"

"你是说国内的驾照？"

陆遇止突然有一种不太好的预感。

"没有。"

他按捺住去抢她方向盘的冲动。

没一会儿，白色的跑车银鱼似的滑进了超市的停车位，叶微澜拔了钥匙下车，隔着一层薄薄的夕阳微光，她冲他得意一笑："陆遇止，原来你这么好骗啊。"

女孩子周身披了一层柔光，笑意清浅，陆遇止看得微微失神，竟一时忘了如何反应。

下班高峰期，超市里人满为患，叶微澜推着小推车慢慢在各列商品架间走着。

陆遇止在她身后，正拿着一瓶红酒细细研究——他不过借此来平复那突生的欲念，好像对着她，平时被藏得很深的某些东西总是不受控制地被撩起。

眨眼间，前面的人不见了踪影，陆遇止放下红酒，拥进人流中。

"你怎么跑这儿来了？"陆遇止终于在某个人群稀少的角落找到她，因跑着的缘故，他的呼吸有些乱。

刚刚她还在挑洗发水，一下就晃到这女性用品区了。

他面上露出一丝尴尬，轻咳了一声："我找了你很久。"

"咦？你不是说和我心有灵犀吗？"叶微澜认真地看向他的眼睛，神色若有所思，她嘀咕了句，"原来这比 GPS 还神奇的东西也会失效。"

陆遇止一时语塞，怕她再深究下去，欺身向前，直接把这女人压在满是粉色、蓝色物品的货架上吻。

先是轻轻地在她红唇上啄吻，品尝够了那柔软，这才将舌探了进去。

叶微澜受了蛊惑，软软地发出一声轻叹，被男人夺了可乘之机，诱着她的舌到他嘴里，细细碎碎地吮。

许久后，安静的角落传来男人无奈又纵容的轻笑："傻啊你，都不会换气。"

叶微澜脸红红地问："怎么换？"

"我教你。"

难舍难分。

这时，一个理货架的年轻姑娘推着推车过来，刚好撞见这暧昧的一幕，没顾得上脸红，倒是"啊"了一声，站在原地捂住了眼睛。

陆遇止瞪了那不识趣的闯入者一眼，抱着叶微澜转过身，将她护在胸前，不让外人窥见她一丝动情的颜色。

谁知道怀里的人却钩紧了他的脖子，温香软玉猝不及防地贴上来："别理她，我们继续。"

持续升温中。

"陆遇止……唔……你有没有办法让我的心跳慢一点儿？"再这样下去，她真的会心率不齐的。

男人低低应道："这个我可能没有办法。"

因为此刻，我也是如此为你着迷，心跳如雷。

第五章

斯人若彩虹

陆择一刚订婚半个月的未婚妻赵芸芸流产了。

陆老夫人一听这个消息，当场就晕了过去。

赵芸芸是在家里出的事，听说是不小心在楼梯口滑了一跤，孩子就没了。她本来就身子浅，挂不住胎，老夫人特地为她请了一个老中医，仔细调养着，没想到还是发生了这样的事。

陆家上下一片乱糟糟，当然，也有例外。

陆择一安安静静地坐着晒太阳，他脸上一道青一道紫，看着忙上忙下的用人，他傻兮兮地笑着朝她们挥手，口水浸湿了胸前的毛衣。

负责照顾他的中年女人轻轻叹了一口气，动作熟练地取出一支针，卷起他的衣袖。针头没入血管，红色的液体尽数注入。

"对不起。"女人轻声道歉。她每次做完这种事总要说一句这样的话，仿佛这样就能减轻她心底的不安，她已记不清说过多少次了，"我也是被逼的。"

陆择一沉沉地睡了过去。

医院里。

一个穿着蓝白相间病号服的女人也在深睡着，她脸色苍白得过分，额头上不断冒出汗水："不要……"

门突然被人从外面打开，脚步声由远及近，到床边便停了下来。

赵芸芸猛地睁开眼睛，看见近在咫尺的人，瞳孔紧缩："你！"

她眼底写满了惧怕，刚经过大损的身子也开始瑟瑟发抖起来，像一只无助而可怜的小动物。

"怎么？"那人轻轻拉过一张椅子坐了下来，"看见我很意外？"

"你……到底想干什么？"

陆宝珠的嘴角带着精致笑意，她随手从床头小桌子上拿过一把水果刀，锋利的刀面上映着她一张一合的红唇："别紧张，"她握住了赵芸芸的手，"我之前帮了你，不是吗？"

赵芸芸眨了眨眼睛，满脸疑惑："帮我？"

"是啊。"陆宝珠笑着用手指捏住她的下巴，指甲微微陷了进去，"我帮你除掉了那个孽种，难道你不该感激我？"

那可怕的记忆重新苏醒过来，赵芸芸记得自己从外面散步回来，刚上了二楼的楼梯，这个女人似乎在那儿等了许久，两人擦肩而过时，她突然推了自己一下……

醒来时，赵芸芸便躺在医院的床上了，医生面无表情地告诉她，孩子没了。

那一刻赵芸芸竟有一种松了一口气的感觉，她不愿意为一个不爱的男人生孩子，何况还是那样一个痴傻的男人……

然而，那毕竟也是一个生命，身上流着她的血，赵芸芸虽从未期待过他来到这世上，却也不曾想过他会以这样一种方式离开。

她挣扎着逃脱这个可怕女人的桎梏，眼泪大颗大颗地掉出来。陆宝珠冷笑着松了手，抽了一张纸巾轻轻擦了起来。

"我要和你做一个交易。"

"我不想，"赵芸芸含泪闭上双眼，"请你出去。"

"呵，这可由不得你。"陆宝珠说，"还记得晚宴上那杯香槟吗？"

赵芸芸瞬间面无血色。

"你现在承受的所有不幸，原本都应该属于叶微澜的。"

叶微澜出来买东西，转过一个街口，便被一个西装革履的中年男人拦住："叶小姐，张先生请您过去见一面。"

张先生？

叶微澜刚想说我不认识你，也不认识什么张先生，看见这人挂在胸口的工作证，突然想到什么："他回来了？"

那男人却并不答她的话，只是礼貌一笑："这边请。"

叶微澜尾随着走进一家古色古香的茶楼，中间绕了许多路，两人才到了一个包厢前，周围有几个穿黑西装的男人笔直地站在自己的位置上，目不斜视，一看便知道受过严格训练，她心底多少有了个底。

"张先生就在里面。"

轻轻敲了敲门，得到应许后，叶微澜才走了进去。

张敏行一看到她，立刻站了起来："不好意思，让你专门走一趟。"

"没吓到吧？"他微微一笑。

叶微澜摇摇头，在他对面坐下："您找我，是因为上次问的那个问题吗？"

张敏行难得愣了一下，随后大笑起来："是是是，瞧我这记性……"

叶微澜眉心轻蹙，也是难得有些窘然："可我还没算出最后的答案。"

说来也奇怪，那个问题看着简单，可实际上复杂得很，哪怕是她叶微澜，也有些束手无策。

张敏行笑看着她，心底轻轻说，傻女儿，当然算不出来，那个问题本来就是无解的。就同你和我之间，有些东西是永远没办法解开的。

"看看，有什么喜欢吃的。"

叶微澜接过他递过来的菜单，略略扫了一眼，点了几道清淡的菜："虾仁豆腐羹、清蒸人参鸡……"

张敏行姿态放松，笑得眼睛都眯起来："真巧，这些我都爱吃。"

叶微澜有些不解，像他这样身份的人，平时吃的都是些山珍海味，怎么会……

张敏行把菜单交给助理，又多点了几道菜，和一个鳜鱼豆腐汤。

叶微澜很开心地说"我也喜欢这个。"只不过考虑到已经点了一道豆腐的菜，不好再点这汤水，便作罢。

女孩子眉眼都笑开，仿佛有光从她眼底透出来，有一种说不出的美。

张敏行心底溢满了激动，第一次见面他怎么就没认出来呢？这双眼睛，和自己多像啊！他的女儿，也只有这个地方和他相像了。

他克制住想去摸摸她头的冲动，不自然地移开视线："喜欢的话，待会儿多吃些。"

开席前，陆遇止打来了电话，第一句话便是问："你在哪儿？"

张敏行正喝着茶，微微颔首："遇止吗？让他过来一起吃饭。"

好一会儿陆遇止才赶到，他坐在微澜旁边，以一种占有的姿态搂住她的肩："姑丈，外面这么大阵仗，您没吓坏我女朋友吧？"

张敏行递了一杯热茶过去："臭小子，没大没小。"他语气虽嗔怪，但表情却很慈和。

服务员一道道上了菜，陆遇止体贴地帮微澜分好筷子，看着满桌清汤挂面的菜，他低叹一声。

其实他最怕和这人一起吃饭了，从来不变的清淡菜式，偏偏自己又是如此嗜辣……陆遇止不由得意兴阑珊地夹了一块鸡肉。

叶微澜倒是吃得津津有味，一顿饭下来，气氛也算融洽。

她向来不喜生人，总是有些拘谨，可奇怪的是，这个高高在上的男人，却没有给她这样的感觉，反而觉得相处下来很轻松，他总是给人一种舒服的感觉。

张敏行只吃了个饭便要赶下一个行程了，偌大的包厢里只剩下两人，陆遇止拿起西装外套："走吧，我送你回去。"

暮色四合，华灯初上。车子一路通畅地回到叶家，叶微澜刚想下车，旁边的男人压住她的腿，笑得痞痞的："大老远送你回来，不给我点儿奖励？"

叶微澜动了动，他的大手也动了动，她都能感觉到他手心的灼热温度。

叶微澜转过头，飞速地在他脸上亲了下："这样可以了吧？"

"没诚意。"男人撇撇嘴，高大的身子挨过来。叶微澜下意识就往后躲，谁知他只是顺手帮她解了安全带，"早点儿睡，晚安。"

"晚安。"

叶微澜下了车，刚从包里掏出钥匙准备开门，没想到他也跟了下来，从身后抱住她的腰。

"没讨到便宜，今晚可能会睡不着。"

这语气……竟听起来有些委屈。

叶微澜转过身，踮起脚去亲他，她感觉到腰上的手更用力了些……

陆遇止鼓励并纵容着她，微喘着说："不错，继续。"

感觉他全身颤了一下，叶微澜满意极了，她做的是对的——果然，她学什么都很快，这世上没什么能难倒她。

"宝贝儿……"

叶微澜从那低哑的声音里嗅到了一股危险的气息，一时间竟有些退缩，可陆遇止怎么会就此放过她？

他把她压在门上，木门经受不住他们的重量，发出"吱呀"的沉闷声响。

"够……够了……"叶微澜被吻得几乎透不过气来，连双腿都有些发软，受不住地去抱他的腰……

余光瞥见不远处一棵树下隐藏的男人的身影，陆遇止得意地扬起嘴角，慢慢加深了这个缠绵悱恻的吻。

赵熙宁，看到了吗？她是我的，永永远远。

如他所愿，躲在暗处的赵熙宁将这一幕看得清清楚楚，甚至连拥抱在一起的两人脸上的一丝表情都不曾错过，他狠狠地掐住自己的掌心，紧抿的唇已被压出一片诡异的血色来。

原来她在别的男人的怀中竟是这种模样吗？娇扭羞笑，面红耳赤——此情此景，赵熙宁不知道在脑内想象过多少次，但描形不描神，描不出她千娇百媚的颜色。

心尖一揪一揪地疼，血肉一片一片地掉落，好像要夺了他的命。

他提前写好的剧本，他肖想已久的画面，却被擅自更换了男主角，这种不期然的愤怒、不甘、绝望……合成一团团烈火，张着猩红的口舌，几乎要把赵熙宁燃烧殆尽。

陆、遇、止。

你已夺去了原本属于我的一切，现在……连她也不放过吗？

他那双漂亮的眼睛已全然被仇恨的颜色慢慢覆盖。

兜里的手机振了一下，赵熙宁悉知这是助理给的暗号——此地不宜久留。他深深吐了一口气，猛地吸进来的冷气让他猝不及防地呛了一下，剧烈地咳嗽起来，他紧紧捂着自己的嘴，强忍着不发出声响。

然而，这动静实在不足以惊扰那对拥吻的男女，他们静静抱着彼此肩头喘息，梧桐树上方有一弯月，枝头上还落着一只埋羽的寒鸦，不一会儿也扑棱着翅膀飞走了，只余枝丫轻飘飘地在寒风中荡着。

月冷风寒。

或许只是一个路人，夜深寒重，不小心被风呛了口鼻，又或许是隔壁的邻居，得了伤风还要出来接在后街街口摆摊的妻子回家，谁知道呢？

"干吗要这样看我？"陆遇止忍不住去捏捏她铺着一层浅粉的脸颊。

叶微澜看着男人好看的黑色双眸："你进步好快。"

陆遇止几乎一瞬间就明白过来她的意思，他眉间染上笑意，微扬的薄唇将那全身的清冷气息去了三分："是吗？"

他刻意将嗓音压得又低又沉，叶微澜感觉自己的心好像忽然打了个旋儿，一层层的涟漪渐渐扩散开来，她推推他："不早了，你该回去了。"

看了一眼时间，确实不适合再待下去，陆遇止握住她的手，哑声说："明天见。"

叶微澜胡乱地"嗯"了一声。

浅浅的余光瞥到那位接妻子回来的邻居大叔一脸探究的表情，叶微澜转过身，迅速用钥匙开了门，拖着软绵绵的双腿走了进去。

太窘了，那位大叔还想帮她和自己那个读研究生的外甥牵线呢。

不过，一个月前，她也想不到自己会突然多出来一个男朋友啊！

陆遇止看着屋里的灯亮了才离开。

叶微澜先在沙发上坐了一会儿，平复了怦怦乱跳失了规律的心脏，这才起身去浴室洗澡。

被热水清洗后的身体舒服又温暖，叶微澜坐在地毯上用毛巾擦头发，扣扣在自己的小窝里睡得正熟，小肚子一起一伏，不知道梦见了什么，白白的胡须欢快地抖了几下。

手机响了一下，是某人发来的信息，叶微澜点开一看。

"我到家了。"

她刚想回复些什么，又有一条信息进来，发件人熙宁，内容依然是那风雨无改的两字："晚安。"

叶微澜顺手先回了这条信息。

这才细细琢磨着该给陆遇止回些什么才好，半晌后，她才慎之又慎地回了一个"噢"。

他总该不会再回些令自己看了脸红耳热的话吧？

另一边，酩酊大醉的赵熙宁也没想到会这么快得到回复，原本以为他们还要再温存许久，他一边恶狠狠地回想着那画面，一边点开了信息——晚安【微笑】。

看着那个笑得眉眼弯弯的表情，赵熙宁简直要把手里的手机捏碎，脑中昏涨，仿佛有一千个小人拿着锤子敲，又像一座经年平息的活火山，酝酿着滚烫的岩浆，想要喷薄为快。

素素……你是因那个男人才心情这么好吗？

可你们是永远不可能在一起的，哪怕我穷尽毕生之力，也不会让你们如愿以偿。

你只能属于我！

原本以为不会再有回复，谁知等微澜洗漱好准备上床睡觉时，手机里又静静躺了两条新的未读信息。

熙宁："这么开心，发生了什么好事吗？"

陆遇止："我刚打了两个喷嚏，是你在想我？"

叶微澜抓抓头发，拿着手机开始写回复，一条回："我恋爱了。"另一条回：

"你感冒了。"

一分钟后，两条信息发了出去。

两个男人的手机几乎同时振了一下。

赵熙宁模糊的双眼紧紧盯着屏幕上的四个字，他突然大笑起来，"啪"的一声，手机被毫不怜惜地摔到玻璃墙上，应声碎了一地玻璃碴儿。

而陆遇止刚点开短信又连连打了几个喷嚏，他摸摸自己的额头，估摸着好像发烧了，翻身下床随便找了点儿药吃下，便沉沉地睡了过去。

第二天，H市又降了温，太阳躲在云后迟迟不肯出来，赶着上班的人裹着厚厚的衣服，边等公交车边咬牙切齿地跺脚。

作为一个自由职业者，叶微澜是没有这个烦恼的，她可以睡到日上三竿，睡到阳光把被子蒸出暖意，才懒懒地伸腰起床。

一人一猫在洗漱间门口相遇，一个欲进一个将出。

"喵！"早！

叶微澜侧身让这大胖猫进去，扎好头发就准备下楼煮早餐了。

吃着早餐，微澜习惯刷一会儿朋友圈，余小多的大头照赫然出现在第一条消息的左上方。

"老板生病，顿时觉得整片天都掉了下来。"

生病了？

叶微澜这才想起他昨晚那句笑语，寻思着，难道是真的感冒了？不过这也不奇怪，他昨晚的外套都披在自己身上，他只穿了一件薄薄的毛衣。

她立刻拨了陆遇止的电话，没响几下就被接通，那边传来他稍显不耐的声音："不是说了不要来打扰我？"

男人暗哑而疲累的嗓音让微澜的心脏忽然紧了一下，她轻咬着下唇，不着边际地问了一句："你还在睡觉？"

那边似乎才发现打来电话的人是她，声音一下子就放轻放柔，但依然透着低哑的不适："怎么是你。"他还以为是那个恼人的助理。

"你感冒了。"

"准确地来说，"陆遇止清了清喉咙，"是发烧了。"

这个叶微澜有经验。

"你先吃点儿退烧药，在被子里捂一个小时，出了汗就没事了。"

她的声音轻轻柔柔的，很是动听。

陆遇止低低地"嗯"了一声，喉咙很痛，几乎连声音都发不出来，应该不只是发烧，不过他此时不想让叶微澜知道，怕她会担心。

叶微澜挂了电话，还是有些不放心，他的声音听起来太异样了，而且就她所知，他那样一个对工作痴狂的人，怎么可能因一个小小的发烧而怠工？

她从柜子里翻出一些自己平常吃的退烧药塞进包里，便匆匆出了门。

陆遇止在市中心有一套私人公寓，离公司很近，是专供他平时上班的休憩之处，幸好叶微澜还记得具体地址。

"小姐，这里是高级小区，车开不进去，您就在这儿下吧。"

叶微澜付了钱，向司机道了谢，就下车了。

她自己的跑车，前几天被叶子若开去海边露营，车身不小心蹭掉了几块漆，现在还放在 4S 店。而且，在心无法平静下来的情形下，她也不敢一个人开车在 H 市的市中心乱跑，有点儿危险。

冲了个热水澡，陆遇止正准备蒙头大睡，谁知刚躺下就门铃大作，饶是修养再好，他也忍不住心下低咒了一声。

如果打开门看到的是程杨那张讨厌的脸，他一定会毫不犹豫地将他炒鱿鱼，全身上下 360 度无死角地炒！

可上天弄人。

门外出现的那个人，一身嫩黄风衣，手里拎着个小包，小脸冻得红红像熟透的苹果，黑色大眼睛蒙了一层水雾还是亮亮的。如果可以，他会毫不犹豫地抱住她，亲她，吻她……

与此同时，叶微澜也在细细地看着眼前这个男人，头发乱糟糟的，有一些还垂下来覆在额上，身上的睡衣也皱巴巴的——和他平时的形象大相径庭，她忍不住轻轻地皱了一下眉。

"你……"

两人同时开口，一阵冷风吹过，陆遇止连忙把她拉了进来，顺手反锁上门："你怎么过来了？"

他的声音依然哑，但眉梢已盖不住那满心愉悦。

叶微澜踮脚去探他额头，一片火热，她仰头看他一眼："你没吃药？"

"吃了。"陆遇止直接把她拉进卧室，"不过好像吃了过期的药。"毕竟生病这种事，对他来说太陌生，几乎是不可能发生的事。

叶微澜从包里取了药让他吃下，又推着他躺上了床，严严实实地盖好被子："睡一觉，醒来就没事了。"

"嗯。"男人全身只露出一个脑袋，光线暗淡的卧室里，独有他那双眼睛像藏了繁星，熠熠生光，他哑声要求道，"你陪我。"

叶微澜在床边坐下，算作回应，他总算安心闭上了眼睛。

陆遇止这一觉睡得很沉，微澜也没歇着，帮他掖被子，换毛巾，探温度，顺便抽空算算式——上次那道难题还没解出来，像一根刺插在心中，不拔不快。

这都过去三个小时了，男人还没醒来的迹象，叶微澜放下草稿纸，摸摸他额头，松了一口气，烧退了，她肚子也饿了。

只得暂时撇下床上熟睡的人去做饭，来到厨房，叶微澜站在门口摇了摇头就往回走，就算她厨艺再好，恐怕也难以在这不食人间烟火的厨房里做出哪怕一道最简单的菜。

幸好余小多给她发了一大堆附近的外卖号码，叶微澜给自己点了一个鲜虾鸡汤云吞，又点了一份清淡的粥给他。

外卖送得很快，叶微澜吃完了自己那份，而那男人还在睡着，她尝试叫唤了他几次都不奏效，只得把那份粥温着，等他睡到自然醒。

公寓占了整整一层，叶微澜绕了一圈才回到卧室，在床边坐下，无意中看到他放在床头的药瓶，这才恍然大悟。

原来他先前吃的是安眠药。

亏得他还说是过期了的退烧药，难道是烧糊涂了不成？

真可怜。叶微澜想，她生病有爸妈陪在身边照顾，而他……如果自己不来的话，只有一个人。他家人都不心疼的吗？

心竟因这个柔软了许多。

病来如山倒，陆遇止可谓亲身领略了这句俗话，他慢慢睁开眼睛，脑子轻松了许多，待视线再清明些，女孩子姣好的侧脸映入眼帘，竟让他有几秒的愣怔。

男人的眸子认真而专注地看着趴在床边的人，仿佛眼中除了这个人再看不到这世上的其他，她全身散发着一种素净温暖的光泽，一张脸白皙如瓷，说不出的赏心悦目，他伸出手去握了握她纤细的手腕，有暖玉一样的温度从中溢出，令他四肢百骸都温暖起来。

叶微澜睡得很浅，许是察觉注视的目光，她幽幽转醒，迷糊的视线撞入一双深沉而漆黑的眼睛里。她惊喜道："你终于醒了。"

"嗯。"他睡了六个小时，而她一直守着他。

叶微澜敏感地察觉到他的话依然带着浓重的鼻音，探他额头已是正常的温度，她轻声问："嗓子会痛吗？"

陆遇止犹豫了一会儿，点点头。

她又问："鼻塞？"

他继续点头。

她已起身，找到衣柜取出他的外套："你必须马上去医院。"

考虑到刚刚那出租车司机说过这小区不好打车出去，叶微澜决定开他的车，可毕竟不熟悉，一路上开得很慢，可毕竟还是到了。

医院里，陆遇止满心幸福地看着她为自己忙上忙下。

挂号……取针水，取药……

最后他也懒得动用特权，直接在吵吵嚷嚷的输液室找了一个位子坐下，等着叶微澜端来热水让他服药。

甚至在冰冷的针刺入血管那一瞬，陆遇止连眼睛都不眨一下，平时最为排斥的药片似乎一点儿也不苦了，他竟从中尝到一丝甜味，吞了一口温水，他眯着眼睛满足地想，难道这就是爱情的味道？

吃完了药，陆遇止只等着水挂完便可以回家了，叶微澜离开了一会儿，回来的时候手里端着一个白瓷杯："这是润喉的茶，特地调的，不会和你刚服下的药相冲，你可以喝一些。"

他接过来捧着喝了几口，又去拉她的手。

手被他握着，有点儿热，叶微澜动了动，他立刻握得更紧些，她便不动了。

生病的人最大。

"你刚刚服下的药有安眠成分，累的话可以休息一会儿，"输液室人很多，大都是老人和小孩，吵吵嚷嚷的，叶微澜倾身凑到他耳畔，"我会一直陪着你。"

这句话在微澜生病时叶父叶母都会说，她自然而然地说说出来了，殊不知这七个字对这男人来说意味着什么。

睡意已令人头脑昏沉，可陆遇止还是费力地将双眼睁开一条细缝，那苍白的唇轻轻扬了一下："又说甜言蜜语哄我，嗯？"

此时嗓子痛如火灼，最后一个音他压得很低，透出独有的宠溺意味，听得叶微澜心神微微一颤。

这也算甜言蜜语，也太好哄了吧？

这时坐隔壁的一个小孩子突然放声大哭起来，叶微澜低头一看，他已经趴在自己肩头睡着了，她笑了笑，拨开他遮在额前的碎发，将两人紧握的手放在椅子中间。

陆遇止唇边露出一个很淡很淡的笑，孩子还在哭，护士和他妈妈耐心而温柔地哄着。

很久以前，我曾想过一人孤独终老。

可现在我发现，独活的时光太漫长，我要找一个人同自己做伴。

管他人生还有多少大风大浪，我已找到避风港。

这个需要用满腔柔情才舍得念出的名字——叶微澜。

"嗯？"叶微澜听到他突然轻喃着自己的名字，她收好纸笔，"你醒了。"

身体底子摆在那儿，挂了两瓶水后，陆遇止感觉全身渐渐回暖，连思绪都清明不少："我睡了多久？"

"差不多两个小时。"叶微澜揉揉发酸的肩膀站了起来，"走吧。"

车里开了暖气，叶微澜特意把灯光调暗，她双手握着方向盘，神色认真，时明时暗的光从她脸上划过，让她看起来像一个藏在海水中的暗夜妖姬，趁月明时分将头探出海面，她那双比月光还美的眼睛专门勾男人的魂。

相比她，男人的姿态多了几分随意，修长的腿慵懒地虚合着，漆黑的眸子映着她小小的身影："你可以再开快点儿。"

性能绝佳的车，被她开得像蜗牛一样慢，实在有辱它的声名。

叶微澜偏头看了他一眼："你头不晕了？"

陆遇止乖乖闭上了嘴。

怪不得那些人都说，爱上一个人，仿佛瞬间有了铠甲，也仿佛有了软肋。

乖乖，她只需一个眼神，他便缴械投降。

到家时已接近晚上十一点，叶微澜重新热了粥，虽然味道和质感都有些差，陆遇止还是眉头都不皱一下就喝下去，他把碗放在桌子上，似是随意地提了一句："时间不早了，今晚在我这儿住。"

叶微澜想了想，没有什么异议。

折腾得出了一身汗，陆遇止便先进去洗澡，出来的时候叶微澜正蹲在地上玩手机。他慢慢走过去，从背后轻轻捂住她眼睛，语气戏谑："你要拿身上最珍贵的东西来换回光明。"

掌心里她的睫毛在轻轻眨动，眨得陆遇止的心都开始痒起来。

最珍贵的东西？叶微澜微微侧过脸对上男人的眼睛，低声说："那天晚上，不是已经给了吗？"

"那天晚上，"男人的喉结动了动，"你给了我什么？"

叶微澜面上也现出一些害羞的颜色，她凑近他，脸红红地说了什么。

"咳咳……"陆遇止突然剧烈咳起来，什么叫搬起石头砸自己的脚？这就是了！

明明……还没有给好吗？他多冤啊！

他堪堪松了手，将她从地上扶起来："你先去洗澡，睡衣我放在浴室了。"

半个小时后，叶微澜穿着他的睡衣出来，衣服有点儿大，袖口处卷了几圈，不过也没办法，这是尺寸最小的一套了。

陆遇止正坐在床边看书，说来也奇怪，这感冒来得快去得也快，他现在感觉自己像个没事人一样。他朝她扬扬手："过来。"

叶微澜直接爬上了床。

陆遇止极力克制着，替她把领子拉了起来，天知道这个动作对他来说多么艰难。

"你要和我一起？"

"我不想睡沙发，"她给他一个安定的眼神，"放心，我抵抗力很好的。"

刚刚叶微澜看过了，他的房子虽然大，却连一个客房都没有，她做不出让一个生病的人去睡沙发的事，也不愿意委屈自己。

"反正我们又不是没有一起睡过，怕什么？"

逻辑满分。

陆遇止说不出一句反驳的话来，只能熄了灯躺下，黑暗到来那一刻，他还有些庆幸在自己的坚持下，他们各自盖了一张被子。

要是真睡一块儿，他真的无法保证自己会做出什么事来。

半夜三点，陆遇止感觉被窝里有什么东西钻进来，他借着为数不多的意识随意摸了摸，瞬间清醒过来。

她呼吸均匀，显然搂着他只是个无意识的动作。

他费了大力气才将微澜的身体扳正，让自己脱离这莫大的煎熬，可没一会儿，她又……抱上来。

真是要命的诱惑。

这时叶微澜因不小的动静而醒了过来，双眸含水地看着眼前的男人。

"喜欢我吗？"他哑着嗓子问她。

叶微澜从未见过这样的他，那双眼睛又黑又沉，又有盈盈的光从中透出，她仿佛受了蛊惑般点头："嗯。"

"我爱你。"

天明时分，两人才满身疲倦地相拥着睡了过去。

醒来时已是中午，明亮亮的阳光在窗台上晃，捉不住光影。时光静静流逝。

回想起昨晚那场风浪中的飘摇，叶微澜轻轻叹了一声。

旁边的男人也有了动静，他慢慢睁开眼睛，在她唇上轻轻一点："早安。"

"感觉还好吗？"

"嗯。"叶微澜躲开他灼热的眼神，咬着唇轻声说，"很美好。"

"你啊！"陆遇止宠溺地刮了一下她的鼻子。不知道再多说些什么好，言语已经无法表达他此刻心底的感受。

那种得到了全世界的满足……

两人又闹了半个多小时才下床洗漱。

吃过午饭后，叶微澜坐在沙发上拿着手机刷微博，杰森突然打来电话："叶，上次你让我去查的那弹壳型号和购买记录，终于有消息了！"

"发到我手机上。"

杰森在那边吞吞吐吐地说："按理来说，这种炸药一般不会卖给私人，但……也有例外……还有，这个人你认识。"

叶微澜的动作瞬间一顿，旁边的男人也察觉到她的异样，眉头轻轻皱了一下。

她听到杰森轻声说："赵熙宁。"

挂断电话后，叶微澜发了一条短信：

"熙宁，你有时间吗，我们见一面。"

收到信息时，赵熙宁的第一反应是欣喜若狂，握着手机好一会儿才渐渐消化了这个事实：素素主动提出要见他！

枯木逢春便是这种心情吧？

"化妆师过来补个妆……"

助理在旁边有条不紊地吩咐完工作人员，又换上一脸讨好的笑："赵哥，待会儿就到您了，今天的戏份不多……"

都是圈子里的人精，懒懒坐在沙发椅上的男人一个眼神，便成功让他停止了聒噪。

赵熙宁在这部古装戏里演一个庶出的皇子，他心怀天下，野心勃勃，可惜时运不济，在政治斗争中不幸沦为阶下囚，屋漏偏逢连夜雨，其母为证其清白而血洒皇陵……

他一身缟素跪在母亲灵堂前，背影沉默而倔强，令人心酸，可当镜头一拉近，画面清晰地呈现这个向来以演技出名的影帝嘴角竟然微微扬着笑……

"卡！"导演一声令下，悲伤的氛围如数散尽，一切重回现实。

赵熙宁也从恍然中重回现实，这是他成名以来第一次出现这样的纰漏——

在镜头前分心了。

然而，状态始终投入不进去，不知拍坏了多少带子，导演终于哀叹着放弃，却又不好给这人太多脸色，毕竟是好不容易请来的大牌。

赵熙宁为什么会红得如日中天？圈子里公认的情商太高，名气大人又谦虚，更重要的是明明可以靠脸吃饭，却不断努力，而且是不怕死地努力！他非常敬业，从不用替身，再凶险也坚持自己上，身上大大小小的伤口无数，全都是对那个最高荣誉的献祭，还有一点，他从不闹绯闻，从不炒作……这样的人，不红才是奇迹。

"不好意思，导演，今天状态有点儿不佳。"赵熙宁很抱歉。

原本脸色略沉的导演闻言笑着拍拍他的肩："没事，能理解，谁能保证一年三百六十五天一天二十四小时都保持最佳状态？好好休息一下。"

接下来的事，自有助理会去周旋。

随后赵熙宁秘密离开片场，先回家冲了个澡，纠结了许久，换了一身得体又不显得正式的衣服，弄好这一切出来时，助理已经把一束红玫瑰放在桌上。

空气中芳香馥郁，一如他此时的心情。

提前半个小时赶到约定地点，没想到叶微澜已经到了。赵熙宁嘴角噙笑地看着那个背对着自己的身影，脚步轻快地走了过去。

叶微澜浑然不察有人走近，直到闻到玫瑰香气，她转过头，看到站在身后的人，笑意盈盈："你来了。"

玫瑰接了个满怀。

赵熙宁在她对面坐下，桌上有一壶茶，他闻出那是她向来喜欢喝的茉莉花茶，他笑了笑："这么多年，你还是对它情有独钟。"

"还是老口味？"

"不了。"在她面前，赵熙宁总是显得特别轻松自在，"我今天特别想尝尝你的茶。"

叶微澜给他倒了一杯。

"特地找我出来，总不只是叙旧这么简单吧？"他依然带着笑，眼睛盯着对面人眉梢嘴角边那一抹欲言又止。

叶微澜从包里拿出一张纸，递到他前面："能解释一下这个吗？"

赵熙宁拿起来一看，起初有些惊讶，他又扫了一眼，新式 RT709 雷弹，这是什么东西？继续往下看，购买人：赵熙宁。购买时间……正是一个月前。

怎么会……见鬼，他可从来没有买过这种东西。

"这不是……"脑子仿佛被那该死的炸弹炸了一下，某个可能性隐隐浮出水面，他没做，不代表没有人假借他的名义做，毕竟他的私人账号和密码对那个人来说并不是秘密。赵熙宁突然不说话了。

"这是怎么回事，能和我详细说一下吗？"

叶微澜简单把普陀村发生的事解释了一遍，赵熙宁的眉头越皱越紧："你没受伤吧？"

他的关注点永远只有她。

叶微澜愣了一下："我没事。"

"如果我说不是我，你会相信吗？"赵熙宁已经猜到始作俑者是谁，但这样的情况他无法跟她解释太多，他只能赌上他们这么多年的交情和她对他的信任。

"当然。"叶微澜的手指在浅绿色杯沿轻轻敲着，她神色认真，"我从没怀疑过是你。我这次过来，主要是想谢谢你，顺便提醒一下，你的账号密码应该被人盗了。"

赵熙宁悬在嗓子眼儿的心终于回到了胸腔，他轻松一笑："开花了吗？"

"没，"叶微澜笑着摇头，"不过应该快了。"

前几天晚上微澜回到家，院门外摆了一株昙花，送花人没有留下任何信息，但她已经猜到是谁。

妈妈以前也种过昙花，听说是爸爸最喜欢的花，那一年有一株长势喜人，叶微澜夜夜等着它开花，可惜还没等到，妈妈就去世了，她也离开了那个家，不曾再回去过。

那株昙花，如今应该是死了吧？

看着对面女孩子微微失神的模样，赵熙宁多么想开口跟她说："我能和你一起等待花开吗？"

她一定会很开心地点头，但却不知道他并不只是想单纯和她看一场花开。

想到这里，赵熙宁在心底轻叹了一口气："素素，你太容易相信别人了，这样很容易受伤，知不知道？有的时候，你越相信的人，或许是最后伤你最深的那个。"

叶微澜定定地望向他，双眸如破冰而出的泉水，闪动着一层清浅而纯净的光泽："那……你也会伤害我吗？"

"永远不会。"

直到叶微澜离开，她的茶残余着冷香，赵熙宁胸口处仍回荡着那四个字，字字重若千斤，压得他几乎喘不过气来。

我会用自己认为对的方式保护你，不让任何别有用心的人伤害你。

陆夫人从佛堂出来，路上风有点儿大，吹得她浑身颤抖，刚推开房间的门，灯"啪"的一声亮了，吓了她一大跳。

"你……你怎么在这里？"

陆宝珠手里把玩着一只玉镯子，含笑看她："看到我，你好像很惊讶？"

"你到底又想干什么？"陆夫人紧紧抓着自己的外套，令袖口处生出许多褶子来。

陆宝珠从抽屉里翻出一个锦缎盒，如青葱般的细指在上面轻轻流连，最后将一对水晶耳坠挑了出来，好生赞叹："真美。"她语气顿了顿，扭过头来看门口处的人，语气颇有些可惜，"我曾经也有一对。"

陆夫人"砰"的一声关上了门，歇斯底里地冲到她面前："你要什么都可以拿走，唯独这一套首饰不可以！"婆婆交给她的时候，曾嘱咐过要好生保管，切莫有任何闪失。她虽讨厌自己，却不曾提过要收回，这已经是最后的仁慈。

"看你，"陆宝珠嗔怪地看了她一眼，将耳坠放回去，"紧张什么。"

陆夫人依然如临大敌地盯着她，像一只护雏的老母鸡，全身的戒备都竖了起来。

"你有时间瞪我，还不如去医院看看你那好儿媳妇，她这会儿正闹着呢，割了好几次腕了，连我看了都心疼。"陆宝珠"啧"了一声，"你说你也是，太懦弱了，整天念经有什么用？没少祈求佛祖早点儿将我带走吧？"

"有用吗？"陆宝珠声音凉了下来，"最可怕的地狱我都去过了，难道还怕这些？"

年轻时陆宝珠曾经不顾一切爱过一个男人，他曾是许多人眼中的大才子，谈吐幽默，风度翩翩，可惜的是那时他眼中只有一个女人，她费尽心思、不择手段也无法撼动他，既然无法心动那就让他心死，她断了他同那女人的爱，逼心如死灰的他和自己结婚。

无爱的婚姻是一个痛苦的磨合过程，陆宝珠低估了张敏行对那个女人的爱，他像一棵树一样枯萎，甚至走上那条他最深恶痛绝的路，余生再不曾拿起过相机。

他越爬越高，高得令这世间大多数人只能仰望，可底子里却是枯着的。而他们的婚姻却仿佛一个死结，只要他还在那个位置上，便无打开之日。

从此，他们绝望地守着彼此，一世寒凉。

一个女人最大的悲哀，莫过于亲手毁了自己最爱的男人。

"不要试图反抗我，"陆宝珠捏住这柔弱女人的下巴，那精致的妆容掩盖不住她面目的狰狞，"如果你还记得二十年前那场溺水意外的话……"

陆夫人的眼睛惊恐地睁大，那里面浸满泪水："是……是你。"

"是我。"陆宝珠松了手，让陆夫人的身子软软地倒在地上，"二十年前我可以不念血缘亲情置你儿子于死地，现在同样能。"

陆夫人狼狈地趴在地上，竟失声痛哭起来："我什么都听你的，求你不要伤害他！"

陆宝珠却不再看她一眼，走了出去，高跟鞋"哒哒哒"的声音在空荡荡的长廊回响着。她心情大好，拿出手机拨了一个电话。

"微澜，今晚有时间一起吃个饭？"

"宝姨，"叶微澜看了看盘膝坐在自己旁边的男人，有些迟疑地说，"我今晚可能没空。"

昙花大概今晚就要开了，她和陆遇止要在旁边守着等。

"没事，那下次再约。"

叶微澜挂了电话，将手机放在一旁，陆遇止微微挑眉："我姑姑打来的？"

"嗯，她约我今晚一起吃饭，我拒绝了。"

陆遇止没有再说什么。

晚饭后，两人裹着一张毛毯坐在花架下，絮絮低语着。陆遇止倾靠过去，搂住她肩膀，侧过头，清亮的目光静静看着她："你怎么知道这些的？"

"我妈妈说的。"叶微澜的语调带着一种回忆的味道，她眸底映着天边一轮难得的满月，"昙花又叫月下美人，当年我爸爸和妈妈相遇的时候就是一个月夜，我妈妈在月光下跳舞，爸爸对她一见钟情……"

她继续温柔地说着："他们的事，我知道得很少，妈妈几乎从来不提爸爸的事，但我知道她一定很爱很爱爸爸。"爱到连死去那一刻依然记挂着他。

陆遇止的心轻轻疼了一下，他极轻极轻地在她脸颊落下一吻："我也很爱你，会越来越爱。"

轻微的"啪"的一声，这大多开在夏季、喜欢温暖的花，在人间的温室里，在情人的低语中，徐徐绽开。

"开了！"叶微澜惊喜地叫起来。

洁白而硕大的花朵，在两人灼热专注的目光里完全盛放，空气中弥漫开一股淡淡的芳香。

这株昙花，它在土壤里沉寂了太久，终于在这个冬日晚上迎来了生命的第一次绽放。

他深深吻住她，薄毯滑落——无暇去管。

这难得一见的昙花一现，也比不上她千分之一的美丽。

他们会一直一直在一起，直到老去死去，生同衾，死同穴，这世上没有什么东西能阻止他们结合在一起。

昙花已谢，合成了一小盏灯笼的模样，低低地垂着头，陆遇止的声音被风吹得有些散："困了？"

"嗯。"他怀里的女人轻声嘟囔了一句，"陆遇止，我们应该节制点儿。"

"好。"男人低沉动听的嗓音飘在她耳边，"都听你的。"

可他手上的动作分明不是这样执行的，等叶微澜意识到危险时，人已经连同毛毯一起被他抱了起来……

倦极深睡去。

醒来时旁边的人已经不在了，叶微澜照例坐在床上发了一会儿呆，扣扣可怜兮兮地蹲在床脚下，一双骨碌碌的紫色眼睛写满委屈。

"喵！"老子肚子好饿！

"喵！"人家肚肚好饿嘛！

冻死喵了，前任主人和现任主人昨天晚上关着门不知道做些什么见不得光的事，害得它有窝归不得，幸好天刚亮门就开了，它兴冲冲夹着尾巴准备冲进去补个觉，谁知门又被关上了，差点儿夹到它那张英俊非凡的脸！

叶微澜终于回过神，她掩口打了个呵欠："扣扣，早安。"

"喵！"不早了！

叶微澜迅速下床梳洗，吃了早餐，这才回到卧室，把原本那皱得不能看的床单扯下来塞进洗衣机，换了新床单后，她才扶着腰松了一口气。

十点多，叶家夫妇风尘仆仆地赶回家，叶母看着晾晒在院里的被单，心下明白过来了什么，刚放下行李就把女儿拉进了房间。

"昨晚遇止在家里过夜了？"

叶微澜脸红地点了点头。

叶母慈爱地笑着握住她的手："晚上让他到家里来吃个饭吧。"

那种事对热恋的情侣来说再稀松不过，叶母也不是那守旧之人，可女儿毕竟涉世未深，性子又单纯，她作为母亲，总该为她想好万全之策，不能让她受分毫委屈。

"微澜，你和你妈又在说什么悄悄话？"叶父在楼下喊了一声，语气有说不出的酸味儿，"你们这娘儿俩怎么总把我排除在外呢？好歹我也是一家之主呢。"

叶母摇摇头，笑着说："这老头儿，又吃醋了。"

"妈，那我先下去了。"

刚看到女儿的身影，叶父就神秘兮兮地朝她扬扬手："快过来，看看爸爸这次给你带了什么好东西。"

叶父从行李箱里小心翼翼地取出一个木盒，打开盒面，把里面的东西取出来立在桌上。

叶微澜看到那是一尊陶俑，一男一女抱着，面对面亲吻。

再细细看那对陶俑的脸，赫然就是她和陆遇止的，可逼真了，连含情脉脉的眼神都把握得特别到位。叶微澜知道父亲在这方面极有天赋，没想到这技艺已如此鬼斧神工。

叶父的脸笑得跟一朵花儿似的："喜欢吗？这是我送你们的订婚礼物。"

"订婚？"叶微澜有点儿惊讶。

"遇止前几天跟我联系，说等我们回家就正式登门，怎么，他没跟你说？"

叶微澜摇摇头。

怪不得母亲刚刚还提了让他今晚过来吃饭，所以只有她一个人被瞒着吗？

正在开会的陆遇止突然收到叶微澜发来的信息，在大家屏息以待的好奇目光中，他淡然地点开来看，内容很简单，只有三个感叹号。

生气了？他轻轻皱眉。

又发来一条新信息："我妈让你今晚过来吃饭。"

"今天的会先开到这里，明天继续。"

被虐了大半个下午的众人松了一口气，迅速收拾好东西离开会议室。

"程特助，明天的会议由你主持。"

程杨："……"真是连爆粗口都没力气了。

老板追女朋友，他被虐得体无完肤，什么时候也能有个小甜甜来抚慰抚慰他干枯而寂寞的心啊？

一路堵塞，也拦不住陆遇止的好心情，红绿灯的间隙，他还抽空听了一首格外缠绵的英文情歌，听得通体舒畅。车子开出市中心后便一路顺畅，半个小时后稳稳地停在叶家。

叶母和叶微澜正在厨房准备晚饭，陆遇止进去的时候，客厅里只有叶父一个人，他已经摆好棋盘："来来来，杀一局。"

未来岳父的盛情邀请，陆遇止怎么都不能拒绝，他本来打算先去看看那女人无端端生什么气的。

高手过招，一局棋下了足足三盏茶工夫，还未分胜负，叶母已经招呼着吃饭了，她家老头子才恋恋不舍地歇战放人。

晚饭很是丰盛，不仅色香味俱全，还体贴地照顾到了每个人的口味，叶父将剥了壳的鲜虾放到妻子碗里："喏，你喜欢的。"

陆遇止也夹了一块笋给微澜，趁着侧身的姿态打量她脸上的表情，看起来似乎没什么异样，他才稍稍放下心。

此时外面已是万家灯火，以往这时他永远只会在公司加班，夜深了才拖着疲累的身体回到那个冷冰冰的家，洗过澡后沉沉睡去，一天便过去了。陆遇止何曾想过自己也会有这么一天，陪着自己喜欢的人，和两个像家人一样的长辈吃一顿平常而温馨的饭菜？

他站得太高，也太孤独，因而如此卑微地希求着这寻常的温暖。

手肘突然被人碰了一下，陆遇止猛地回过神，撞入一双微微透着关心的清澈眸子里，那一刻许多复杂的东西从心底涌出来，复又返璞归真，他握住叶微澜的手："爸，妈。"

二老齐齐看过来，听这年轻人用前所未有的认真语气继续说："请允许我这样称呼你们。谢谢你们养育了一个这么好的女儿，她身上有太多吸引我的地方，无法一一细数，我们非常契合，仿佛为彼此而生……她是你们的掌上明珠，从今以后也会是我唯一的珍宝，我真心希望你们能把她交给我，我会好好爱她、疼她、护她……"

叶母听着听着不知不觉红了眼眶，叶父轻轻拍着她的肩，柔声安慰着："哭什么，我们该高兴，女儿终于嫁出去了。"

叶母瞪他一眼："就哭！我高兴！"

"好好好，哭吧哭吧，不过亲爱的，我们可能要回房间了，得把空间留给这小两口儿。"叶父哄孩子似的。

饭厅里只剩下面面相对的两人。

"我……真有你说的那么好？"叶微澜摸摸自己的脸颊，唔，好热。

"不这么说，你爸妈会这么快答应？"男人抛来一个得意的眼神，手被她用力一掐，他倒吸了一口冷气，"下这么重的手，谋杀亲夫啊！"

叶微澜伸出自己的手："给你掐回来。"

他顺势握住，将她拉进怀里，轻笑一声："你舍得我可不舍得。"

叶微澜觉得自己的耳朵都快烧起来了，他偏偏还在旁边呵热气："刚刚跟你开玩笑呢，"陆遇止低低说着，声音带着他独有的磁性，"你比我说的更好……"

斯人若彩虹，遇上方知有。

他终于对那些肉麻的台词多少有点儿感同身受了。

因和德国一个重要合作方的合同出了问题，对方指名要陆遇止亲自出面洽谈，原本打算第二天休息的陆遇止只得应约前往，他走得太匆忙，连叶微澜都来不及通知。

上飞机前，他给她发了一条微信。

此时天色才微微亮，东方透出点儿鱼肚白，陆遇止坐在椅子上，紧闭双眼，脑中突然冒出一个不合时宜的想法。

如果这是生命中的最后一次……

近来频发的空难事件让他心有余悸，如果不幸真的发生了，那他……什么都不能留给她，这个念头让他心痛难忍，连眼皮都跟着不受控制地跳了几下。

右眼皮是跳财还是跳灾来着？

惶恐抵不过身体的疲累，陆遇止压住自己的双眼，渐渐睡了过去。

天色大明，陆家上下都乱了套。

叶微澜正吃着早餐，手机响了，是个陌生的本地号码，她犹豫了一会儿才接通，那边的人似乎很是焦急："叶微澜小姐吗？"

"我是，请问你是？"

"我是陆家的管家，是这样的，今天一大早……"王管家急急地说了起来，好说歹说把事情解释清楚才说明打电话的用意，"我家老夫人想见你一面。"

"好，"叶微澜站了起来，"我这就过去。"

进了医院，叶微澜才发现自己的心是那么慌，她慢慢平复着呼吸，加快脚步走了进去。护士正焦急地问着："哪位是叶微澜小姐，病人坚持要见到她才肯开始手术。"

"我是！"

围成一团的陆家人迅速让开一条路。

老夫人正虚弱地躺在病床上："你来了？"她勉强睁开眼睛，叶微澜注意到那双苍老的眼睛沾满湿润。

叶微澜低低地"嗯"了一声："他今早去国外出差了，刚走没多久……"

"我知道，他一定被什么事缠住了……不然……不会不来陪我老婆子的。"陆老夫人面上露出一种骄傲的神色，随后又暗淡了下去，"我自己的身体我自己知道，能撑到今天我已经很满足了。这一生我只有他放不下，答应奶奶，无论以后发生什么事，你都要一直陪着他，好吗？"她费力想看清这个女孩儿的脸，无奈视线模糊，只能轻轻握了握她的手。

孩子，我替陆家和你说声对不起。

陆遇止同祖母感情很深，那个秘密自然没有瞒她。

"您一定会好起来的。"

"好……好孩子，叫护士进来吧。"

等待的时光长之又长，老夫人手术前吩咐过不准任何人通知陆遇止，自然没有人敢违背她。叶微澜徘徊了许久许久，终于还是拨通了他的电话。

第一次很快被按掉，她又打第二次，这次接通了。

"陆遇止，"叶微澜抢在他说话前出声，"我要跟你说一件很重要的事。"

男人轻笑接话："想我了？"

"你奶奶今天早上突然晕倒，现在在医院抢救……"叶微澜深深吸了一口气，"医生说，情况很不乐观。"

那边传来一阵死死的沉默，她几乎连他的呼吸声都听不到。

"你要平安地赶回来，如果赶不回来，我会……"叶微澜轻轻地说，"替你送她。"

她听到他很低很低地"嗯"了一声，电话便断了。

手术室的灯亮了一夜，天亮后有护士出来，陆夫人立刻迎上去，叶微澜也猛地站起来，可双腿发软，险些倒下去。

护士闭口不言里面的情况，只说医生一定会尽力抢救，便越过两人走了。

陆夫人原本身子也不好，担心了一夜，此刻竟有些摇摇欲坠。叶微澜上前扶住她："您还是去休息一下吧，这里有我看着。"

先前还热热闹闹围着的陆家人，刚入夜就陆续散了，最后只剩下她们俩，这大户人家的人情淡薄，真令人唏嘘。

陆夫人的泪水堵在嗓子口，可怎么也哭不出来，她神色复杂地看着眼前这个年轻女孩子，柔柔地说："不碍事。"

叶微澜也没说什么，扶着她在椅子上坐下，自己坐在旁边，从兜里拿出手机来查航班信息。

算算时间，他也差不多该到了。

"你也一夜未睡，要不要睡会儿？"

叶微澜怔了一下才反应过来她在跟自己说话，摇摇头："不用。"

可眉心那浓浓的倦意还是出卖了她，叶微澜甚至忍不住打了个呵欠，以前除非是因工作的缘故，她极少熬夜，此时不是不累，而是无法安心合上眼睛。

有一个念头已经在她心底生根发芽：她要替他守这个很重要的人。

静寂中，有凌乱而匆忙的脚步声从走廊尽头传来，叶微澜抬眸望过去，心突然扑通乱跳起来，他回来了！

男人径直越过自己的母亲，大步走到叶微澜跟前，他声音里有着不同寻常的颤动："奶奶怎么样了？"

"还不知道情况。"叶微澜帮他拨弄了一下额前汗湿的头发，顺便把汗擦掉，这个时候很容易感冒。

呆呆站在一旁的陆夫人苍白得过分的唇微微张着，"遇"字刚出口，他便如一阵冷风掠过，看都不看自己一眼，她只得生生把那个"止"咽了下去。

陆遇止握住微澜的手，用力地握紧，他低垂了眉眼看她，轻声说："辛苦了，谢谢你。"他的声音透着无法掩饰的疲累和沙哑。

叶微澜轻轻揪了一下他的衣摆："你妈妈……咦？"她四处看了看，"真奇怪，刚刚还在的，怎么突然不见了？"

刚刚太急，陆遇止也没注意到还有其他人在，闻言他有些不敢相信："她一直都在？"

"你妈妈也陪了一夜，中间晕过去一次，醒了又继续守着。"

有时她觉得这母子俩之间的相处很奇怪，可眼下也不是问的好时机，便轻轻拍了几下他后背："别太担心，你奶奶一定会没事的。"

她不会安慰人，翻来覆去也只是那几句，声音也很轻柔，几乎没有什么说服力，可听在陆遇止耳里却有一种令他莫名安心的力量。仿佛只要她陪在身边，再大的艰难，他都能挺过去。

"她当然会没事，"他埋在叶微澜温暖的颈窝，气息带着凉软，轻轻吹拂着她的耳朵，"她还没看到我把心爱的女人娶回家当她孙媳妇，她还没抱上曾孙……"最后几乎变成他一个人的喃喃自语，"这老太婆很烦的，小时候拿棍子盯着我念书，好不容易被她盯到大了，又经常念叨我快点娶老婆生儿子……你说她都还没看到，怎么会舍得……走呢？她一定不舍得的吧？"

叶微澜感到有什么温热的液体沿着脖颈流下来，一滴又一滴，晶莹又剔透，很像夏日清晨在荷叶上卧着的露珠，胸前的衣服被慢慢润湿，她也渐渐红了眼眶。

不知道过了多久，手术室的灯灭了，摘掉口罩的医生走了出来："手术很顺利，不出意外的话，病人今晚就会醒。"

叶微澜松了一口气，谢过医生后，才发现旁边人有点儿不对劲。

"怎么了？"

转瞬，她便被他用力抱住，几乎喘不过气，被抱离地面的那一刻，叶微澜终于懂得了他此刻的心情。

病房里很静，老太太安详地躺在床上，陆遇止站在床前掖了掖被子，紧绷的神经终于松懈，他露出归国后的第一个笑容："欢迎回来。"

叶微澜正拿着杯子喝水，不忍心打扰这温情的一幕，刚转身准备出去，身后传来男人刻意压低的声音："你去哪儿？"

"我有点儿困。"叶微澜轻声说着。事实上不是有点儿困，而是非常非常困，她很想睡觉。

陆遇止何尝看不出她一直强忍着困意，他想了下说："我先送你回去。"

"不用。"叶微澜想都不想就拒绝，"你奶奶还没醒……"

他纠正她："是奶奶。"

叶微澜原本脑子就不怎么清醒，被他这么一打断反而忘了刚刚想说什么，她耸耸肩，妥协："那我在沙发上睡一会儿吧。"

"愣着干什么，头靠上来。"

"哦哦！"叶微澜已经没办法思考了，迷迷糊糊躺下来，头枕在他大腿上，迅速将眼睛闭上。

黄昏时分，老夫人终于醒了过来，刚睁开眼睛便看见自己的孙子低着头对躺在沙发上的女孩子做着坏事，她微微眯起眼，不声不响地看着，唇边浮现一个苍白的笑容。

陆遇止浑然不觉，继续一下一下地亲着叶微澜的脸颊，他不敢太用力，怕吵醒她，只是如蜻蜓点水般浅尝辄止。

老太太又慢慢合上眼睛。

看来，离她抱曾孙的日子不远咯！

第六章
我的掌上明珠

半个月后，老太太出院，又半月，陆遇止与叶微澜订婚，正式的婚礼定在三个月后。

订婚仪式虽简单却不失隆重，那一对未婚夫妇金童玉女般登对，宾客们不仅满了口腹之欲，还大饱眼福。当然也有不少失了先机的名媛淑女，妆容鼎盛却难掩一脸酸味。

陆清灵也特地请假回来，整天围着微澜转，一口一声嫂子叫得不知多甜。

陆遇止自然乐见其成。

"我先走开一下，"他覆在叶微澜耳边轻声说，"如果待会儿我朋友过来敬酒，全部推掉，实在推不掉让清灵上，这丫头酒量好着呢。如果是长辈过来，能推则推，实在推不掉的话……"

叶微澜眨了眨眼睛，顺口接道："也让清灵上。"

男人好笑地捏捏她的手，语气有说不出的宠溺，他低低地说了一句什么，叶微澜的脸瞬间红了起来："陆遇止你真坏。"

"你又不是第一天知道我坏，"他果然露出坏坏的笑，低声威胁她，"今晚会更坏，前所未有的坏。"

说完这话，陆遇止便松开她走了，毕竟他是今晚的主角之一，有些应酬还是必要的。

没想到他前脚刚一走，叶微澜就被老太太拉住了，老人家乐呵呵地领着她去见家族里的长辈："这是三叔公，这是……"

叶微澜礼貌地一一叫过，一个妇人亲热地拉住她的手："这孩子长得真好看，瞧这双眼睛水灵灵的，要我说，您孙儿的眼可尖了，一万人里也挑不出这样一个啊！放到古代，这可都是倾国倾城的……"

这话到后来就渐渐有些变了，老夫人的脸色立刻沉了下来，旁人纷纷停止了说笑。叶微澜也慢慢品出其中的味道来，这是明夸暗讽说她是勾人的祸水呢！

陆宝珠适时地出来打圆场，三言两语就噎得那女人说不出话来："有什么办法呢，我们家遇止就喜欢这样的，不倾国倾城的他还真看不上。"

女儿来的路上哭哭啼啼的，虽说有吃不到葡萄说葡萄酸的嫌疑，但看到陆遇止的未婚妻竟长着一张狐媚脸，和通身大家闺秀气派的女儿比真是差远了，张夫人也是一时头脑发热才口不择言，没讨到好处，反而在众人前失了面子，便脸色有些讪讪地离场了。

叶微澜不擅长处理这样的事情，朝陆宝珠投去一个感激的眼神："谢谢宝姨。"

陆宝珠笑了笑："以后这种人，不必跟她客气。"

晚宴继续，仿佛那个小插曲从未发生过。

一晚上下来，宾主尽欢，送完最后一拨儿客人，叶微澜的腰几乎直不起来了，她嘟囔了一声："好累。"

陆遇止揉揉她的腰，笑得意味深长："待会儿会更累。"

情人的夜，温柔又短暂，不觉已天光大亮。

"还难受？"

叶微澜闷哼："嗯。"

"我很开心。"终于可以名正言顺地拥有你。

叶微澜凑过去亲亲他："我也很开心。"

"想什么这么入神？"

"在想我们第一次见面的时候。"

"噢？"男人也突然来了兴致。

"你当时一副要把人吃了的样子。"

陆遇止握住她的手："抱歉，吓到你了。"可他脸上分明没有一丝愧疚的表情，甚至有些遗憾地皱了皱眉，"如果知道这个女人以后会成为我的老婆，我那时肯定会更温柔一点儿。"

"你昨晚也不温柔。"

又回到了原先的话题。

陆遇止无奈又纵容地笑了一声。

叶微澜张嘴似乎还想说些什么，男人温热的唇已经堵了上来，她浑身发软无力招架，忽然听见自己肚子"咕噜咕噜"叫了起来，她捶他几下："陆遇止，你的肚子在叫，你是不是饿了？"

这番颠倒黑白……

陆遇止失笑不已，终于松开她，翻身下床，他随手拿起搭在床边的长裤穿上："想吃什么早餐？"

"随便，只要是你做的就行。"

他一手撑在床边，一手抬起叶微澜的下巴："瞧这小嘴甜的。"作势又要亲下去。又嬉闹了好一会儿才作罢。

叶微澜吃上早餐已经是半个小时后的事了，鸡汤云吞味道鲜美，口感又好，她一连吃了十几个才有了七分饱的感觉，身体也渐渐从里到外暖了起来。

阳光从落地窗外探进来，她微微眯了眼睛去看，一截光在手里被拗断，桌面上光影摇摇晃晃。

坐在对面的男人俊脸上含着温柔的笑意，深深凝视着她，以任何人都无法想象出来的宠溺目光。

日光渐渐丰盛，另一处，在沙发上坐了一夜的男人猛地起身拉开窗帘，刺眼的光刹那间灼痛他的眼睛，他却奇怪地笔直站着不偏不躲。

门口处有了声响，高跟鞋的声音慢慢逼近，赵熙宁不必回头也知道来人是谁。

"命运竟然跟你开了一个这么大的玩笑，此刻是不是有一种心脏被掏空的感觉？"陆宝珠以一种胜利者的姿态站着，她的身后，阳光被劈成两半。

"如果你过来是想看我如何失魂落魄，那真不好意思，"赵熙宁冷笑了一声，"你可能要失望了。"

陆宝珠果然有点儿失望："你没有到场，不知道那天晚上她笑得多幸福，可惜，给她这份幸福的人，永远都不会是你。"

赵熙宁悄然握紧了拳头，可面上却装作毫不在意地说："她只是一时的迷失，我一点儿都不介意。"

陆宝珠"啧"了一声。

"你到底想干什么？"赵熙宁从桌上抽了一沓文件扔过去，"假借我的名义购买这些莫名其妙的炸药，你究竟有什么目的。"

陆宝珠看起来有些惊讶，她拿起来匆匆扫了一眼："这么快就查到了。"她自言自语道，"我竟低估了她。"

赵熙宁没听到她的后半句，神色有些不耐："为什么要将她牵扯进来？她是无辜的。"

"你和她见过面了？"

赵熙宁默不作声。

"她怀疑你了？"

"呵，"赵熙宁冷笑道，"还不是拜你所赐。"

陆宝珠丝毫不放过他脸上的一丁点儿表情："那你是怎么说的？"

"先告诉我你的目的。"

陆宝珠讽刺地看着自己儿子："我能有什么目的？微澜是我一手培养起来的，是我这一生最骄傲的作品，她天分高，平常人终其一生都无法做到的事，她做起来如探囊取物。她的人生太顺利了，刚极易断，我适当地给她制造一点儿阻碍，也是用心良苦。"

赵熙宁几乎不怀疑她这番话的真实性，这个给了他生命的女人虽有一副蛇蝎心肠，不过这么多年她对微澜的好，他也是有目共睹。

"你到底是怎么跟她解释的？"

赵熙宁撇了撇嘴角："账号外泄，密码丢失。"

"她信了？"陆宝珠尽量控制自己的语速，不让他听出自己的急切。

"嗯。"

陆宝珠终于松了一口气。

"听说老太太前段时间身体出了问题？"赵熙宁也是从叶微澜的朋友圈里得知这个消息。

"你关心她做什么？"陆宝珠脸色瞬间变得极冷，"那老家伙死不了，阎王殿里走了一趟，又回来了。"

她当真是希望这个老女人死的。

说起来又是一段好长的往事，现在的陆老太太并不是陆老太爷的原配，原本的陆夫人因难产去世，去世时才十九岁，只留下陆宝珠，便撒手人寰了。

老太爷便又娶了一个太太，生了一个儿子，也就是陆遇止的父亲，可惜父子俩都是短命的。陆老太爷去世时才六十岁，他一生操劳落了一身伤病，人参鹿茸吊了大半个月，还是没留住命。他留下遗嘱，公司股份大部分给了儿子，而作为嫡女的陆宝珠只分得了他名下一些不动产。

这还不是重点。

老爷子去世那晚，陆宝珠在病房外听到他在跟现任夫人说："宝珠是阿容给我留下的唯一血脉，这么多年也是亏欠了她，到了地下也不好和她母亲交代……"

　　陆宝珠听到这里不禁觉得悲从中来，便没有再听下去，回到家一夜没闭眼。第二天天没亮就听到噩耗，当即眼前一黑倒了下去，还是用人拼命掐人中才把她弄醒，当即马不停蹄地赶到医院，老爷子那时已经断了气。

　　老爷子风光大葬后，律师宣读遗嘱，陆宝珠越听越不对劲，这和昨晚偷听的内容大有出入，她当时和丈夫正陷入冷战，而那个一夜噩梦的对象又缠上她，她需要一大笔钱去封他的嘴，去抹掉那令她一世蒙羞的证据。

　　幻想落空。在人生低谷的陆宝珠，屋漏偏逢连夜雨，心死绝望，遗嘱内容为何突然生变，除了那老太婆从中作梗，她不作他想，便是从那时起恨起了他们那一血脉的人。

　　也是巧合，时逾三载，陆遇止的父亲也因车祸重伤，陆宝珠觉得连天都在帮自己。

　　"相信我，我们都会得到原本属于自己的那一切。"

　　赵熙宁不置可否："我只要她。"

　　同居生活开始了一段时间，越见甜蜜，要说挑什么不满意的，叶微澜觉得只有一点，他好像特别迷恋自己……

　　就像这天早上，微澜睡得迷迷糊糊，他又凑过来："起来了，不是说想去泡温泉？"

　　"好困，不想起床。"

　　"好，"男人竟意外地好说话，"那我陪你睡一会儿。"

　　"一会儿是多久？"

　　"嗯。"陆遇止想了一下，"一会儿可以是三十分钟。"

　　湿热的吻落在她颈侧。"也可以是四十分钟。"他舒服地叹了一声，"当然，一个小时也是可以的。"

　　"没有十分钟的选项吗？"

　　"嗯。"陆遇止有些惋惜地说，"这次没有。"

　　叶微澜立刻清醒，一把推开他，跳下床穿好衣服，进了浴室。

　　H市市郊有许多天然温泉，其中又以琳浩山庄的最为出名。

　　叶微澜一上车便睡了个昏天暗地，直到车子拐上山路，像摇篮一样晃动起来，她才慢慢睁开眼睛："还有多久才到？"

　　山路不好走，陆遇止认真开着车，午后的阳光映照过来，他的侧面线条看起来安静又柔和："大约还有半个小时。"

叶微澜目光灼灼地看向车窗外，不远处有一个湖，湖边栖息着一大群鸭子，湖心处有人撑着木船垂钓。平水生澜，一条鱼跃水面而出，虚空一划，落在那人手里，看来有巴掌大小，"扑通"一声投进一旁的小木桶，看得她心痒痒的。

陆遇止见她看得有趣，便减慢了速度，他侧头微微一笑："山上有一条天然溪流，三月初春时节，鳜鱼十分肥美，大多藏在草隙间，大盆一舀就好几条。"

叶微澜面露神往之色，他轻轻握住她的手："明年三月，我陪你再来。"

"说话算话。"

"当然。"

车子开上一个光秃秃的小土坡，拐进了一条林荫小道，路两旁长满了白色芦草，风一吹那白色花絮徐徐而来，竟混杂了细微的硫磺味，叶微澜打了个喷嚏。

陆遇止立刻把车窗摇上，递了纸巾给她，笑了笑说："前面就是山庄的硫磺泉。"

她鼻子红红，含混不清地"嗯"了一声。

车子顺利进了山庄的地下停车场，两人搭电梯来到三楼，已经有工作人员在电梯口等待："陆先生，陆太太。"

深冬时节，天寒地冻，温泉也可算得上是极致的享受，走廊里随处可见裹浴巾捧着木盆的人，静心聆听，便可听见山腰处玫瑰泉中裸肤的女子嬉笑玩闹的声音。

陆遇止自然不会让旁人有窥觊未婚妻的可能性，所以事先订下的是一处私人活泉。

山庄的负责人和他甚是相熟，路上遇见，陆遇止不免停下来应酬一番，叶微澜静静站在他身后，那腆着肚子的中年男人很热络，也很是健谈。

"这就是弟妹吧？"话题不知何时转移到了微澜身上，她礼貌地笑笑。

"哎呀呀，看到这样的大美人，连我老牛这样的大粗人都忍不住想作诗了，"他摸摸自己光滑的地中海，还真的一脸深情地念了一首诗，"庭前芍药妖无格……花开时节动京城。"

"大妹子，依你看哥儿这诗做得可还行？"他和陆遇止那是过硬的交情，可这人订个婚都静悄悄的，不好好调侃一番实在心难平。

叶微澜淡淡指出："这是刘禹锡的《赏牡丹》。"

那自称"老牛"的男人脸色有些尴尬："牛禹锡？一个姓，八百年前一家人嘛！我老祖宗。"被H市文化浸淫多年，这位东北大汉早已傻傻分不清楚"N"

和"L"。

"你姓牛?"叶微澜扬起了嘴角,突生好玩的心思,抬眸认真问他,"那你有没有吃过牡丹?"

老牛一愣,看着一脸云淡风轻的好友:"我吃那玩意儿干啥?"

"我语文学得不怎么好,"叶微澜露出清浅笑意,"只听说过有一个成语叫牛嚼牡丹,却不知那具体是怎样情景。"

老牛已经彻底蒙了,这美女脑回路有点儿不太一样啊,他轻咳一声:"妹子,吃牡丹什么的没听说过,大哥只知道老牛吃嫩草。"

听到这里,陆遇止再也忍不住笑意,他搂住叶微澜的腰,侧身在她耳边低声道:"不要欺负我朋友。"

叶微澜只得有些遗憾地作罢,本来还想跟他探讨一下"对牛弹琴"的,她没有什么恶意,只是有生之年,很少遇见这么有趣的人。

耽误了半个小时,两人终于泡上了温泉。

叶微澜穿着简单的浅蓝色泳衣,池水清澈,衬得她肤色胜雪,那片美景煞是养眼。

男人笑着用脚去钩她的腿,阳光照在他微凸的锁骨上,那沾着水珠的骨线散发出一股诱人的性感气息:"陆太太,玩够了没?"

叶微澜轻轻吐出一口气,优哉游哉地游回他身边,同他一起并排靠着晒太阳。

这处山景视野俱佳,山脚下有一棵柿子树,枝头密密麻麻地挂着一串串红色果子,树像着了火一般,有风吹过,熟透的柿子扑簌掉落,"啪"的一声碎了一摊红汁。

叶微澜想起以前家里的院子也种了这样一棵树,每逢成熟的季节,她和母亲就忙着用竹竿把柿子打下来,母亲手很巧,她会做很好吃的柿子饼。

可惜,如今那已经成为一种甜蜜的回忆。

背上一股股热流漫过,叶微澜猛地回过神,见男人手里拿着一个瓢,舀了水来泼她。

她双手合拢捧起一股泉水往他脸上泼了过去,下一刻迅速地移开,可哪里抵得过他的速度,还没游出去多远,叶微澜就感到脚踝被人握住,她蹬了蹬腿想挣脱,谁知他握得更紧。

叶微澜软软地回头喊了一声:"陆遇止。"

他便松了手。

叶微澜又游回他旁边,脸涨得通红。

"接下来，想吃东西还是休息？"

叶微澜想了想："还是……先吃点儿东西吧。"

琳浩山庄的菜式都是平时难得吃到的新鲜菜品，原本意兴阑珊的叶微澜也被那色香味俱全的小菜吸引了注意力，小嘴好半会儿都没停下。

陆遇止也被带起了好胃口，新鲜的蕨菜青绿可人，咬一口有清甜汁液在口中漫开，不一会儿便见了底。

那堆成小山似的乌鸡炖甲鱼看起来很是诱人，叶微澜先夹起一块放进男人碗里，之前一直都是他夹菜给自己。

"我可以误会你在暗示我什么吗？"

"什么意思？"

陆遇止对她一笑，并不说什么。

叶微澜自己拿了手机在桌子下百度，看了一会儿答案，有些窘了。

滋阴补阳。

她不受控制地吞了吞口水："这道炒花甲味道很不错。"

他眯着眼，修长的双腿肆意交叠着，语气慵懒："是吗？"

叶微澜便不再说话了。

"要不要尝尝？"

"嗯？"

男人指间夹着一个小小的白瓷杯，里面盛了七分满的糯米甜酒，他用筷子挑了一些，用低沉的声音诱惑她："尝尝？"

叶微澜慢慢凑过去，咬住那筷尖，舔了一下。

入口有点儿苦，又有点儿甜。舌尖处有麻麻涩涩的感觉散开，那是她从来不敢独自去尝试的味道。

听说叶微澜喜欢，临走前牛总送了她好几瓶甜酒，还附带一整套线装珍藏版的《红楼梦》。

"这书我最多只能看到第十页，"车里，叶微澜抱着厚厚的一沓书，皱眉和旁边的人抱怨，"每次看着看着总会睡过去，他送给我是暴殄天物。"

陆遇止笑笑，想起什么："你以前语文真学得不好？"

叶微澜摇头："是很不好那种，"她微微笑着去看路边火红的树花，"语文老师都说我没有一点儿的文学细胞，印象中我的语文从来没及格过……如果我在国内上高中的话，应该毫不犹豫会选理科。"

他毫不留情地点破："理科也要学语文的。"

叶微澜说："可我记忆很好。"

就算在国外生活那么多年，当年被逼着背下去应付考试的诗词依然清晰如昨，大概她骨子里一直埋的是中国人的根。

回到 H 市市区已经八点多，原本以为错过下班高峰期会一路顺畅，谁知还是被堵了小半个小时。

顶层的走廊尽头，一道颀长的身影静静站着，他指间还夹着没有燃尽的烟，廊上的灯在他身上笼罩了一层淡淡的黄色光晕，让他看起来格外不真实。

"姑丈，您怎么突然过来了？"陆遇止惊讶极了。

张敏行将手里的烟头灭掉扔进一旁的垃圾桶："听说你们订婚了，怎么也没个消息递给我？"

他面容依然保持着严肃，可声音却温和得不可思议，大概话是对着侄子问的，眼睛却是看着他旁边的人。

正值风口处，冷风像要剥掉人的脊髓一般往衣服里钻，这人生来便是养尊处优，也难为他站了这么久，陆遇止赶紧开门，让身后两人先进去。

叶微澜进厨房泡茶，提着茶壶出来时，客厅里的两人各自坐着相对无言，气氛竟有些尴尬，她给他们两人各倒了一杯茶。

叶微澜倒茶的动作很是熟稔，青葱似的手压着壶身，氤氲的雾气先从壶口处冒了出来，张敏行注意到她的左手戴着一块男士表，看起来很是老旧，边缘也已经开始脱漆。

她一定不知道，这块表的主人就坐在自己对面吧？她更不会知道，将表盖拆开，表盘的边缘刻着两个字母，分别是 X 和 S，是行和素的首字母缩写。

"以后如果我们有了孩子，不论男女，都叫行素，张敏行的行，孟素心的素。"

他还记得当时自己说的话："都依你。"

张敏行的一只手按在胸口处，生怕揪疼的心脏突生什么变故，他哆嗦着双唇，想喊"行素"，却又中途变成"普洱茶"。

叶微澜很是惊喜："姑丈好厉害。"

他只是浅浅一闻便知这是普洱，不像她，喝什么茶都是一个味儿。

陆遇止敏感地察觉到了姑丈的异常，一个历经磨难却眉头都不眨的人，此刻搭在沙发边缘的手竟几不可见地颤了一下，他可不会天真地认为那是因为冷的缘故。

"姑丈……是不是姑姑出了什么事？"

叶微澜也紧张地看了过去："宝姨怎么了？"

张敏行端着茶杯抿了一口，神色平静，语气却有些惊讶："她出了什么事？"

"那您怎么又特地回来了？"陆遇止松了一口气。

"今年张家祠堂重建，"他语速放得很慢，"我回来祭祖。"又笑了笑，声音更淡，"十多年没回去了，"后一句似乎在和自己说一样，"也该回去一趟。"

陆遇止对这人年轻时的事也是略有耳闻，听说他为了一个女人差点儿和家里决裂，气得张老爷子当场爆了血管，还没送到医院便闭了眼，后来的事就不太清楚了。

"这是我送你们的订婚礼。"张敏行从口袋里掏出一个小木盒，他笑了笑，"时间有点儿赶，匆忙选的，不要介意。"

叶微澜将盒子打开，有淡淡的光溢出来，里面装的竟是一颗鸡蛋大小的夜明珠，她下意识地看向旁边的人。

后者扬着嘴角笑了笑："还不谢谢姑丈。"

"喜欢吗？"张敏行问。

叶微澜点头："谢谢姑丈。"

只是心下有些疑惑，那木盒看起来似乎已经有些年月，裹着夜明珠的黄色丝帛也齐整得没有一丝褶皱，这看起来不像匆忙之下准备的礼物，反而更像是精挑细选的。

张敏行多坐了一会儿便起身告辞了，情绪隐忍得太厉害，身体已经出现了明显的不适，只不过他藏得太好，这两个小辈并没有发觉。

陆遇止送到门口便被他拦下来："就送到这里吧，我自己下去。"顿了顿，他又开口，"遇止。"

"姑丈还有何指示？"

你比我幸运太多，要好好珍惜她。张敏行叹了一口气，终究没说什么，只道："回去吧。"

他转身便走向灯光惨淡的楼梯，连身后的人提醒他这是 36 楼都没有听见。

车旁已经有人在等着，张敏行抬了下手，那人便没有上前，他走到盆栽后，又点燃了一支烟，吐出一口烟圈，眯眼去看那最高处灯火通明的地方。

夜明珠，我的掌上明珠。

愿你觅得良人，平安喜乐，一生无虞。

后面传来脚步声。"您待会儿还有个饭局。"他手里还拿着一件厚重的外套，不过没有得到允许，他也只能站在三米开外。

"知道了。"

暖气充足的屋内，叶微澜洗完澡出来，头发已经吹了七分干，她在窗台前的藤椅上坐下，用腿碰了碰对面惬意半躺着的男人："我感觉姑丈和宝姨之间的相处有些怪。"

正翻着书的陆遇止弯起手指抵了抵额头，似是漫不经心地问："哪里怪了？"

偶尔出席活动的时候他们看起来是那么恩爱和睦，可私底下却似乎不是这样。不过，叶微澜也不敢妄下断言："只是感觉。"

陆遇止坐起来，揉揉她的头："陆太太，你再提别的男人，我会不高兴。"

他的身子靠过来，鼻尖对上她的，蹭了蹭，然后咬住她的唇，含混不清地说："会很不高兴。"

叶微澜被咬得有点儿疼，节节败退，男人滚烫的舌便探了进来……

沉沉地睡过了一夜，第二天一大早门铃大作，叶微澜困得几乎睁不开眼，下意识摸索着爬起来开了台灯，旁边的人搂了搂她，柔声道："继续睡，我出去看看。"

她迷迷糊糊应了一声，便又睡了过去。

再次醒来时已接近中午，叶微澜披了一件薄外套，边揉眉心边走出去，却不期然地撞见客厅里诡异的一幕。

只见她家男人面无表情地站着，薄唇抿得紧紧的，而他对面，叶子若坐在沙发上，肩头不断抖动，好像在无声啜泣，再细细一看，她脸颊竟印着一个红色巴掌印。

叶微澜心知叶家子息贫薄，这一脉也只得两个女儿，自从大堂姐因病去世后，顶了大小姐名分记入叶家家谱的叶子若，一夜之间成为叶家上下捧在手心里的珍宝，谁敢对她下这么重的手？

"怎么不穿鞋就出来了？"陆遇止走过来。

叶微澜有些无辜地耸耸肩："找不到鞋子。"昨晚他直接抱着她回了房间，鞋子也不知道扔哪儿了。

"微澜！"叶子若听到熟悉的声音，竟然大哭了出来。

叶微澜赶紧走过去，没有留意到听子若喊出这个名字，男人脸上划过一丝不自然。

叶子若抱着她撕心裂肺地哭着，哭得上气不接下气，却偏偏不说自己受了什么委屈。

"她怎么了？"叶微澜无声地问站在身后的男人。

陆遇止摇了摇头，他也有些莫名其妙，一打开门，这个披头散发的女人就狼狈地冲了进来，什么也不说，光知道坐在沙发上哭，更何况，他根本不认识这个女人。

于是，他再三跟她强调："这位小姐，你这是私闯民宅，我给你三分钟，如果再不离开，我就报警了。"

可一点儿用都没有，这个神经兮兮的女人哭得更大声了，幸而房间的隔音好，不至于惊扰了里面安睡的人。

这时门铃又响了。

叶子若抹了一把眼泪，瞪向一直站着的男人："你不会真的报警了吧？"

"那倒没有，"陆遇止语气淡淡，"我只是通知了保安。"

他转身出去开门，和来人交涉了几分钟，回来的时候听那女人搂着自己老婆说："你男人真的很莫名其妙，我都哭成那样了，他还威胁我要报警。"

叶微澜听了有些不好意思，轻咳了一声："他好像有点儿脸盲。"

"你确定只是有点儿？"

"事实上，"陆遇止走过去搂住微澜的肩，"除了我老婆，其他女人在我眼里都一个样，没有任何分别。"

叶子若张大了嘴巴，泪水还挂在睫毛上，眨一眨就滚落下来，那模样有说不出的可怜，可还是故作硬气地挑衅："如果我没记错的话，你们前段时间刚订婚。"

男人脸上呈现出一种颇具深意的笑："我们明天就去领证了。"

这一来一往间，叶子若竟忘记了哭，眼睛大大地瞪着。她皮肤白皙，那脸上的红痕便显得格外触目惊心，叶微澜赶紧去取了冰块为她冰敷。

叶子若痛得嗷嗷直叫，被打时只是火辣辣地疼，如今一碰上这被毛巾裹着的冰块，竟像活脱脱扯去她一块肉般。

前段时间叶子若一直苦追一个法式甜品师，像牛皮糖一样缠着人家不放，后来总算尝到了点甜头，谁知这事却不知被谁捅到了叶老爷子那儿，老人家气得一夜没睡着，一大早便捉了凌晨偷偷归来的叶子若去三堂会审。

祖孙俩气性都一样烈，叶子若也算是青出于蓝而胜于蓝，气得老爷子胡子乱颤，一时没控制住便狠狠甩了她一巴掌……

老爷子这次是真的下了重手，除了那巴掌，叶子若身上还有深深浅浅的被藤条打过的痕迹。

叶微澜细细地为她上药，动作放得不能再轻，可这大小姐身娇肉贵，碰一下就说疼。

于是坐在客厅漫不经心看着电视的陆遇止便听见从虚掩着门的房内传来时高时低的呻吟声：

"哎，别碰！好疼……"

"你就不能轻点儿吗？"

上好药后，叶子若趴在床上，嘶嘶地咬着牙："那老头儿真是被猪油蒙了心，说我什么井底之蛙目光短浅，如果不是看在他是长辈的分上，我肯定一拳过去打掉他刚镶的那两颗门牙，让这老头儿再也不敢开口说话。"她果真豪情万丈地挥了挥拳头，牵动背后的伤，又疼得龇牙咧嘴的。

叶微澜的关注点也很奇怪："爷爷的门牙是镶的？真看不出来。"她又喃喃，"怪不得近来很少听他骂人。"

叶子若被逗得蒙头大笑，好一会儿后才从被子里探出个脑袋，她贼兮兮地朝叶微澜眨眼："你今晚陪我睡！"

虽然两人并非从小一起长大，相处时间也不长，但叶子若毕竟是叶家为数不多真心对自己好的人，叶微澜禁不住她的软言软语，便一口应下了。

叶子若抱着她，十分感动，大叹姐妹情深的同时，眼底抹过一丝精光。果然，吃晚饭的时候，她搂着叶微澜的肩，高调宣布："你老婆今晚陪我睡。"

陆遇止举筷的动作一顿，不过也仅是一瞬便很快恢复如初，他不紧不慢地敲开蟹壳，将里面的蟹肉取出来，蘸了酱料后放到叶微澜碗里，顺便跟她求证。

叶微澜这才后知后觉地发现自己好像掉进了某个陷阱，可说出去的话泼出去的水，叶子若的手正摸在自己腰后，准备看着风向不对随时掐上一把，她只得硬着头皮轻轻"嗯"了一声。

他看起来反应并不大，拍拍她的手："趁热吃，一会儿凉了就不好吃了。"低沉的声音甚至还带着笑意，仿佛对此一点儿都不在意。

没有看到想象中的一幕，叶子若有些意兴阑珊地丢下筷子，徒手抓起一只虾，三五几下便将外壳除了个干净，扔进嘴里狠狠咬了起来。

情路受阻，看人秀恩爱什么的，简直是心塞，大大的心塞！

陆遇止将这一切看在眼中，却什么都没有说，继续为叶微澜夹菜，温柔地哄她吃，一顿饭下来自己反倒没吃上多少。

饭后，叶子若跷着腿在客厅看电视，三秒钟换一个台，翻到最后已无台可换，她烦躁地抓抓头发，看向厨房，那簇新的门虚掩着，一点儿都不难想象那对进去了差不多半个小时的男女在里面做些什么。

不过，厨房里的情景也不像她想的那样，陆遇止刚结束了一个跨国通话，叶微澜才洗好了半碟草莓，她拿起一颗咬了一口，甜甜的汁水漫开。她又拿起一颗捏在两指间，问身后的男人："很甜，你要吃吗？"

他微微弯下腰凑过去咬住，整颗吃进嘴里，顺势从身后拥住她："嗯，好像不怎么甜。"

会吗？叶微澜疑惑地又往嘴里塞了一颗，谁知他突然凑过来，清冽的气息像一张温柔覆上来的细网。

男人终于如愿吃得了她口中的美味，回味似的舔了舔嘴角，低低在她耳边说："嗯，这个比较甜。"

叶微澜能感觉到他的呼吸，撩拨得耳根火烧般灼热，她转过身，往他口里塞了一颗草莓。

陆遇止不明所以地挑眉，她已经踮起脚。

用意很明显，他抢了她的草莓，她也要抢回来。这难得的主动和大胆让陆遇止有些意外，不过倒是喜欢得紧。

香甜的汁水交缠着两人的唇舌，他扶住微澜的腰，鼓励着她，一步一步地引她进来……

"这个甜不甜？"半晌后，她微微喘着，双眼亮晶晶地看他。

"很甜。"陆遇止眸光柔和得不可思议，他伸手用指腹轻轻擦去她唇边的浅红色汁液。

出去的时候，叶子若已经趴在沙发上睡着了，她听见脚步声似乎吓了一跳，整个人突然弹起来，微澜也被吓得往后退了一大步。

"吓死我了！"叶子若心有余悸地拍着胸口。

"做噩梦了？"叶微澜拿了纸巾给她擦额头上的汗。

"是啊。"叶子若说，"我梦见我和我的达令结婚了。"

"这不是美梦成真吗？"

"一开始是很美，可是后来，"叶子若深深吸了一口气，"老爷子拿着一把刀出现了……"

叶微澜"噗"的一声笑了。

叶子若瞪她一眼，揉揉眼睛看了一眼四周："咦，我妹夫呢？"

"他去洗澡了。"

"什么都没有说？"

"没有。"

叶子若"哦"了一声，拉着叶微澜的手站起来："那我们去睡吧。"折腾了一天，又没看到好戏，她也真是累坏了。

公寓里没有客房，陆遇止主动让出了主卧，还换了新的被褥，似乎还带着阳光的味道，叶子若在上面滚了一会儿便没了动静。

叶微澜帮她盖好被子，在旁边躺下来，听着那均匀平和的呼吸声，倒是有些睡不着了。

半个小时后，叶子若像小猪仔般打起了小呼噜，甚至时不时还会伸腿踢人。叶微澜退到了床边，更是半点儿睡意都没，她按亮手机看了一眼时间，还没看清楚，旁边的人一脚扫过来……

幸好地毯够厚。叶微澜揉揉眉心，想了想，站起来，轻手轻脚走了出去。

这样占地为王的女大王，估计也只有她那位胖胖的甜品达令才能降得住了。

客厅里，陆遇止睡得也不深，迷迷糊糊感觉听见细微的声响，一开始没太在意，直到感觉被子里好像有什么东西钻了进来，他才猛地睁开了眼睛。

伸手一抱，又软又香的身子便抱在了怀里，他蹭了蹭她鼻尖，声音因刚醒来的缘故还有些低哑："睡不着？"

叶微澜把脸贴在他胸口处，听着那平稳而有力的跳动，她几乎整个人贴在他身上，严丝合缝，她闻着他身上好闻的气息，轻声说："我过来讨晚安吻。"

他低低地笑了出来，额头抵着她的，两人的体温交融在一起，他先吻她的额头，再到鼻尖……脸颊，最后停在那两片柔软的唇上，细细地磨。

窗外呼啸的寒风不知什么时候停了下来，周围静得只能听见低喘声。

闹了好一会儿，被子从两人身上滑落下去时，叶微澜才想起被自己忘在了主卧里的人，要是她明天早上醒来看不到自己的话，肯定又要说些什么取笑的话了。

男人察觉到叶微澜的动作，立刻按住她的手，搂在怀里，沉声问道："去哪儿？"

叶微澜也实在又困又累，咕哝了两个字："子若。"

"先睡一会儿，我等一下会叫你。"他将她放到一个舒服的位置，轻抚着她后背。

叶微澜放心地睡了过去。

这一睡便睡到了天亮。

叶微澜一脸愧疚地站在主卧门口，犹豫了好一会儿才推开门进去，看到床上的人横七竖八压着被子睡得正香，她倏然松了一口气。

"要起了没？"她推了推叶子若。

"困啊！"叶子若连眼睛都舍不得睁开。

"早餐做好了放在桌上，要是……"

"唉，"叶子若翻个身，把被子压在身下，"知道了，有夫之妇就是啰唆。"

被子抽不动，叶微澜又怕这人着凉，便把室内温度调高了些。

出来的时候，陆遇止已经在门口等着她了，今天是两人去民政局登记的日子。

今晚刚好是西方的平安夜，结婚登记处排了一条长长的队伍，以年轻情侣居多。

一个中年妇女正热心地和前面一对情侣搭着话，大意是这年头婚检十分必要，她几个月前见过一对男女，那模样甚是登对，两人甜甜蜜蜜来登记，没想到前几天又过来闹着要离婚了，原来是那女的检查出不孕症……

那对情侣中的女孩子似乎来了兴致："现在科学这么发达，不孕症也是可以治好的吧？"

"小姑娘，你这就太天真咯……"

叶微澜倒是听得有趣，耐心将这一整套故事听完，那对年轻情侣被鼓动着先去做婚检，下一个就轮到他们了。

工作人员收了相关证件，递出来几份文件让他们填写，叶微澜才意识到一件事，自己的字写得很不好看，便用余光偷偷去看旁边的人。

批惯文件的人，那字写得龙飞凤舞的，她越发不敢下笔了，多明显的对比啊！

"怎么了？哪里不会填？"男人突然凑了过来。

"你可不可以帮我写？"叶微澜几乎听不见自己的声音，她垂下头，躲开他探寻的视线，主动交代，"我的字不好看。"

这可是陆太太唯一的自卑，陆遇止肯定要好好呵护。

"还记得你昨晚答应我什么吗？"

这和她的字不好看有什么关系吗？叶微澜的心突然跳了一下，听他压低声音说："今晚我要翻倍，一共是六次。"

叶微澜瞬间明白了过来，脸红了又红："你算错了，是四次才对。"

"哦？"他等她说下去。

叶微澜轻轻扯着他的袖口，声音低得不能再低："昨晚……不是已经还了两次。"

"好，依你，就四次。"

怎么又有一种把自己送进陷阱的感觉？叶微澜窘窘地想。

从民政局出来，外面开始渐渐沥沥下起了小雨，两人手边都没伞，于是站着等了一会儿，好在天公作美，雨势渐弱，陆遇止脱下外套挡在叶微澜头上："一二三，跑。"

叶微澜不知道他打的是这个主意，还没反应过来就被搂着跑出去了几米，为了搭衣服，她今天特意配了一双高跟鞋，跑起来脚略有些不适应，幸好路程并不算太长。

大概也是运气好，刚坐进车里，繁密的雨点就砸了下来，落在车窗上"噼啪"作响，雨越下越大，一张密实的水帘将两人和喧闹的外界隔离开来。

叶微澜被保护得很好，除了有些喘，没什么其他异样。陆遇止也只是稍微湿了半边的毛衣，样子倒也算不得太狼狈，他从保温箱里拿出一盒温牛奶递过去，然后拿了一条干净毛巾擦起来。

将牛奶喝了大半，他也料理好了自己，叶微澜突然想到什么似的，拉了拉他的袖子："陆遇止，我问你一件事。"

男人停下手中的动作，侧过身来，嘴角扬起一个若有似无的弧度。

"什么事？"

"你喜欢孩子吗？"

"当然。"他毫不犹豫地答，顿了顿又加上一句，"只要是你生的。"

叶微澜定定看着他那双平静无波的眼睛，想了好一会儿才问："如果我有不孕症的话，你还会娶我吗？"

陆遇止猜到她可能是受到了刚刚那夸大其词的妇人影响才会想这些有的没的，他将她被风吹得有些乱的头发撩到耳后，轻轻捏了捏那柔软的小耳垂，她问得认真，他答得也坚定："会！"

他笑得很温柔，从叶微澜外套口袋里抽出属于她的那本结婚证同自己那本放在一起："而且不管检查结果如何，你已经是名副其实的陆太太，这辈子都别想逃掉。"

叶微澜下意识咬住吸管，她没有看他，反倒是紧紧地盯着前方一棵沐雨的树："我只是有点儿担心。你知道吗？我并不是爸妈的亲生女儿，我只是他们的养女……"

虽然二老无微不至的照顾和疼爱让她很少介怀这个身份，但她还是觉得很有必要和他说清楚，这些秘密埋得实在太深，以至于她说起来有些语无伦次："我的生母在我十二岁那年就去世了，我的父亲……我现在还不知道他是谁，就像普陀村那位老僧人所说，我命中注定是'父缘浅，母命薄'。"

陆遇止并不出声打断，只是静静地等她说下去。

"我爸他也很喜欢孩子，可惜我妈……"叶微澜轻轻叹一口气，"因为身体的原因，根本没办法给他一个孩子。他们很艰难很艰难才在一起……"她声音微哽，几乎说不下去。

脑中闪过第一年的春节，一家三口回叶家拜年，老爷子当着众多宾客的面直接一壶热茶扔过来，当真是一点儿情面都不给，那瓷壶直接扔在父亲胸口。叶微澜还记得当时自己的手也被烫了一下，疼得快要起皮，但她忍着一点儿都没有哭出来。

真奇怪，原本是很久远的记忆，回想起来却清晰得如同刚刚发生，那一晚团圆饭没吃成，她饿着肚子陪母亲回了家，父亲却一夜未归，后来才听说他在叶家祠堂跪了整整一夜……

可老爷子是真的铁了心肠，后来竟落得个断绝父子关系的下场，最后他们一家就出国了。

"可上天最后还是成全了他们，"陆遇止万般珍惜地亲了亲她侧脸，声音带着莫名的坚定，"而且他们很幸福，我们会比他们更幸福，相信我。"

叶微澜回吻他一下："那有没有什么其他可能……"

"没有，"男人目光沉静，低声打断她，"没有任何可能，能让我放开你。"

叶微澜满意地点了点头。

由于家里的电灯泡太亮，两人便没有回去，车子直接开向 H 市最负盛名的金叶酒店。

是夜，温柔似水。

晨光正浓，叶微澜还在睡着，依稀听见自己的手机响了好几次，她伸出手去摸，却忽然缩了回来，困意一下子被吓光！

屏住呼吸听半坐在床侧的男人沉声对着手机说："她还没醒……"

似乎察觉到注视的目光，男人的视线突然斜着垂下来，两人四目相对，叶微澜发现他的眸光亮得吓人，下意识就闭上眼睛。

"嗯。"他笑了笑，"我会转告她。"

叶微澜却逼着自己分心去想，是谁打来的电话呢？会是谁呢？

那长长的睫毛轻轻颤动着，每一根都在幸灾乐祸地指证自己主人此刻装睡的事实。

"叶子若说，她回家了，让你不用担心。"

还是被发现了吗？叶微澜故作迷蒙地睁开眼睛，有模有样地打了个呵欠："她没说别的吗？"

"有啊，她说祝我们新婚快乐，并且再三叮嘱我……"

叶微澜眼皮猛地一跳，直觉没什么好事。

"某人前天晚上没心没肺扔下她一个人，务必让她……"

叶微澜听完直接把自己埋进被子里，闷声闷气的："好过分。"

"我也觉得是过分了些……"接下来的话就只有叶微澜一个人听得见了。

她无辜地大喊："我不是有意的。"

"那就是无意的了。"他故意曲解着她的话，"这个听起来更严重些，心理学家们说无意其实就是潜意识中的有意，是最真实的反应……"

"哪个心理学家说的？"叶微澜非常……非常努力想转移他的注意力。

"好像是一个叫弗洛伊德的老头儿。"

叶微澜："……"

回到家已经是下午五点多了，叶微澜推开车门，一只脚刚落地，腿心儿一阵酥软，人就要跌落下去，幸好陆遇止眼疾手快扶住她："要我抱你上去吗？"

叶微澜刚想说好，谁知刚抬头就看到正前方的车里走出一个穿着黑色风衣、帽檐压得很低的男人。她惊喜地叫道："熙宁。"

迎面走来的男人正是刚从国外出席某个品牌活动回来的赵熙宁，他摘掉帽子，露出整张脸，笑容纯粹而温暖。

两个对彼此的底都摸得很清，现实中却是第一次相见的男人，十分有礼貌地打了招呼，客气而疏离地笑着说："久仰，久仰。"

陆遇止率先把手抽了回来。赵熙宁依然是那副眉目温和的样子，仿佛一点儿都不介意，他转向叶微澜的方向："听说你前段时间订婚了？"

只是询问，而不是过来道一声恭喜。他心底清楚，自己永远不可能说出那样的话。

"你是过来给我送礼物的？"叶微澜眉眼都写着愉悦，似乎对两个男人间涌动的暗潮一无所觉。

"鼻子还是那么灵。"赵熙宁笑着从口袋里拿出一个精致的小盒子，亲自打开给她看。

"这是？"

陆遇止不自觉皱了皱眉，而他身旁的叶微澜却不敢置信地捂住了嘴巴："这是黄金土？"

赵熙宁微笑着点头。

黄金土是一种珍稀土壤，叶微澜从事爆破行业第一个接的项目就是这种土壤的开发，于她而言意义非凡。只是没想到，他还记得。

因怕狗仔偷拍，没一会儿赵熙宁就匆匆离开了。两人回到家，叶微澜刚一落地就跑进房间找床睡觉去了，陆遇止替她掖好被子，在床边坐了好一会儿，面色沉重，不知道在想些什么。

他突然起身，把床头那个碍眼的盒子塞到柜子最底层，才终于舒畅地吐出一口气。

床上的人睡得正熟，估计一时半会儿醒不过来，陆遇止在她额头上轻轻落下一吻，便打开门出去了。

刚刚握手的时候，赵熙宁往他手里塞了一张卡片，陆遇止认得上面的地址，是市中心的某个茶室。

这颗随时都会爆炸的炸弹，这个隐隐让他有些不安的男人，终于主动找上来了。

陆遇止推开木门，里面的人似乎早已料到是他，拿着一杯红酒朝他晃了晃，然后嘴角浮现一丝玩味的笑，仿佛笃定他一定会来赴约。

布置古典的雅间，本应茶香氤氲，可赵熙宁偏偏品着红酒，颇有些玩世不恭的味道。陆遇止走过去在他对面坐下，他不开口，陆遇止也不出声，画壁上的灯忽明忽暗。

"看来这传闻也不尽然是假，"赵熙宁一脸淡然地笑，"今日一见，感觉好像在看另一个自己。"

他这话有夸大的成分，不过两人确实有几分相像，虽俗话说，人有相似，物有相同，并不足为奇，平时没有交集倒还好，但一旦面对面坐着，那种心情是十分微妙的。

尤其他们还喜欢着同一个女人。

赵熙宁自是清楚个中原因，某种意义上来说，他们是表兄弟，在血缘上有着一脉相承的关系，但显然上天对这个人要好一些，他含着金钥匙出生，不知被多少人捧在高处，不像自己，摸爬滚打，浑身是伤，也只能顶着一个见不得光的身份。

不过很快，这种命运就会被改写。

赵熙宁的眼底掠过一丝嘲讽的笑意："这种感觉很奇妙吧？你说素素选择你，会不会是因为我这一层原因在？她很容易心软，也很念旧，我记得小时候……"

陆遇止依然保持着一副云淡风轻的样子，手指轻轻抚着杯沿，耐心地听他说完，轻笑一声："人为什么喜欢念旧呢？我很喜欢这个答案：当未来无法展望的时候，人们才会想着从过去的美好回忆中寻找慰藉。"他的语气顿了顿，笑意更深，"我想，这似乎很符合赵先生此刻的心理状态。"

作为一个实力派演员，隐藏自己的真实情绪对赵熙宁来说太容易，这话虽戳中了他心底最不愿被人窥见的角落，却没有让他在面上表露太多。

"而有一点，你必须明确，我才是她的未来。"

赵熙宁不以为然地笑了笑，刚想说些什么，笑意却突然僵在嘴角，他的视线停在对面那人修长的手上，无名指中的素色铂金戒指极为刺眼。

目的达到，陆遇止悄悄收回了手，他漫不经心地看了一眼时间："不早了，我不放心她一个人在家，先告辞。"

在将要跨出门槛的那一刻，他听到身后传来一个凉凉的声音："你知道她有一个水晶吊坠吗？"

陆遇止猛地停下了脚步，不敢置信地转过身来，那眸底覆满了冰霜，令人不寒而栗："你什么意思？"

赵熙宁并不回答他的问题，举起酒杯，仰头一饮而尽。

空空的胃，灼灼地疼。

"我一直都知道她的秘密，"他冷冷地笑了下，蜷曲起身子，盘膝而坐，"也比任何一个人都早知道那水晶吊坠的主人是谁。"赵熙宁望过去，一脸禽兽无害的清淡表情，"你一定很好奇我为什么不告诉她。"他抹去嘴角的红色液体，在桌沿蹭掉，复又笑起来，眸光前所未有的温柔，"因为我爱她，不舍得让她受到一丝一毫的伤害。而你，陆遇止，你扪心自问是真的爱她吗？如果有一天她知道了真相……"

陆遇止突然想不透，如果她有一天知道真相，会是什么反应？她向来被父母保护得很好，感情世界太干净纯粹，怎么容忍得了这样的谎言和欺瞒？

但不管哪一种反应，都令他心绪难安。

"当然，你不必担心，我赵熙宁不屑做那告密的小人，以前我不跟她说，以后更不会。"

"无论如何，我都不会放开她。"这是陆遇止唯一能给的回答。说完，陆遇止便转身走了出去。

茶室里传来一阵笑："作茧必自缚。"

你不会放手，但也终有放手之日。

陆遇止回到家，打开门，客厅有些冷清，估计叶微澜还在睡着，他弯腰换好鞋子，便提着一个纸袋走了进去。

床边微微陷了下去，叶微澜慢慢睁开眼睛，下意识去抱他的腰，脸在他柔软的毛衣上蹭了蹭："你刚刚去哪儿了？"

"出去了一会儿，见个朋友。"陆遇止揉揉她的头发，"还没睡醒？"

"还有点儿困。"叶微澜半直起身，双手钩住他的脖子，缠上来的手臂又软又暖，弄得情绪原本有些低落的男人也禁不住有些心猿意马。

他重新把她放回床上，自己也侧躺在旁边："我问你一个问题。"

"嗯。"叶微澜听着他胸口处有力的跳动声，轻轻点了点头。

"我和……"话到嘴边似乎才意识到这个问题有多幼稚可笑，但如果不得到答案，他大概好长一段时间会如鲠在喉。陆遇止清了清嗓子，有些艰难地问了出来，"我和赵熙宁长得很像？"

叶微澜仔细地看了好一会儿，摇摇头："是有点儿像。"

男人握在她细腰上的手紧了紧，又听她说："又不太像。"

她柔若无骨的手指轻轻从他额头、鼻尖、嘴唇上点过，带着认真探究的意味："你们的五官是有点儿像，尤其是这个地方，"她轻轻摩挲着他直挺的鼻子，为自己的发现感到有些兴奋，"简直一模一样！"

陆遇止的心沉了沉："还有呢？"

叶微澜视线下移："咦，嘴唇也有点儿像。"都是薄薄的形状，生气的时候都会习惯性抿起唇。

"但你们身上的气质完全不一样。"她偏头认真想了想，"熙宁他是那种外热心冷的人，而你……恰好相反。"

如果一开始的相遇，这个男人留给她的印象是清冷又疏离，那么这段时间的相处，她不难发现在他的冷淡下，其实藏着一颗温暖又柔软的心，只不过这颗心不轻易向别人开放。

"那你比较喜欢我还是他？"

叶微澜被身下那道灼热的眼神烫了一下："你们不能相比，标准不一样，你是我丈夫，而他是哥哥，这两种喜欢是不能用来一起比较的。"

男人听得眯起眼睛，刻意压低嗓音，孜孜不倦地在她泛红的耳边问："更喜欢我，还是他？"

"你。"

如愿听到满意的答案，将那一颗软软的耳垂咬进嘴里，感觉到她整个人都软在自己怀里，仿佛要化开了一般，陆遇止的心突然涌起一股前所未有的温热。

"喜欢我什么地方？"他越发得寸进尺。

设想的答案是：都喜欢，每一个地方都喜欢。

"我……"叶微澜有些喘不过气来，胸口起伏着，但还是捧住他的脸，"喜欢眼睛……最喜欢……唔……你的眼睛。"他清澈纯粹的眼底，映着一个小小的她，只有她。

意料之外的答案。

陆遇止哑着声音问："为什么？"

因为，我喜欢你这样看着我，眼中只有我一个人的样子。

因为，被你这样看着，我能感觉到你对我的深爱和眷恋。

因为，它们让你知道你此时爱着的是个什么模样的女人。

答案已经不再重要。

兵临城下，只剩下最后一道防线，最后的最后，被温柔攻占……

他比以往的任何一次都要温柔，仿佛要把她融化。

心心相印，魂灵合一。

那放在客厅茶桌上的下午茶，冷了又冷，无人问津。

黄昏时突起狂风，将未卷好的窗帘吹得魂不守舍，呼呼作响，没一会儿竟然惊雷阵阵，在这中国南方已入深冬的 H 市，实在太过诡异。

卧室里，叶微澜犹自睡得安稳，陆遇止没有睡，只是陪她躺着，看那恬静的睡颜，眼泛柔波。

突如其来的手机振动声搅动了这一室安宁，陆遇止本想直接按掉，可看着屏幕上跳动的三个字，他拿起手机，走到阳台去接听。

没一会儿，他又重新回来坐在床边，眉心微蹙。

刚刚陆家的私人理财师打来电话告知，他姑姑陆宝珠前几天在澳门输掉了差不多三千万。

陆遇止对此并不感到太惊奇，之前也陆续收到过类似的消息，唯一不同的是这次的数额比较大，他很小的时候就知道姑姑嗜赌，没想到近年来越发变本加厉了。

这十几年来，林林总总，加起来也差不多好几亿，大部分都是暗里从下面分公司的公账出，事先受了祖母的嘱托，陆遇止大多时候都睁一只眼闭一只眼。

但很显然，他的退让，换来的只是不知餍足的得寸进尺。

"先冻结她的账号，后面的事我会处理。"

简单交代完，陆遇止顺手把手机扔到桌子上，在床边平躺下来。

床上熟睡的人感觉到他，猫儿似的滚进他怀里，自己找了个舒服位置，又安心睡过去了。

陆遇止轻轻摸着她脸颊柔嫩的肌肤，紧绷的唇线慢慢放松，溢出一缕淡淡的笑。

只要她还在身边，便无谓外界的大风大雨。

这场雨来得快去得也快，次日又是一个晴朗的天气，陆遇止一大早就来到办公室，他习惯性去茶水间泡咖啡，最苦涩的味道，能让他保持一整天的思绪清晰。

批了几份重要文件，外面也开始有了忙碌的动静，陆遇止站起来，慢慢走到窗下，如洗的阳光带着暖融融的味道笼罩过来，连角落里一株落地松都受到了福泽，叶子随风惬意摇摆着。

门外传来敲门声，陆遇止头也没回："进来。"

程杨把一沓厚厚的文件放到办公桌上："陆总，会议半个小时后开始，详细的议程我已经准备好放在桌上，您先过目一下。"

陆遇止周身都晒得很暖和，然而，声线却很清冷，压得很低："通知下去，会议提前十分钟。"

他也是昨晚才收到消息，有人在恶意哄抬陆氏集团的股价，这种手法业内称"剪羊毛"，显然陆氏这块大肥肉已经被国外的饕餮家盯上了，他们必须要尽快拿出一个应对方案。

会议开了整整三个小时，一套套方案提起又被否决，与会的每个人表情很是凝重，快到中午时，陆遇止吩咐秘书订了外卖，直接在会议室解决午餐。

直到下午四点才勉强讨论出一个结果，宣布散会那一刻，大家都大大松了一口气，长时间的高强度集中注意力已经让他们精疲力竭。

会议室里只剩下陆遇止一个人，他捧着杯子有一口没一口地喝着水，神色清清淡淡的，看不出心里在想些什么。

桌上的手机振了一下，他终于回过神，拿起来一看，是叶微澜发来的短信："今晚吃什么？"

他终于露出笑容，耐心地回她："你想吃什么？"

叶微澜点了好几道菜，他琢磨了一下，冰箱里的食材不够，本想说自己下班顺路去买的，结果却变成："你来接我，一起去超市？"

那边很快有了回复："好哇，等我半个小时。"

叶微澜有一个小小的工作室，大部分时间都是杰森坐镇，那里有非常专业的运算设备和小型的爆破现场模拟室，她有需要的时候便会过去，之前接了一个新任务，因为某人总是缠着她……于是就暂时搁置下来。

叶微澜走到前台的时候，戴着毛茸茸圣诞帽的接待小妹笑眯眯打招呼："叶总工，今天这么早回去？"

"是啊，"叶微澜边说边裹围巾，眼中都是笑意，"等一下要去买菜。"

美人眉目如画，一举一动间皆是勾人之姿，更遑论本人还不自觉，两颊笑涡若隐若现，仿佛一树梨花烟雨中。小妹看得眼睛都不会动，愣了一下才结结巴巴地说："嗯嗯，注意……安全。"

叶微澜笑了笑，背着包往前走了几步，快走到门口时，她又犹豫着回过头来，有些不好意思地问："地铁站是往左还是往右走？"

前台小妹热心地将叶微澜送出门口："往这边大概走三百米就到了。"

室内有暖气，小妹又只穿了一件毛衣，一走出外面才发现寒风呼啸，冷得脸蛋儿红通通的，身子也直发抖。叶微澜有些过意不去，从包里拿出一盒巧克力："谢谢你。快进去吧，小心感冒。"

小妹鞠躬道谢，一溜烟儿跑了进去，上蹦下跳："好冷。好冷。"

搭档刚从洗手间回来，看见她怀里抱着的巧克力，立刻抢了过去，啧啧两声："好哇，你个小骗子，平时不都哭穷呢，现在竟然吃得起这种巧克力，快从实招来，是不是男朋友送的？"

小妹暗自叹息："如果我有一个像叶总工那样的男朋友就好了。"

头上吃了一记栗暴。她捂着额头，鼻子红红的："干吗打我？"

"人长得一般，想得倒挺美。"搭档撕开包装纸，捏了一块巧克力放进嘴里，"人家叶总工早有主了。"

"啊，什么时候的事？"

那边正八卦的当口，叶微澜已经刷卡进了地铁站，人还是一如既往的多，不过人多也有一个好处，挤着挤着就暖和了。

小屏幕上正放着肯德基某款新品的广告，一个女声说着："新来的老板好帅……"

几秒后，一个戴黑框厚眼镜的女孩大叫一声："这叫帅？不对啊，老板还信誓旦旦说我这副新配的眼镜有自带美颜的效果，这是欺骗消费者啊摔！"

周围的几个年轻人心照不宣地笑了，一个大妈小心翼翼地护着脚下的鸡蛋，用夹带着方言的普通话说："这小伙子长得挺俊的呀，可比我家二丫带回去的男朋友俊多了！"

大家都忍不住乐了，叶微澜也笑了出来，只不过戴着口罩，笑声没有透露太多出来。

这时，广播提示到站，这是一个大站，外面人潮涌动，通行门打开，里面的人一窝蜂地跑了出去。

"哎呀呀，小心别踩到了我的鸡蛋。"

叶微澜要在下一个站下，被人挤得东倒西歪，不知往哪里站，她刚想退到角落，被身后的大妈用力一推，一不小心踩到了别人的脚，连声道歉。

"妈呀！这是要踩死我的节奏啊！这都多少次了？好好睡个觉都不让，给不给人活路啦！"

叶微澜听到熟悉的声音，循声看了过去："小多？"

如果不是这身标志性的保安服，她几乎认不出眼前这个神情憔悴，眼周像化了烟熏妆般青黑的人是余小多。叶微澜不敢相信地看了又看。

"亲人啊！"余小多顶着一头鸟窝似的乱糟糟的头发，伸手抱住了叶微澜，"不管不管，先让我抱抱。"

"你怎么变成这个样子？"

"说来话长。"余小多紧闭着双眼，心酸地吸了吸鼻子，"微澜，我已经连续三天没有睡觉了！"

"怎么回事？"

"公司出现小偷啦，听说一些机密文件差点儿被偷了，还好最后那小贼触动了保全系统，不然后果真是不堪设想。你说我怎么那么倒霉啊，那晚刚好是我值班，不仅这个月的奖金没了，年终奖估计也没了，最佳员工奖也不会是我了！"她恨得咬牙切齿，"那小贼要是被抓到了，我肯定要撕下他一层皮来，我跟他什么仇什么冤，偏要这样害我？"

"人没抓到？"

余小多鼻音浓浓地"嗯"了一声："那小贼跑得比兔子还快，一下就没影了，还好公司没有什么实质上的损失，不然我真摊上大事了。说来还要谢谢你。"

出了这么大的纰漏，保安室除了几个资历老的其他全被炒鱿鱼了，余小多如果不是凭着这层和叶微澜私底下的交情，估计也会饭碗不保。

大概真的是累坏了，她那两道眉毛还是英气地挺着，但说起话来有气无力的。叶微澜刚想说些安慰的话，谁知靠在肩上的人突然抬起头，一脸被雷劈了的表情："微澜，之前你说要去哪里来着？"

"我去接他，然后一起回家。"

"微澜，"余小多重重叹了一口气，"你路痴这毛病，估计是无药可救了。"

叶微澜瞬间明白过来她的意思："我坐反方向了？"

广播又开始报站，她凝神听了一会儿，疑惑极了："没有啊，我就是在这站下。"

"啊啊啊啊！"余小多跳脚了，龇牙咧嘴道，"难道是我坐反方向了？"

"你是不是一上车就开始睡？"叶微澜想到某个可能性，忍住笑意，"睡到终点站，又重新返回……"

"我那是一时糊涂，"想到之前自己的"幸灾乐祸"，余小多羞窘得手脚都不知道怎么摆，"而且睡过站不是很正常吗？你还笑！"

"我不笑。"一朵大大的笑容绽放在叶微澜唇边，她从包里拿出一盒牛奶塞给余小多，"我先下了。"

余小多已经咕噜咕噜喝着牛奶，朝她摆了摆手。

来到陆氏楼下，经过门口保安严密的核查后叶微澜才获得允许进去，一个保安知道她的身份，有些尴尬地解释："叶小姐，这都是例行公事，请见谅。"

叶微澜礼貌地笑笑："辛苦了。"

输入密码进了专用电梯，不一会儿便到了他所在楼层，叶微澜慢慢走出去，长长的走廊，回荡着她轻微的脚步声。

秘书室已经没有人，静悄悄的，她径自推开门走了进去，又推开一扇虚掩的门，入目便是一个高大颀长的背影，迎着残阳站立，外套衣摆随风轻轻摆动。

他全身都散发着一种落寞黯然的气息，叶微澜受了感染，心底也浮现一丝淡淡的忧伤。

这个看起来永远运筹帷幄、高高在上的男人，很多时候，他也只是一个普通人。

叶微澜走过去，轻轻从后面贴上他的后背，他微微侧过头，漆黑的眼中有瞬间即逝的复杂，又换上温柔的笑意："你来了。"

叶微澜伸手去抚平他眉间的褶皱，轻声问："发生什么事了吗？"

她定定看过去，那双幽深的眸子近在咫尺，仿佛藏了一潭湖水，明明是平静无波的，可又似乎暗含一丝无奈。

陆遇止云淡风轻地笑了笑，握住她的手放在胸前："没什么大事，只是公司的股票出了点儿小问题。"

她听后沉默了一会儿，继续靠着他的背："我妈妈跟我讲过一个故事，关于萤火虫的。有一个小镇，到了晚上都不点灯，因为只要天一黑就会从山上、田野里飞来许多许多的萤火虫，它们抱成一团挂在屋檐上，一闪一闪的，远远看过去就像一盏灯，他们说这是上帝的眼睛……不是只有光才能驱散黑暗的。"

这是在变着法儿安慰他？

"陆太太放心，"陆遇止扬起嘴角，握住她环在自己腰上的手，"我没这么脆弱。"

叶微澜听出他声音里的异样，脸颊在他外套上蹭蹭："再抱十分钟就回家。"

暮色浓浓，被初上的华灯切得四分五裂，无处藏身，两个身影紧紧交缠着，偶尔能听到细微的声音，风轻轻一吹，就散了。

超市里依然人很多，不过两人很快就选好了食材，结账的时候，叶微澜注意到他伸手多拿了几盒安全套，她用眼神询问："家里不是还有很多吗？"

"有备无患。"

叶微澜想了想，似乎觉得他说得有道理，又多拿了几盒。

在什么时候要孩子上他们已经达成默契，至少要等到婚礼举行后，有了这层认知，避孕是必需的，毕竟他们都对彼此的身体有着一种本能的依恋。

扫条形码的时候当事人倒是没有太大的反应，倒是收银台的年轻小姑娘对着那小山似的盒子，脸越来越红，连说话都不太利索了："一共……982.9元，请问刷卡……还是付现？"

陆遇止直接递了一张卡过去，叶微澜则盯着桌面花花绿绿的糖果发呆，她突然转过身："那种软软的糖果看起来好像很好吃的样子。"

片刻后，叶微澜开心地抱着一大盒糖果出来，陆遇止提着袋子跟在她身后。上车后，她把各种口味的糖果挑了一个出来，整齐地排在膝盖上，咕哝："甜橙、菠萝、苹果、蓝莓……哪种口味比较好吃呢？"

"西瓜味吧。"旁边幽幽地插进一道声音。

叶微澜撕开包装纸放进嘴里，一边吃一边含糊地问："为什么？"

"我比较喜欢这个味道。"男人慢慢凑过来，咬住她的唇，将那团软糖抢了过来。

"那么，你喜欢什么味道呢？"他修长的手指在她膝上从左到右从右到左流连，最后终于停下来，"蓝莓味的喜不喜欢？"

叶微澜看得几乎呆了过去：如果忽略那轻佻的动作，他的表情看起来是那么认真，认真问她喜欢哪种口味。

"看来不喜欢，"男人轻轻笑了笑，手指继续移动，"草莓味？"

叶微澜不自觉地吞了一口口水，怔怔看着他将粉色的糖果吃进嘴里，视线下垂，直直地盯着他的喉结。

"这个味道好像还不错。"他刻意压低嗓音，对她做着邀请。

好像……真的挺不错。

两人花了比平时多半个钟头的时间才回到家里，叶微澜第一件事就是进厨房找水喝，幸好有常备的温水瓶，她倒了一大杯，没一会儿就喝了个见底。

直到嘴里的甜味被冲淡，她才松了一口气。

脸还是红红的，叶微澜咬唇想了想，刚刚在车上是吃了多少颗糖来着，十七还是十八？

她在这边脸红耳热，那边陆遇止把多余的食材放进冰箱，卷了衬衫就开始煎牛排，他的动作很熟练，锅热了就开始抹黄油，油"滋滋滋"地响起来……一幅简单的画面，看起来却无端觉得赏心悦目。

这年头，不仅要看脸，主要还是要看气质。

半个小时后，两人坐在餐桌前，叶微澜拿着筷子一道菜一道菜地试过，笑得眉似弯月，频频点头："真好吃！"

陆遇止盛了一碗汤放到她前面："喜欢就多吃点儿。"

汤是豆腐鲫鱼汤，清甜又可口，他只看她煲过一次便学得有模有样，把锅烧热，先放植物油，六成热的时候放生姜片，均匀铺开，再把鲫鱼放进去，待两面熟透，再放足够遮住鱼身的水，汤色呈浓白色，便把片好的水豆腐放进去，煮上五分钟，豆腐吸了鱼的鲜味，汤水也会变得和牛奶一样浓醇了。

叶微澜喝了三碗还想喝，他却不让，说她今晚吃这么多怕积食，晚上睡觉会难受。

似乎也是这个道理，叶微澜摸了摸肚子，好像真的有点儿胀，想了想就放下筷子。

"先去看会儿电视，碗我待会儿会洗。"

叶微澜有点儿为难："你这样下去，迟早有一天会宠坏我。"

小两口儿同居后，叶母多少也有打听过情况，听女儿说除了周末有阿姨过来打扫外，平时的家务活都是他在做，吓得差点儿把手里洗着的碗摔了出去，她有些哭笑不得："你怎么能让他一个大男人去干那些事？"

她耐心地把这么多年来积累下来的夫妻相处经验教给女儿："虽说这年头都讲男女平等，但我知道你的性子，没有事业心，遇止呢，一出生就注定是做大事业的，俗话说男主外、女主内，放在你们身上也是这个道理。再说，他妈妈要是知道了，难保不会有意见，这婆媳间要是生了嫌隙……"

"过来。"男人突然朝自己勾了勾手指，叶微澜不明所以地走过去，他突然揽住她的腰，低头就这样吻了下来。

叶微澜唇间溢出一声轻微的吟哦，他却松手放开了她："好了，我已经索取报酬了。"

她平复着呼吸："可是……"

陆遇止伸出长指点点她的鼻子："难道我还宠不起一个女人？还是说……"他长长地把声音拉开，"你还是过意不去，想给我更多的报酬？"

他把之前卷起的袖子放下，修长的手指慢动作似的来到胸前，先解开了衬衫最上面那颗扣子，那优美的骨线现了出来，然后是那若隐若现的……叶微澜看得眼睛都直了，男人却忽然笑了出来，声音里满是笑意，怎么都藏不住。

叶微澜疑惑抬头，却被他轻轻弹了一下额头。

"还真的想看？"

叶微澜："……"

陆遇止洗完碗，擦干手回到卧室时，浴室正传来水声。他扬起嘴角，从衣柜取出睡衣，直接推开了那一重隔开水声的门，白色的水雾伴随一声"啊"同时飘了出来。

事后，叶微澜深深地陷入了睡眠，陆遇止放好杯子，坐在床头，却丝毫没有睡意。

他在等一个重要的电话。

半个小时后，这个电话终于来了。

第七章

人间一场烟花

忙碌的日子过得很快，日历翻过新的一页，便迎来了新年。

余小多休息了好几天，终于活了过来，推着购物车在超市里跑来跑去。叶微澜找到她的时候，她一手推了一辆购物车，一辆已经装满，另一辆也接近装满。

叶微澜有些惊讶："你买这么多吃的干吗？"

"吃！吃！吃！吃！"余小多磨牙嚯嚯，两眼放出精光，"新年大促销啊，比平时买不知道便宜多少？哇，这个进口牛奶好，赶紧囤两箱……"

叶微澜觉得好友有些走火入魔了。

这个念头直到看到那些张牙舞爪抢夺促销物品的大妈时，彻底被击个粉碎。

国内的新年，好像还蛮热闹的。

东西买得太多，两个人搬了好几趟才搬完，幸好叶微澜开了车过来，她先送小多回家，顺便把买给父母的补品送过去，吃了个饭才折返回家。

她提着两个大袋子，艰难地开了门，看到里面的男人正背对着自己在阳台讲电话。

陆遇止听到动静，转过身，朝她笑了笑，继续听那边的人说："陆先生，陆女士的另一个私人账号有大量资金转入，我按照您的吩咐进行核查，几经周转，终于找到转账账号和持有人的相关信息，待会儿会发到您的手机上。"

陆遇止淡淡地"嗯"了一声，便挂断了电话。

很快手机振了一下。

他看了一眼，眼底瞬间满是冰霜。

赵熙宁。

他怎么会和姑姑有关系？三千万说多不多，说少也不算少，如果交情不够深……这当中的缘由，恐怕也只有当事人能解释得清楚了。

陆遇止收好手机走过去，看着散在地上的袋子，他皱眉："怎么买这么多东西？"

叶微澜喝了一口水，揉了揉手腕说："大部分是从爸妈家拿的，还有一些是熙宁寄放在家说是送给我的。"

旁边的沙发沉了下去，叶微澜的肩被男人搂住，她笑着转过身去。他今天穿得很休闲，宝蓝色的深 V 菱格毛衣，卡其色的棉裤，整个人看起来比平时多了几分温润清和的味道。

"我发现自己有点儿吃醋，怎么办？"

"嗯？"叶微澜不解。

他却并不多解释："能和我说说赵熙宁吗？"

叶微澜不知他为何突然对熙宁感兴趣，想了想问："关于哪些方面的？我和他也是最近才见面，有些情况不是很清楚。"

后面的话让陆遇止的眉稍微舒展了些，他靠在沙发上，手指缠着她的长发，侧脸线条仿佛水墨勾画出来般清淡，又因那眼中不自觉流露出来的温柔而显得格外生动。他的声音也很柔软："什么都好，随便聊聊。"

"我遇到熙宁那会儿，大概是他这一生最落魄的时候，他被人群殴，浑身是伤地躺在垃圾桶旁，是我妈妈救了他。他在我家住了三个月，后来就被人接走了，只留下一袋钱……"

"他对你好吗？"旁边的人出其不意地来了这么一句。

"挺好的，"叶微澜陷入了回忆，"他虽然嘴上总是喜欢不饶人，但心地好，记得有一次我放学淋了雨，夜里发起了高烧，刚好妈妈要加班，家里只剩我们两个人。我烧得迷迷糊糊去厨房倒水喝，不小心摔了碗，他在房间听到响动就出来了，二话不说直接把我背去了医院……后来我烧退了，妈妈跟我说，他为了背我，还没完全愈合的肋骨又断掉了……"

那些年少时纯真的情感，如今回忆起来，似乎还能从时光的褶皱中寻到一丝温暖的味道。

陆遇止暗暗捏了把汗，如果没有那次离别，这青梅竹马的两人，想必又是另一种结局了吧？

幸好没有如果。

"老婆，"他在她颈窝里轻声问，"我叫什么名字？"

叶微澜不由得好笑，手摸上他额头："难不成你也烧糊涂了？"

"回答我，我是谁？"

叶微澜板起腰身，声音清浅，有压不住的笑意从唇边溢出来。她动作极轻地梳理着他柔软的短发："你是陆遇止。"

"那我是你的谁？"

叶微澜突然意识到他这一系列的反常因何而起，想不到这样一个男人也会缺乏安全感。她低垂眉眼专心地看他脸上的表情，鼻尖碰鼻尖，磨了磨，告诉他答案："是我的丈夫，是要相守一生的人。"

他用力地撞了一下她鼻尖："甜言蜜语。"转瞬却笑弯了嘴角。

两人难得一起睡了个惬意的午觉。

窗帘遮得密密实实的，屋内几乎不透光，叶微澜睁开蒙眬的双眼都无法借外面的天色来分辨此刻的时间，摸了摸床侧，还温温的，他应该刚起来不久，她立刻就放下了心。

今晚跨年，意义重大，他们还要一起回陆家吃个晚饭。

"醒了？"

叶微澜揉揉眼睛："现在几点了？"

"还可以赖床十分钟。"陆遇止轻笑着拉开窗帘。

她眯眼慢慢去适应徐徐透进来的光亮，这才看清男人站在窗边，手里捧着一杯冒热气的茶，一副惬意的模样。叶微澜懒懒地从床上爬起来，在那道灼热而专注的视线里，一件一件把衣服穿好。

"喝的什么，好香？"她走到他旁边，定定盯着杯中的液体，不是想象中的咖啡。

"这是不久前一个德国朋友送的荞麦茶，"他唇中流利地冒出一串德语，长指抚了抚杯身，把杯子递到她唇边，"尝尝。"他喝过的那杯口正朝着她，这人故意的吧？

叶微澜凑过去，浅浅抿了一口，轻叹："好好喝。"

他笑着将杯子托高，喂她喝完了剩下的液体。

醋睡醒来的冬日午后，喝上一杯香浓的下午茶，自是再惬意不过。

"我先去洗个澡。"叶微澜朝他眨了一下眼，"你去帮我搭晚宴要穿的衣服，好不好？"

"要贿赂才行。"

"你要什么？"叶微澜抬起头，直直地望进那双深不见底的深邃眼睛，捕捉到熟悉的精光，顿时人往后面退了一大步，"不行……时间不多，来不及的！"

他却含笑握住她的手，将她整个人拉了回来："陆太太，你脑子在想些什么？"他学着她刚刚舔唇的动作，低声问她，"什么时间不多？嗯？什么来不及，嗯？"

那呼出的温热气息已近在咫尺，叶微澜脸渐渐染了一层绯红，地上，他的身影和她的合二为一，唇上传来一阵柔软的温热。

"想哪儿去了，我只是想讨一个吻而已。"

她的脸彻底通红。

叶微澜能直面这人霸道的侵占，甚至有时能反客为主，但对于这种先放软耳根的独创手法，却是没有丝毫抵抗之力。

回到陆家已经差不多下午五点，上下清扫一新，用人各自忙碌着，似乎要迎接一个重大节日。

叶微澜多少有听说一点儿，当年陆老太爷就是在除夕那夜去世的，所以从那以后这家人都不过农历春节，但人伦亲情还是要顾及，便将这团圆日改成了元旦。

宴席上，老夫人坐在主位上，喜气的大红外衣，满脸喜色，细细地问了一下两人的近况，一双苍老而有力的眼睛却紧紧盯着叶微澜的小腹，似乎要透视进去看看里面有没有自己的小曾孙。

叶微澜赶紧用余光向旁边的男人求助。

谁知好巧不巧，陆遇止的手机突然响了起来，他握了握她的手："我出去接个电话。"

叶微澜干瞪眼。这人就这样把自己扔下了！

幸好这种被长辈用关切眼神追问的时间没有太长，从里屋出来的两个人，一下子就吸引了大家的视线。

老太太更是双眼含泪，颤颤巍巍地扶着桌子站起来，哀戚地喊道："择一，我的乖孙！"

叶微澜也看过去，看到一个女人扶着一个男人走了进来，那女人一脸淡笑地打着招呼，而她旁边的人一身深蓝色的西装，笑得很有趣，连牙齿都露了出来……这两人叶微澜多少都有点儿印象，是陆择一和他的妻子。

众人落座，刚好把一张大圆桌围了个遍，也算是名副其实的大团圆了。

"吃！吃！吃！"还未等老太太动筷子，两眼发光的陆择一已经挥动着双手，直接抓了一块肉塞进嘴里。

大家反应不一，陆遇止依然脸色淡淡，看不出真正的情绪，而陆夫人似乎被他这粗鲁又无礼的做派吓得面色全无，不敢相信地捂着嘴巴，倒是赵芸芸早已习惯，从衣兜里拿出事先备好的手帕，轻轻替他擦去嘴角银丝似的口水。

老夫人看得眼酸，心也涩："好孩子，好孩子，受苦了。"

这个陆家原定的继承人原本会一生顺遂，风光无限，却不曾想到会落到这样的结局……着实让人难受至极。

如果他有知觉，会选择在那个秋夜永远沉睡，还是像这样无波无澜、无悲无喜地活着？

叶微澜夹了一块香嫩多汁的鹅肝放到他碗里。陆择一竟像一个得了新玩具的孩子，毫无顾忌地对她展露纯真笑意，看得她鼻子突然有点儿酸酸的。

见状，陆遇止在桌下握住她的手，放到自己腿上，无声地安慰着她的情绪。

其实陆遇止的心也很不好受。

接下来，除了陆择一时不时发出些愉悦的声响，桌上只剩下了沉默。

沉默，像突来的冰天雪地，紧紧覆盖住他们每一个人。

饭后，陆遇止陪着老太太聊天，叶微澜寻了个空跑出去。主屋有很多条回廊，错综复杂，幸好那两人还未走远，她小跑着追上去。

"请等一下。"

赵芸芸听到声音回头一看，面上掠过那么一丝讶异，不过很快被淡笑代替："什么事？"

少了昏黄灯光的掩蔽，叶微澜才发现眼前这个女人看起来竟憔悴得厉害，眼底的乌青怎么都藏不住，那清灵的眸子更是透出一丝不适龄的沧桑和悲凉来。

陆择一似乎对叶微澜很有好感，傻傻地冲她笑，一双眼睛眯得像月牙儿，口水又溢了出来。

不过，这次赵芸芸倒没有体贴地替他擦去，只是冷眼旁观着，任那口水慢慢浸湿他胸口的衣衫。

最后还是叶微澜看不下去了，从外套口袋里拿出一包纸巾，抽了几片叠在一起，她刚准备去擦，谁知这时一只手挡了过来："不必麻烦了。"

那声音像是在冰窖里冻过一宿似的，让叶微澜不受控制地打了个冷战。赵芸芸又如母鸡护雏儿一般将高大肥胖的陆择一挡在身后："请问有什么事？"

"他好像受伤了。"

叶微澜的目光越过她的肩落到陆择一身上，那微微敞开的领子左侧，盘踞着一条青黑的痕迹，看着有手指宽，不免有些触目惊心。

赵芸芸自然也看到了，不过反应很平淡。她的目光没有焦距，难得露出的笑容也带着嘲讽："做那事的时候动作激烈了些，留下些痕迹不是很正常吗？"

赵芸芸微微一欠身："他还要回去吃药，先不奉陪了。"

有夫之妇的叶微澜站在原地，脑中也想到了某些画面，忙不迭地红了耳根。

晚上，叶微澜有些窘地和陆遇止说了这件事，捂着脸轻嚷："是不是有点儿丢脸？"

人家夫妻间的事，却被她这样拿到光天化日下来说，怪不得当时大嫂脸色那么难看。

陆遇止摩挲着她泛粉的脸颊，忍不住也乐了："你啊你！"

叶微澜捶他胸口："不许再说！"

陆遇止果真不再开口。

咦？这么听话，可不像平时的他。

叶微澜这才后知后觉地发现此刻两人的姿势有多么……她轻轻地咳了一声，有些不自然地躲开他的视线："你在想什么？"

男人温柔地看着她，拨了拨她垂下来的长发，眼神越发幽暗。

我在想什么？

你比我清楚，还要我说明白。

人活一世，草木一秋。

陆择一占了人的一世，却比那无知草木还要活得不堪些，他大部分时间都在沉睡，醒来的寥寥无几的时刻又要提心吊胆。

他依赖着赵芸芸，虽然她有时对自己并不算太好，但她从来不会打他，也不会拿尖尖的东西刺他，这两点足够陆择一对她感激涕零。

大约许久未曾吃过如此丰盛的晚餐，陆择一今晚很开心，甚至有些不受控制地摆动手脚来表达自己的情绪。可刚一进门，看到坐在沙发上的人，他突然惊恐地"啊"了一声，迅速躲到赵芸芸的身后。

他全身都在颤抖，抖得地上的影子都有些变形，牙齿不听话地打着架，眼泪早流了满脸。

"今晚表现不错。"

身后那双手将她拽得生疼，可赵芸芸仿佛没有任何知觉般，淡淡地说："你满意就好。"

陆宝珠看起来并不介意她的冷淡，从头到脚打量着那个浑身战栗的人，她心里一点一点地堆砌起快感："瞧这抖成什么样了，多可怜。"

陆择一吓得双腿一软，脸早已被眼泪鼻涕糊得看不清本来面貌，唯独那双清澈的眼睛，泛着水光，看起来滑稽又可怜。

"他已经是个傻子了，你又何必这样折腾他？"赵芸芸说道。

"你不知道，"陆宝珠面露冷色，声音却温柔至极，"毁掉一个人的人生是一件多么痛快的事，你亲眼看着他从云端坠落，看着他被一个个至亲慢慢遗忘，看着他成为一个可怜虫……"

他们在很多年前，也是这样一点点毁掉她的。

赵芸芸冷不防地打了个冷战，可神色依然平静："你会有报应的。"

"怎么？"陆宝珠眼底射出一道染了毒的光，"你在心疼他？不要忘记你对我承诺过什么，忘记你那个痴痴守在栅栏外的情郎啦？多可笑，你竟然会对把自己害到如此境地的男人生出同情之心。"

想起那个无缘又痴情的前未婚夫，赵芸芸的心开始滴血，她这一生最对不住的人也只有他一个了，至于那个还未出世的孩子，他本不该来到这个世界……

"照顾好他，"陆宝珠咬住最前面两个字，令它们的意思超越字面传到听得懂的人耳里，"答应你的，我都会做到。"

门后传来一声巨大的关门声，室内总算恢复了应有的寂静。

赵芸芸拿出手帕擦着陆择一脸上的污秽，她擦得有些用力，以至于有些破皮。他还未从余悸里出来，傻愣愣地也不知道喊疼，只是任由她擦，直到洁白的帕子透出血色，她才如梦惊醒。

"疼不疼？"

陆择一只会笑，她瞪他一眼："傻啊你！"

他果然笑得更傻了。

他笑眯眯地从兜里翻出一块捏得不成模样的糖果，塞到她的手里："吃，吃……"用衣袖把口水擦掉。

赵芸芸足足愣了三分钟。

傻子就是傻子。

"想嘘嘘。"他有些痛苦地夹紧双腿，眼泪在眼眶里打转。

一直守在旁边的用人见状连忙过来扶他，赵芸芸手一挡拦住了用人的动作："我来吧。"

用人面色难掩错愕，但还是依言退了下去。

洗手间里，陆择一哼哼唧唧地解决完大事，又乖乖地用洗手液洗干净了手，还讨好地笑着让赵芸芸检查。她左右检查了一遍，点点头："很干净。"

他乐得心都开了花。

赵芸芸却看得不自觉红了眼眶。

她是见过陆择一的，在他十八岁的成人礼上。那时他刚好在致辞，介于男孩和男人之间的嗓音如大提琴般优雅动听，他言辞幽默，逗得人捧腹大笑，受邀前来的淑女们抛弃形象，激动地喊他的名字，得他多看一眼都要幸福得原地转圈。

那时候的陆择一几乎是所有人眼中的焦点，大家都称赞他是天之骄子，津津乐道他在商界的初露头角，预测着他会有怎样的大好前程。

可话说得再漂亮，也抵不过运的一笔转折。

陆择一小心翼翼地观察着她的脸色，似乎怕她生自己的气，有些不知所措，不断扭着身子。

这时窗外传来一声"砰"，他的注意力立刻被吸引了过去，兴奋地拍着窗户："咣，咣咣！"

有人在放烟花。

它是转瞬即逝的美丽，有过一秒绽放，却堕入永恒黑暗。

"傻子，"赵芸芸轻轻笑了出来，"你跟它多像。"

陆择一看到她笑了，立刻手舞足蹈起来："好……看！"

烟花好看，还是她好看？

她没有去问答案。

院子的另一边，叶微澜也在看着烟花，五颜六色的烟火在夜空盛放，美得令人唏嘘。

"怎么不穿外套就出来了？"

肩上一重，还带着男人身上的温度和气息的外套覆了下来，周身都被一层暖意裹着。叶微澜笑了笑："你知道我为什么会成为一个爆破精算师吗？"

陆遇止摇摇头。

叶微澜闭上眼睛，耳边清晰地传来炸裂声。

"我喜欢听这种声音，它让我的心很平静。"

而烟花炸开的那一瞬，远远比不上一座山、一座城在她面前被炸得支离破碎来得震撼，叶微澜喜欢那种感觉，血液会随着爆破声而持续沸腾，手中仿佛握着毁天灭地的力量。

爆破是一门艺术，一门残暴又优雅的艺术，而精算师则是一名伟大的艺术家，她可以操纵爆破的时间、爆破的效果，更细的，甚至能决定每一片瓦碎成粉末的姿态……

"是不是有点儿奇怪？"没有听到回应，叶微澜问道。

"还好，在能接受的范围内。"

就算他们已经是这个世界上最亲密的人，可又有谁能保证通透不留一丝缝隙地了解另一个人呢？

人心始终隔着一层皮，但这并不妨碍他们相爱。

叶微澜朝他轻轻笑了，似乎满意这个答案。她深深吸了一口气，抬头看见一片暗沉平静的夜空，又把眼中那抹藏得很深的情绪一点点逼了回去。

你知道吗？

那种仿佛被全世界抛弃的感觉。

母亲离世，叶微澜孑然一身，不知道接下来的路该怎么走。

她像一只刺猬，为了保护自己，向这世界竖起全部的敌意。

那颗柔软而脆弱的心却一遍遍地执拗问着：

如果不动情，是不是难过就可以少一点儿？

如果此生不再爱人，也不被别人爱，是不是再也不需承受这种生离死别的滋味？

在叶微澜以为找到了保护自己的最好方式时，有两双温暖的手伸了过来，用力握住她的手："素素，以后我们就是你的爸爸妈妈。"

她不要，她用沉默抗拒。

在那个陌生的家里，叶微澜拒绝和任何人交流，她每天做得最多的事就是看电视和发呆，然而，生病时叶母床榻的守护，噩梦时叶父的温言安慰……细水长流的温情下，久而久之，她那颗冰封的心终于被敲出了一条细缝。

叶父叶母给了她这世上最好的一切，无微不至的爱，像一张温暖的网，密密实实地保护着她，令她不谙世事，不尝苦悲。

如果不是他们，叶微澜深信，这一世自己都不会再有爱人的勇气。

第八章

曾许地老天荒

多情的夜，总缠绕着多情的缱绻。

叶微澜醒来时，太阳都从窗外透进来落了满地光亮，看一眼时间，她吓得从床上跳起来。

昨天无意中听用人提过早餐时间是八点，现在都快九点了，不会都等着她一个人吧？

在外间的男人听到里面的动静，拿着一本书就进来了："怎么了？"

叶微澜正刷着牙，含混不清地问："你怎么不叫我起床？"

陆遇止有些无辜地倚在门边："叫过了，你一直钻我怀里撒娇，说要再睡一会儿……"

叶微澜把口里的水吐掉："陆遇止我恨你。"

"昨晚可不是这么说的，"他一脸回味的表情，"你明明说爱我，很爱我，只爱我一个。"

"那都是……"叶微澜的声音低了又低，"你逼我说的。"

"我可不管，"男人脸上笑意更深，语气带着戏谑，"吃干抹净就翻脸不认人，这赔本买卖我可不做。"

叶微澜："……"

事后，从管家口中，她才知道原来这一家人早餐是不在一起吃的，每个人都有自己的小院，除了重要节日才聚在一起外，三餐都是在自己屋里解决。

叶微澜松一口气的同时，又隐隐觉得有些奇怪。

他们的关系处处透着怪异，看起来很和谐，但感觉上又不是那么一回事。

不过这种事，如人饮水冷暖自知，或许他们已经习惯了吧。

吃完早餐，微澜在屋里看了一会儿书，一页页地翻着，却一个字都看不进去，相比文字，她骨子里还是对数字比较感兴趣。

坐在沙发上翻书的男人见她这么无聊，便提议道："清灵房里有一些游戏碟，喜欢的话我让人拿过来。"

叶微澜权衡了下，打游戏总比看书好打发时间，欣然点头。

这个陆家小妹很是细心地在标签上写明难度系数，叶微澜特地挑了一个五星级的，没想到十分钟不到就通关了。

叶微澜起身，整了整衣服："我去找宝姨聊天。"

"嗯，"陆遇止连头都没抬，"午饭前回来。"

"知道了！"

谁知道先前明明答应得特别痛快的人，到了午饭时间还不见人影，手机也没带。陆遇止看了一眼手表，将手上的书收好，准备亲自去找人。

陆宝珠住在西院，离正院大概十五分钟的脚程，穿过一道道长廊，陆遇止终于站在一扇门前。门虚掩着，他刚想推开，听到里面传来一个男人的声音，脚步顿了顿，没有继续向前。

他并不打算听墙脚，可里面的声音越来越大，由不得他不听。

"赵熙宁，你以为你是谁，别太过分！"

"呵呵，我那三千万得花得物有所值，"又听得几声冷笑，"还有，我是谁，你不比我更清楚？"

"住口！"

"你怕了？怕什么？怕被人知道你陆宝珠有这么一个见不得人的私生子？还是怕……"

赵熙宁还来不及说完，门已被人从外面很用力地踹开。

屋内的两人一起转头看过去。

看到面无表情站在门外的人，陆宝珠更是一刹那间变了脸色："遇止……"

赵熙宁嘴角扬起一个嘲讽的笑，似乎根本没觉得自己的存在显得多突兀。

"他刚刚说的，都是真的？"陆遇止问。

"遇止，"陆宝珠的声音难得带了一丝哀求，"你听我解释，每个人都有过荒唐的时候，那时我还年轻……"

赵熙宁发出一声嗤笑，原来这个女人就是这样定位他的？只是她荒唐时候犯下的错吗？又为何视之为一生的耻辱？

原本以为千锤百炼的心，竟在此刻破了一道小口子，溢出一丝丝轻微的疼痛来。赵熙宁闭上了眼睛。

事情的来龙去脉在陆宝珠的低低诉说里很简单：阿拉斯加，一个醉酒的夜晚，两个败北的赌徒，一个灯光昏黄的房间，一张大床……

而今，她也没有从那场噩梦中醒过来，那个疯狂的男人，总是拿各种借口要挟，以获得赌资。

陆遇止脸上的表情有些许的松动，而赵熙宁却是再也听不下去了，拿起搭在一旁的外套就往外走。西院有自己的独立院门，他一路畅通无阻，没一会儿，那辆白色车子便消失在路口。

"这些事，"说出口陆遇止才发现自己的声音有多苦涩，"姑丈知道吗？"

怪不得他们夫妻总是看起来貌合神离，感情一直不温不火，原来当中竟有这层原因。

"遇止，姑姑求你，"陆宝珠带了哭腔，眼泪也一颗颗掉下来，"帮我保守这个秘密，一定要帮我！"

陆遇止紧紧抿着唇不说话，他当然知道这个秘密一旦公开后果会有多严重。姑丈的事业肯定是首当其冲，而赵熙宁，他如今在娱乐圈更是风生水起之际，再想长远些，这样的丑闻也有败陆家的门楣，甚至有可能影响到陆氏……

他没给承诺，但陆宝珠已经从他的表情中看出了他的妥协，她的眼底迅速掠过一丝笑意，一瞬即逝，很快又被滚动的泪水代替。

"熙宁那孩子也很可怜，从小在孤儿院长大，毕竟是我的至亲骨肉……"她拿纸巾擦起泪来，"我也于心不忍，这才把他接到身边来，暗中扶持他，多少也弥补一些。"

她又主动提及那打入自己账头的三千万："这孩子也是个知恩图报的，知道我资金周转艰难，二话不说就解了我燃眉之急。"

"我可以保守这个秘密，"陆遇止终于恢复了冷静，"但你要答应我一件事。"

"什么事？"

……

听了他的话后，陆宝珠频频点头："我一定做到！"

陆遇止便转身走出门去，一路上颇有些愁眉不展，长辈造成了荒唐的错误，他作为晚辈不好过于苛责，又不好让老太太知道，免得徒添烦恼，这种郁结的心情也无人可诉说，他越走脚步越沉重。

刚走过一条露天长廊，手机便响了，刚接通，一个欢快的声音蹦了出来："陆先生，听说你刚刚出去找我了？这么久还没回来，菜都凉了。"

戏谑的笑声在那端无边无际地蔓延："你该不会也迷路了吧？在自己家也

迷路，这可……"

不知为何，她的声音总有一种安定人心的力量，陆遇止嘴角微扬，语气有些无奈："是啊，迷路了，怎么办才好？"

眼前迷雾重重，似乎有什么他看不清、也无力阻止的事情要发生了。

"我去接你。"

他刚想说不用，可前方走廊尽头一个人影渐渐清晰，妩媚又清丽，怕是湖中枯荷来年盛放都会在她面前黯然失色。

"我看到你了。"

陆遇止定定站在原地，等着她慢慢靠近，迎风扑来的是她身上独有的兰花馨香，一如初见时他闻到并喜欢上的那样。

"陆太太，你真美。"

叶微澜突然停下了脚步，脸颊浮现一层又一层淡淡的红晕，好半晌才抬头看他："吃糖了，怎么嘴巴这么甜？"

"来检查一下？"

她以为他又要亲上来，谁知道他只是紧紧抱着自己，他的手将她腰间的衣服揉得不成样子。叶微澜感受到他呼出的异样气息，轻声问："怎么了？"

"只是突然觉得有点儿累，"男人的下巴靠在她肩上，"想抱抱你。"

廊外突然飘起了小雨，雨点打在湖面，扩散开一圈圈的涟漪，像他在耳侧的一下下轻轻啄吻。

年关将至，H市几乎成了一座空城，路灯都挂上了大红灯笼，喜庆之余，又有一种薄凉冷清的即视感。

叶家今年又添了一个新成员，除夕这天自然比往年要热闹些，尤其是叶父，一小杯酒水下肚后，立刻变得红光满面，拉着自己的女婿："今晚我们一定要喝个痛快，不醉不休。"

陆遇止自然唯岳父大人之命是从。

反正他们今晚会留下来守夜，也不必担心开车的问题。

可才喝上两三杯，叶母就从厨房探出头来："老头子，过来帮忙拌一下佐料。"

"就来就来！"叶父又偷偷多喝了一杯酒，"咱们晚上继续喝。"

叶父前脚进了厨房，叶微澜倒是出来了，有些讪讪地耸肩："妈说我添倒忙。"撇了撇嘴角，她走到陆遇止旁边坐下，"其实她是怕爸爸喝太多酒，这才随便找了个理由让他进去。"

她又随手扔过一个橘子给他："我想吃。"

陆遇止剥好后，将橘片一块块送到她唇边。叶微澜听厨房那边没什么动静，也拿起一片塞到他嘴里，两人你一片我一片，分食了整个橘子。

时间刚过下午五点，年夜饭就摆上了桌，菜式丰富，各人口味都被照顾到，配餐的是一瓶绍兴陈年老酒，陆遇止特意让人送过来的。

"新年快乐！"

三人举起酒杯，叶微澜不能喝酒，只能倒了一杯橙汁，和他们的杯子轻轻碰了一下："新年快乐！"

吃完饭后，叶父叶母还给两个小辈包了红包，叶微澜妥帖地将它们收进口袋，又拉拉旁边男人的衣袖，一本正经道："你也应该给我一个红包。"

家里好多年都不过春节，陆遇止已经很久很久没收过红包，拿在手心里的那一刻，他愣了好几秒，实在是这种感觉太久违。

"为什么？"他还不曾听说过这样的事。

"我们家的惯例，"叶微澜一脸认真地说，"每年过年我爸都会给我妈一个大红包，"她特意强调，"很大很大的红包。"

叶父叶母因年纪大了，一到时间就困了，叶微澜体贴地让他们先去睡，她和陆遇止会负责除夕的守夜。

二老斟酌了一会儿，终于点头同意，不过到底还是不放心，叮嘱了一句："也别太晚，困了就去睡。"

"知道了。"

钟刚敲过十点，客厅里只剩下两人，叶微澜进厨房准备了水果拼盘，出来时看到沙发上的男人正一脸专注地盯着电视。她瞥了一眼，忍不住笑了，现在播着的是一则春晚小品，观众席时不时爆出热烈的掌声，而这人一脸严肃，好像如临大敌。

她走到他旁边坐下，叉了一块苹果给他："你以前都是怎么过的？"

陆遇止咬了一口，不算太甜，他把剩下的全吃进嘴里："在办公室加班，或者出去找人喝酒。"

"好单调。"叶微澜撇撇嘴角，将电视机的音量调小了。

"那你呢？"他转过头来，又吃了一个橙子。

"我？"叶微澜睫毛轻轻眨了一下，那张白净的脸在晕黄的灯光下显得特别温柔，"睡觉。"

陆遇止好笑地揉了一下她的头发，语气透着宠溺："陆太太的夜生活真是丰富。"

叶微澜将头枕上他的肩，侧脸轻轻摩挲着他脖子上温热的肌肤，一动不动，久到陆遇止都以为她睡着了的时候，听到她突然问："要不要喝酒？"

岳父喝酒有限制，他饭桌上喝得不太尽兴，难为她忙着给大家夹菜，竟还留意到了这点。陆遇止心底浮现一层层暖意，通体都舒畅起来。

"你陪我喝？"

叶微澜酒量差得一塌糊涂，他本是开玩笑，谁知她居然爽快答应了："好哇！我去拿酒。"

回来的时候，叶微澜一手拿着红酒，一手抱着可乐，她先倒了小半杯红酒给他，又抱起可乐往杯子里倒，一串串气泡欢快地往上冒，不一会儿便满了半杯。

"干杯。"

叶微澜拿起自己的那杯可乐，在他杯壁上轻轻碰了碰，低头抿了一口，咬着牙"嘶"了一声，可乐有点儿冰，冰得她忍不住打了个哆嗦。

陆遇止也轻抿了一口红酒，他本来对这种酒有一种天生的挑剔，可这一杯并不算得酒中上品的红酒却让他品出了一种从未尝过的甘甜。

酒不醉人人自醉。

喝着喝着，两人就抱着开始亲了起来，沙发不算大，活动不开，只能将她在身下压得密密实实的。他口中还含着红酒，一小口一小口地送到她嘴里，交缠的舌尖都染了红酒的甜香。

壁钟敲了十一下，十一点了。

叶微澜摸摸自己烫得吓人的脸颊："我好像醉了。"

"嗯。"男人心不在焉地应了一句，"好像是的。"

"你的手放在哪儿？"

"在它喜欢，并应该在的地方。"他的声音压得很低很低，只有她一个人能听见。

叶微澜还听到了自己的心跳声。

"怦怦怦……"

心跳得好快！

"陆遇止。"

"嗯？"

"我有点儿难受。"

"哪儿难受？"

"头晕，"叶微澜从沙发上坐起来，轻轻揉着眉心，嘟囔着，"帮我去泡一杯蜂蜜水。"

陆遇止刚起身，她又虚软无力地倒了下去，他只得把她扶起来，靠在沙发角，又拿了自己的外套，轻轻盖在她腰侧，这才进了厨房。

叶微澜喝了一整杯蜂蜜水，困意慢慢袭来，眼皮受了诱惑一点一点地往下掉。她突然失去了全部意识，连自己什么时候回的房间都不知道。

睡到半夜，后院传来一阵阵急促尖锐的急救车声，叶微澜迅速被惊醒，她睁开眼睛，发现自己躺在床上，旁边是熟睡了的他，自己正窝在他温暖的怀中。

叶微澜在新闻上看过报道，除夕这夜是医生护士最忙最累的时候，酒驾、烟花爆炸、车祸、急性肠胃炎……甚至还有因暴饮暴食而导致早产的孕妇。

她突然想到，他说以前每年不是加班就是和人喝酒，他喝醉了是谁送回去的？或者有谁去接他吗？

叶微澜知道答案，心突然开始钝钝地疼起来。

她偎在他胸口，听那心脏处的跳动，一下又一下，那么有力，可上天，似乎忘记在这颗心里装进一种能让他感到温暖的东西，不过那都不重要了，从今以后，他有她。

"陆遇止。"她轻喊他的名字。

男人发出一声轻轻的"嗯"，几乎是没有意识的，似乎只是凭着一种本能在应答。

"我爱你。"

他用力拥紧她，用最虔诚的姿势。

第二天一大早，爆竹声声连地起，叶微澜慢慢醒了过来，旁边的人还在睡，额头的碎发垂下来。他呼吸平缓，喉结轻微耸动，再往下便是那凹凸分明的锁骨……每一处都散发着一种不张扬却撩动人心的性感。

叶微澜露出一个甜甜的笑容，在那缓缓张开的黑色眸底看到小小的自己。

"早。"她在他唇侧亲了一下。

陆遇止不满足她一触即离，长手钩住细腰："新年好，陆太太。"嗓音低又哑，像砂纸磨在幼嫩肌肤上发出来的声音。

"谢谢。"叶微澜手心静静躺着一个红包，她捏了捏，感觉有点儿薄，疑惑地抱着他手臂问，"里面是什么？"

只是一时戏语，他却当了真。

"打开看看就知道了。"

打开后，叶微澜将里面的东西抽了出来，上下左右反复看了几遍，眉心微微皱起来："这是什么？"

一张空白的纸？

男人将双手枕在脑后，一副慵懒的模样。他抬头轻轻瞥了一下，将她的疑惑和失望收入眼中，扬唇笑了笑："心愿单。"

"意思是我可以在上面写下任何心愿，你都能保证百分百兑现？"叶微澜一点即通。

"任何合情合理的心愿。"

"我可以在上面写你的名字吗？"

陆遇止摇头："不可以。"

"为什么？"

她瞪大眼睛的样子真好看。

"因为你已经拥有我了。"

叶微澜眼底都是甜蜜的笑意。

两人又厮磨了好一会儿，直到楼下传来不小的动静，才消停下来。

吃过早饭后，叶父叶母就要回娘家拜年，他们年初三才回来参加叶老爷子的生日宴。叶微澜长年待在国外，和叶母那边的亲戚不怎么熟，便没有跟着一起去。

将两人送上飞机，看看手表，已经差不多十点了，叶微澜坐在车里，看着窗外蓝得肆无忌惮的天空，转头问："接下来我们要做什么呢？"

"带你去一个地方。"陆遇止说得神神秘秘。

"去哪里？"

"到了不就知道了？"

神秘兮兮的，不过，叶微澜心里还是隐约有点儿期待。

车子平稳地开出郊区，似乎漫无目的地前进着，叶微澜看着一路变换的景色，眼中盛满笑意。一抹阳光从车窗铺进来，映得她白皙的肌肤更为柔软剔透，那两排眨着的黑长睫毛也静静垂了一缕，抖一抖，散开，复又染回来。

周围的景色越来越荒芜了，几乎隔好几百米才看得见一户人家，这才发现车载导航仪一路都是沉默的。叶微澜心里打起了小鼓："你不会又迷路了吧？"

陆遇止没有偏头，只是空出一只手捏她的脸，似乎揣量了一番，这才笑着说："别急，快到了。"

黑色车子慢慢拐过一个急弯，山上的树在风中枝干挺拔，黄色的、棕色的，甚至满是红色的落叶随风飘下来。叶微澜欢喜地伸手去接，接到了一片心形的小黄叶。

"到了。"

她听到他说，抬眸望去，几乎忘记了呼吸。

只见眼前仿佛徐徐展开一幅美丽的画卷，一条弯弯曲曲的废弃轨道从林间尽头蜿蜒而来，一路袭来铺天盖地的金黄色，在冬日暖阳的照射下，流光溢彩，那是一种古老而尊贵的颜色，似乎被人从天上搬来，藏在人间这一隅角落，泼泼洒洒，漫不经心地装点这不为人知的人间仙境。

叶微澜情不自禁地发出感慨："真美。"美得用这个词去形容仍觉得不及她眼中看到的万分之一。

男人不知何时悄然来到她身后，一手搂着她的腰，修长的手指微微伸直往前。叶微澜顺着他手指的方向看过去，只觉得眼角眉梢都被另一种纯净的颜色染上，是湖，像一面蓝色镜子的湖。

水是那么清澈，连天上的白云都在水面印下了清晰的轮廓，时而有微风拂过，那朵云仿佛花儿般缓缓绽放……

"喜欢吗？"耳后有温热濡湿的气息蹭过来。叶微澜侧过头，毫无防备地擦过男人微微扬起的薄唇，她抬眸，不闪不躲地和他漆黑的眼睛相对，轻轻"嗯"了一声。

"以后我每年都会陪你来。"

这是他的承诺。

年假过得很快，走访完亲友基本上就到尾了，H 市又渐渐变得热闹起来。

开春了，空气里弥漫着温暖的气息，桃花一树一树地争相绽放，连春水也开始汩汩地冒着绿泡。

下个月十六号，两人便要正式举行婚礼了。

婚纱店里。

余小多捧着脸，双眼冒光："微澜，这些……都是你的结婚礼服？"

西式的、中式的；唯美的白纱、古雅的旗袍；抹胸的、单肩的、开襟的……余小多几乎看得眼睛都眨不过来："我的娘哎，这得花多少钱哪？"

叶子若捧着咖啡，一件一件地给她科普。余小多越听眼睛睁得越大，小心翼翼地缩回在上面抚摸的手，这里的每一件婚纱，她一年的工资加奖金都凑不够零头。

有钱人的世界啊！

这时叶微澜的声音柔柔地从纱帘后透过来："我也觉得太铺张了。可他说，一辈子只有一次，什么都要最好的。"

本来陆遇止也要过来的，可是临时有紧急会议，他匆匆赶回了公司。

"啊！"看着掀开纱帘走出来的红衣女子，余小多捂住了嘴巴，"微澜！"

叶子若也望了过去，看到叶微澜慢慢走近，仿佛从画里走出来的古典美人一样，她不受控制地站了起来，险些打翻了手边的咖啡。

她从来都知道微澜是个美女，可却不曾想过一身霞帔在微澜身上会这般惊艳，太美了，美得几乎让人窒息。

"你不能选这套！"

叶子若和余小多异口同声。

"为什么？"叶微澜轻皱眉头，镜中的美人也皱眉，眼中流转着妩媚动人的笑意。

"如果你想婚礼顺利举行的话，最好不要选这套。"叶子若表情严肃地说道。

"是的。"余小多赞同地点点头，她握紧拳头，指节嗒嗒作响，"因为我怕自己会不受控制地去跟新郎抢新娘！"

"你们会不会太夸张？"

镜中之人，巧笑焉兮，一颦一笑，美得吸人魂魄。

与此同时，在陆家的偏院里，陆夫人虔诚地跪着默诵经文，突然一阵风过，木门被轻轻吹开，一道影子闪了进来，她没有留意，直到那脚步声渐近才发觉有人进来。

"你……"她平静的双眸此刻写满了恐惧。

陆宝珠轻轻坐在案几上，居高临下地看着这个脸色苍白的女人，似乎不经意地提起："听说半个月后，他们就要结婚了？别担心，我这次过来，只是想给你讲一个故事。"

半个月后，婚礼如期而至。

天还没亮，十几个人抱着大大小小的银色箱子进了叶家，叶微澜被叶母叫起来，洗漱好端坐在椅子上，等着化妆师上妆。

可站在她对面的中年女人，H市最负盛名的专业化妆师，对着这位准新娘却不知道该从何下手。

肌肤细致如脂，还浮了一层浅浅的粉色，如朝霞映雪；那柳眉，似远山青黛；她的视线再往下，那形状优美的红唇，不染而朱，轻扬起嘴角的时候，齿如含贝……

全身挑不出一丝需要用脂粉去掩盖的地方，这位化妆师倒是深深地为难了，久久都没有动作，心底暗自嘀咕，从业数十年，却是从未遇到这样的情况，你说她素面不施脂粉，可偏偏那眉眼又自有一番柔媚之色，容不得你下一点儿人工雕饰。

可不化的话，又收下了人家昂贵的化妆费……

最后还是叶母来圆了场："大喜日子，还是把唇描红些比较好。"

接下来化妆师的全部心思都放在描唇上，花了大半个小时才画好，不知不觉天就亮了，楼下也开始有了动静，不一会儿门被人轻轻推开，叶微澜听到熟悉的脚步声，回头一看。

一顾倾人城。

站在门口一身黑色正装的男人看得眼睛都直了，丝丝缕缕的阳光从大片的窗外透进来，在玻璃上晕成一片柔光。那站在窗前回眸一笑的女子，仿佛没有察觉此刻的自己带给别人多少惊艳。她笑意盈盈："你来了。"

他怎么会不来？

她知道他一定会来。

他也知道，他们一定会如约来到彼此的生命中。

陆遇止轻轻把门上了锁。

太阳开始慢慢升高，门外的脚步声越来越繁密，甚至有人敲门询问，不过屋内的两人似乎都没听见。

时光一片静好。

"你吃掉了我的口红。"叶微澜捂着发烫的脸颊，四处去找化妆盒，准备自己重新补上。

"你不需要这个。"男人的气息也略有些不稳，同此刻他的心一样，跳动得失去了频率。

以前只觉得婚礼不过是一个仪式，却不曾想到将要走向那个神圣殿堂时，才发现每一分每一秒都让他心动难耐。

她的名已冠上了他的姓，不管在哪个意义上，他们已经完全属于彼此。

只剩下最后一步，宣告世界，她是他的！

婚礼在 H 市的金叶酒店举行，宾客如云，络绎不绝，叶微澜被他从家中接来酒店，坐在专门为她准备的休息室中，等待吉时到临。

叶子若和余小多一左一右地围着她。

"微澜，待会儿记得把新娘捧花扔给我，知不知道？"叶子若笑道。

余小多笑得很贼："嘿嘿，子若姐，你这可晚了一步啦，我昨晚就和微澜说好了，新娘捧花是我的！"

叶子若戳戳她的额头："你啊，还是先去找男朋友吧。"

余小多撇嘴："不管，人家要沾喜气。"

两人商量未果，纷纷朝向叶微澜："说，捧花你准备给谁？"

叶微澜轻笑着从身后拿出捧花，轻松地一分为二："我准备了两束。"

叶子若和余小多对视一眼。这都可以？

"爷爷有没有过来？"叶微澜想了想，问。

叶子若眼神有些闪躲："请帖都收了，怎么会不过来？"她可不敢把老爷子那番话当着叶微澜的面说出来，但每个字都记得清清楚楚，虽然她一个字都不同意。

"陆家祖辈可没有出过痴情种，那女人长得那模样，必是前世种下祸根……此生的孽缘，不过是男人一时贪图美色罢了，色令智昏，他们长久不了。"

"伯母在叫了，我们先出去准备一下。"

等叶子若和余小多出去，屋里又只剩叶微澜一个人，她此刻心情平静又激动。

妈妈，您看到了吗？素素要嫁人了，您开心吗？

门轻轻被推开，叶微澜听到声音回头一看，有些惊讶："妈？"

来人不是叶母，而是陆夫人。

陆夫人穿了一身紫红色的旗袍，脚步很慢地走进来。待到近前，叶微澜才发现她的脸色苍白得厉害，衬着通身的喜庆颜色，浑身竟散发着一丝诡异的气息。

陆夫人将手里抱着的黑面紫珠盒轻轻放到桌上，声音很轻很轻："孩子，我给你讲一个故事。"

此时大门外，陆宝珠斜倚着一面金碧辉煌的墙："东西都换好了吗？"

赵芸芸面无表情地把手里的小木盒递给她："没其他事的话，我就先走了，择一还在等我。"

陆宝珠把玩着那对耳坠，慢慢收起脸上的轻笑："去吧。"

她还要留下来看好戏。

一门之隔的屋内。

"二十多年前，我喜欢上一个男人，他幽默风趣、绅士礼貌、完全符合我对未来伴侣的遐想。当时我只有一个念头，一定要得到他！"陆夫人说到这里，发出一声轻笑，语调却几乎没有什么起伏，"说来也是命运弄人，他眼中心里根本没有我，他只看得到另一个女人。"

她的双眼带着平静的光看向叶微澜："那个女人当时是 H 市最负盛名的大美女，曾有人花百万只为博得她一笑，许多女人咬牙切齿地恨着她，私下里却模仿她的穿着和打扮。我是最恨她的那一个，因为她抢走了我喜欢的男人！"

叶微澜眼底闪过一丝无措和茫然，她为什么要和自己说这些？

"我出身名门，没有什么是我得不到的，"陆夫人继续说，语调却接近冰点，"看着他们日渐亲密，甚至开始同居，我嫉妒得几乎发疯……"

陆夫人笑着笑着笑出了眼泪："那一天，我自称是他的未婚妻找上了那个女人，并亲口告诉她，我和他已有了夫妻之实，并且决定三个月后订婚。我想，这个心高气傲的女人，断然不会愿意同别的女人分享男人，事实证明果然如此。你知道吗？那时他刚好去了外地，电话又联系不上，连天都在帮我，那个女人一天一天地绝望。爱渐渐变成恨……"

陆夫人面无表情地说："当时我确实是被迷了心智，不过我从来都不后悔，一个女人最重要的东西便是名节，为了永绝后患，我……"

"你对她做了什么？"叶微澜全身颤抖地扶着桌子站起来，几乎是花了全部力气才吼出来，那张姣好的面容上已满是泪水。

她已经猜到"那个女人"是谁。

"我也没想到这个世界这么小，"陆夫人并不看她，也不在意她的失态，只是淡淡地继续说着，仿佛只是在念着没有感情的对白，"遇止带你回来那天我就知道，这一切都是冥冥中的注定。"

"在我的挑拨离间下，他们以为对方已移情别恋，他主动申请调去了西藏，而那个女人……"陆夫人说到这里的时候，语气停顿了一下，"孟素心被孟家扫地出门，因为……"她说得很慢很慢，以便酝酿每个字中的恶毒，"一个有头有脸的家族，是断然容不下一个未婚先孕又惨遭遗弃的女人的。后来，我终于如愿得到了他，是光明正大地得到，可我一点儿都不开心，因为我发现我得到的只是一个麻木的躯壳，他的心一直在孟素心身上。我多么不甘心！辗转费了许多心力，我终于找到了她的下落，那是一个黄昏，风也很大……"陆夫人说出了一个日期，叶微澜听得心神俱裂，那是她妈妈去世那天。

"是你害死了我妈妈！"

一字一字，字字写满控诉，字字含着血泪。

胸前的衣襟被这女孩儿扯着，皱成一片，已难以维持先前的优雅体面，陆夫人心里轻轻叹了一口气，可面色越发冷："你错了，是她害死了自己。是她太懦弱，拖着一副病体，还想过来跟我拼命。如果我事先知道她有心脏病，才不会去惹那晦气。"

"妈妈……"微澜软软地跌倒在地上，泪水又夺眶而出，想起什么，她拼命伸手去擦。

妈妈绝对不会喜欢她在这个女人面前哭的。

"我永远都不会忘记那一幕，她像一条离了水的鱼儿一样，艰难地呼吸着，用尽最后一口气对我说'你会有报应的'，"陆夫人轻笑着说，"我果然有了报应，在遇止把你带到我眼前的那一刻，我就知道，报应来了——孟素心的女儿，竟要成为我的儿媳妇。"

陆夫人将黑面盒子打开，看到最中央的水晶耳坠缺了一只时，神色有那么一丝的诧异，不过很快恢复如常："这是陆家传给儿媳妇的……"

"不必再假惺惺了！"叶微澜从地上站起来，除了眼眶红红的，早已看不出别的异样，可当视线落到那只水晶耳坠上时，心还是狠狠地揪了一下，"你以为在你对我说了那些话后，我还有可能嫁给他吗？"

陆夫人的心一点一点地痛起来，不知在心底说了多少遍对不起。

"很好，这正是我希望看到的，"陆夫人尽量让自己的声音听起来无情冷漠，"你知道，从一开始我就不喜欢你，你们根本不合适。"

"我只有一个问题，"叶微澜的表情平静如水，"他也知道这件事吗？"

陆夫人犹豫一瞬："这对你很重要吗？"

"呵……"叶微澜轻笑，"不重要。"面上笑着，心里哭着。

叶微澜不顾一切地冲了出去。

门"砰"的一声关上，震得追到门边的陆夫人发丝荡飞，她血色全无地盯着那扇乌黑的门，轻轻呢喃："对不起。"我终究还是自私的。她用我儿女的性命安全，威胁我说这番违心的话，承担这不该有的罪责。真正害死你母亲的人，是……陆宝珠！

一直在门外等待的张敏行听见声音，刚转过身，便被从里面冲出来的人狠狠撞了一下，差点儿没站稳，等看清怀里的人，他面露欣喜之色："微澜。"

今天是女儿的大喜日子，他再忙也赶了回来，就算无法坐在主婚席上，但能亲眼见证她的幸福，也算是了了一桩心愿。

叶微澜连头都没有抬，用力甩开他的手，转身跑开。

张敏行一脸错愕地站在原地。

迎面又撞上陆清灵，叶微澜粗鲁地抓住她的手，冷声问："陆遇止呢？"

陆清灵吃痛，想抽回自己的手没想到被抓得更紧，她心里莫名有些慌："我哥……他好像在前厅……"

刚好这时叶母和余小多走了过来，叶母拉住女儿的手："你怎么出来了，正到处找你呢，吉时快到了。"

叶微澜终于能看清眼前的人，仿佛在茫茫海上终日漂泊流浪终于抱到一根浮木，可心还是飘飘荡荡，充满了迷茫和恐惧。她挣脱叶母的手，像一个被人操纵的木偶般僵硬地往前走。

叶母一脸震惊地问旁边的人："她刚刚说什么？"

余小多不知当中的内情，愣愣重复："她刚刚说，'我知道了，妈妈'。"

"啊？"叶母大惊失色，心突然紧了一下。

女儿怎么会……突然叫她……妈妈？

《结婚进行曲》在空气中悠扬地飘着，一对璧人样儿的新郎新娘站在神父面前。

"陆遇止先生，你是否愿意这个女人成为你的妻子……永远对她忠贞不渝直至生命尽头？"

陆遇止侧头看了看自己美得不可方物的新娘，握住她的手，深情又专注地点头："我愿意。"

神父微笑着看向新娘："叶微澜小姐，你是否愿意这个男子成为你的丈夫……"

没有得到回应，神父惯常地以为是新娘害羞怯场，又重复了一遍，可新娘子还是不给一点儿反应，他隐隐有些下不来台，正准备再念一遍时……

"陆遇止。"

叶微澜转了过来，和旁边的男人面对面，她松开紧握的手心："告诉我，你知道吗？"

陆遇止还不明所以，嘴角微微扬起，凑近她耳边想提醒什么，忽然视线落到她掌心，看到那熟悉的吊坠，那一刻，他仿佛被人扼住脖子，无法呼吸。

"回答我。"她的声音没有一点儿温度。

"知道。"他艰难地吐出这两个字。

"什么时候知道的?"

"在你送我玉佩那时。"陆遇止的心一下一下地颤抖着,似乎要从胸口跳出来,他想跟她解释些什么,可似乎已经来不及。

一滴滴泪,从她眼中流出,仿佛一把把钢针刺入他的心里。

他妥协了,他已无话可说。

她此刻的心该有多痛?一定不会比他少。

"不要拦我。"

她最终,只留给了他这四个字。

那一刻,陆遇止清楚地知道,不管自己说好还是不好,都留不住她了。

满场的宾客在喜乐声里鼓掌祝福,并津津乐道他们是如何相配,这一桩婚姻是如何的天作之合,直到看见满脸泪水的新娘冲出来,接着新郎也追了出来,个个面面相觑,都不知道发生了什么事。

天大地大,叶微澜也不知道自己该去哪儿,她的心很乱,像荒芜的原野,野草在疯狂滋长着。头也疼,疼得连视线都开始模糊,唯一剩下的知觉便是跑,往前跑……

前面停着的一辆白色奔驰似乎是算准了时间般鸣了几下笛,赵熙宁从车窗里探出头:"微澜,这儿。"

不出十几秒,车子飞速地离开了金叶酒店,不到三分钟,又有一辆黑色车子迅速跟了上去。

车里,赵熙宁也不问发生了什么事,叶微澜也不说,两人一路沉默着。

车子上了高架桥,赵熙宁一手扶着方向盘,一手从后面拿了一瓶水递给叶微澜,余光从后视镜里看见一部黑色奥迪急转车头,冲破防护栏飞了出去……他的动作猛地顿了一下。

"喝口水?"

"不用。"

叶微澜慢慢闭上眼睛。

第九章

爱到春暖花开

两年后，法国巴黎。

一个安静的咖啡馆内，叶微澜坐在角落，用 iPad 收着邮件，私人邮箱看起来冷冷清清的，只有叶子若这两年多来发的邮件，大多都是关于他的。

等了十几分钟也没消息，微澜的手划开屏幕，点开收件箱，最早的一封时间显示前年一月份。

From 子若 ziruoruo：

"在你离开婚礼现场后，他也开车跟着追了出去，路上出了车祸，伤势很重。"

她的眼睛紧紧盯着上面那两个字，时隔差不多一千个日夜，它们依然令她心痛难已。

再点到下一封：

"听说他之前负责的某项海外投资亏损了十几亿，前天开了新闻发布会，宣布正式辞去陆氏总裁一职。对了，由他姑姑陆宝珠接任。"

叶微澜越看心情越沉重，视线也渐渐模糊，可手指还是忍不住点开了下一封邮件：

"他出国养病，听说是很重很重的病，具体不知道是什么。"

她的眼泪"扑通"一声掉落在咖啡杯里，转瞬被黑色液体吞没。

很重很重吗？

下一封邮件时间有点久，几乎又过了一年，她才重新从叶子若那儿得到关于他的消息。

"听说他现在在英国，帮朋友打理公司。PS：他每个月都会上一次医院。"

这是邮箱里最新的邮件，还是去年十二月发的，距今已过去了大半年。

叶微澜喝了一口咖啡，苦涩的味道让她的心稍稍平静下来，又等了差不多半个小时，叶子若的邮件终于到了，她迫不及待地点开：

"听说他半个月前，定居巴黎。"

巴黎。

叶微澜茫然地看了看周围，视线落到那写着法语的单子上，蓦地才反应过来，她此刻就在法国，就在巴黎！

她的手指有些颤抖，以至于打了好些错字，删了又打，才勉强回了叶子若的邮件。

没想到那边仿佛跟她心有灵犀似的，邮件刚发出去又有新的进来。叶微澜点开一看，是一串很详细的地址。

真好，他和她在同一座城市。

容貌那么出色的东方女子哪怕坐在角落，也难以避免那些热情浪漫的男士上前搭讪，叶微澜对这种事早已驾轻就熟，大多数情况下，她只需要微微一笑，让他们看自己右手无名指的戒指，便能成功让他们撤退。

可有的时候也会遇上特别缠人的，比如眼前这一个，死皮赖脸地坐在她对面，叽里呱啦说了一大通，隔着一张桌子都能闻到他嘴里浓浓的咖喱洋葱味。

面对这种状况，叶微澜通常只有一个解决方法，惹不起就躲，可这个满脸胡子的男人显然脸皮太厚，她往左，他高大的身子就往左，她往右他也往右，她瞪他一眼，似乎又被误以为是在抛媚眼……

偏偏叶微澜对法语根本一窍不通，眼下旁边又没有熟人，一筹莫展之际，幸好有个男人过来解围，不知说了什么，那法国佬竟然一脸讪讪地走了。

叶微澜用英文道谢。

那穿黑色西装的男人却笑了笑："中国人？"

听到熟悉的语言，叶微澜的心仿佛瞬间有了着落，又道了一次谢后，这才匆匆拿着自己的东西离开咖啡馆。

而刚刚替她解围的人走到另一个角落，恭敬地朝坐在那儿的一个男人颔首："赵先生，解决了。"

"嗯。"那男人只是淡淡应了一声，细长的桃花眼轻挑着去看那道纤细的白色身影，眼见越来越远，他才堪堪收回目光，拿起杯子喝了一口咖啡。

凉了，凉到心里。赵熙宁嘴角浮现一个苦涩的笑。

她到现在还没有原谅他。

他还清楚地记得当时那个情景——她几乎情绪失控地朝着自己大吼："当时你就知道他出车祸了，是不是？为什么不告诉我？为什么不停车？"

因为我爱你。

如果他的心再狠点儿，告诉她，自己对那一切不幸都毫不知情，或许情况不至于糟糕到这种地步，可他太清楚了，一旦说谎，便会永远失去她。

甚至连小时候的那点儿交情，都会变得微不足道。

宁愿被恨，也不愿意失去。

一个女人为了爱情会变得多疯狂，赵熙宁总算领略到了。叶微澜是婚礼后一个月才知道陆遇止遭遇车祸重伤的消息，那一段时间她被他变相困在一座岛上，美其名曰"散心"。

他太清楚叶微澜的弱点，她什么都不会介意，但她的亲生母亲，是她最后的底线。

一切都是命吧。

可这么长时间以来，他怎么看不出这个善良女孩儿的心在慢慢变软？表面上似乎一点儿都不在乎，可任何时间任何地点一旦有关于他的消息，她都会变得异常敏感，或许时间真的能冲淡仇恨吧？又或许……因为那个男人是陆遇止。

一个教她尝遍情爱，又将她伤得彻底的男人。不对，从那么高的云端掉下来的，又何尝只有她一个人？

目前陆氏集团已经是那个女人的囊中之物，他却对此兴趣全无。

赵熙宁将最后一口凉透的黑咖啡喝完，对站在旁边的助手说："帮我订一张回国的飞机票，最好今晚。"

再不回去，估计经纪人很快就会杀过来了。

叶微澜用翻译软件打车回到下榻的酒店，先洗了把脸，让自己高亢的情绪冷静下来。她又深吸了一口气，拨通经纪人杰森的电话。

才响了一声那边就接通："叶，你终于想通了？不就是一个男人吗？这么久你也该走出来了，男人不重要，重要的是赚钱！我看看，最近又新接了很多任务……"

作为一个经纪人，他真是操碎了心，这两年连白发都添了好些，出去泡吧都被人叫叔叔，真怀念以前那个风华正茂……

叶微澜嗓音清淡："你是不是有一个好朋友在巴黎？我想租房子，能不能请他帮忙？"

"你租房子干吗？"杰森疑惑了，打电话给他不是谈工作的吗？

"我听说他在巴黎住下来了，我想……"

"叶，"杰森难得收起平日里的嬉笑，语重心长地说，"你变了，你以前绝对不是这种拖泥带水的人。"

大多时候他都无法理解这个小姑娘的思维，当断就断，断个干脆，不想断那就重新接上，可她一方面留意人家的消息，一方面又踌躇不前……

看得连他这个局外人都开始心急了，重要的是，她这两年一直"消极怠工"，要知道，年轻人最忌讳坐吃山空啊！

叶微澜沉默了好一会儿才出声："他不一样，我只是想看看他……"

这样的理由，连她自己都说服不了。

杰森只得说："那我帮你联系一下我朋友。"

"谢谢。"

叶微澜把自己缩进沙发里，有风吹进来，挂在窗口的风铃叮咚作响，她沉浸在那个冰冷的世界里。

夜里经常做这样的梦：一辆车从高处摔下，那个男人满身是血地从车里爬出来，那双眼睛冷冷地看着她，却一句话都不说。他太累了，过度的失血让他一句话都说不出来……

往往在这个时候叶微澜就会惊醒过来，她记不清那画面，只隐约记得一大片一大片的红色，那是会流动的红色，还有那双波澜不惊的眼睛，那微张的嘴唇，他是不是想跟她说些什么？

恨她吗？

毕竟如果当时不是追着她出来，他也不会……

叶微澜捂着自己的眼睛，不让那温热的液体流下来。这两年，她似乎变得越来越爱哭了，动不动就掉泪，她不喜欢这样的自己。

在杰森朋友的帮助下，叶微澜终于在陆遇止的隔壁租下了一个套间。他住的是高级住宅区，房租贵得离谱，她连着租下了一年，杰森付钱时像割心头肉似的，可眼下她根本不在乎这些。

叶微澜的东西少得可怜，只有一个小小的行李箱，上午签好合同，下午就入住了。

叶微澜推开落地窗，走出阳台，大概心情略好了些，迎面扑来的轻风都感觉沁人心脾，看到斜对面他家的阳台时，她甚至忍不住笑了出来。

终于，在离他最近的地方了。

房东人很好，家具一应俱全，唯一使叶微澜发愁的是晚餐，幸好楼下有一个便利店，她拿好钥匙便出门了。

她一直吃不惯这里的食物，溜了一圈，也只买了一袋面包和几盒牛奶，回到公寓楼下，适逢电梯门缓缓关上，她立刻跑进去。

电梯里的人不多，25层按钮的灯亮着，叶微澜抱着纸袋站在一边，视线习惯性地垂到地上。

身后传来一个男人的声音："陆先生，接下来的这项收购计划……"

"先压着。"另一道低沉的嗓音。

叶微澜的心跳突然开始加速，她抬起头，透过锃亮的墙面看站在身后的那个男人，他一身笔挺的黑色西装，白衬衫最上面的两个扣子习惯性松开，露出弧线优美的锁骨，她的目光再往上，刀削般冷硬的下巴，那两片薄唇也微微抿着……

不知是不是因为镜面反光的缘故，叶微澜总觉到那两道目光透着浓浓的阴冷。

这是两年多以来两人的第一次见面，叶微澜心底前所未有的紧张，怀里的纸袋被揉捏得不成样子。她忐忑极了，第一句话她应该说什么？他又会说什么？

什么都没有。

电梯"叮"的一声到了25楼，电梯门缓缓打开，叶微澜下意识地微侧过身，那男人从她旁边慢慢走了过去，看都没看她一眼——好像根本不认识她似的。

原来，他连看她一眼都不愿意了吗？

叶微澜呆若木鸡地站在原地。

不是说只要知道他现在很好就足够了吗？可为什么她心里会那么难过？

眼见着走在旁边的人突然停了下来，周鸣疑惑地问道："陆先生，怎么了？"

陆遇止的唇紧紧抿成一条直线，似乎想问些什么，但最终只是说了句："没事，扶我进去吧。"

电梯内那熟悉的兰花香味，只是他的错觉吧？

过了两年多暗无天日的日子，原本以为嗅觉已变得非常灵敏，没想到也会误导他，陆遇止苦笑了一下。

她躲他、恨他还来不及，又怎么可能会出现在这里？

周鸣扶着陆遇止在沙发上坐下，倒了一杯水放在桌上："陆先生，按摩师半个小时后到。"

巴黎的雨季，细雨绵绵，总是让他旧伤的膝盖反复作疼，近来更是疼得厉害，陆遇止淡淡点头："你先回去吧。"

"再见，陆先生。"

　　周鸣走到门口处，忍不住又回头看了一眼，坐在沙发上的人正动作缓慢地摸到桌边放的杯子，送到唇边，小口小口地喝着热水，那张英俊的脸上尽是淡漠。

　　他低低叹了一口气，上天也太不公平了，这样一个出类拔萃的人，怎么会是一个瞎子？

　　叶微澜跟着电梯来到了顶层，有几位老人说说笑笑地进来，一楼的按钮被按亮，一位好心的老太太见叶微澜哭得泪流满面，连忙从包里拿了纸巾递给她。

　　叶微澜茫然地接过，条件反射性地说了一句："谢谢。"也不知道那老太太有没有听懂，眼前又开始变得模模糊糊。

　　一位白发老先生，看起来是那位老太太的丈夫，拄着拐杖也凑了过来，拍了拍这眼睛红红的东方小姑娘的后背，慈祥地说："上帝保佑你。"

　　叶微澜止住了啜泣，小声地用英文说了谢谢。

　　从电梯里走出来的时候，叶微澜刚好看见一个年轻的女人拎着箱子进了隔壁的屋里，从门缝里她看到那个熟悉的顾长身影，他和那女人说着话，脸上带着淡淡的笑意。

　　门关上了，她再也看不到他世界里的一丝一毫。

　　夹杂着海洋气息的风从走廊尽头吹过来，吹得叶微澜裙角飞舞，她就站在那里，呆呆地望着那扇门，也不知道站了多久，只觉得双腿隐隐地麻了，可那个女人还没有出来。

　　他们在里面干什么？

　　心底不知怎的就浮现这个念头。

　　可……那和她又有什么关系呢？他们如今已经不再是可以计较这些的关系了。

　　刚转过身，叶微澜突然听见那门似乎有了动静，她瞪大眼睛，果然见那门把轻轻扭了起来。她的心跳得非常快，也不知道怎么想的，竟很怕被他看见傻傻等在门外的自己，身影一闪便进了自己的屋里。

　　开门、锁门，仅仅用了几秒。

　　叶微澜背靠着门，缓缓喘息。

　　"陆先生，您眼睛不方便，送到这里就好了。"按摩师站在门口，看了看飘雨的廊外，"听说今年雨季特别长，您的膝盖有旧伤，最好不要受凉，有什么需要的话，随时叫我。"

　　"麻烦了。"陆遇止笑道，语气却稍显疏离。

　　"不客气，再见。"

　　陆遇止关上门进屋，摸到桌上的水杯，扶起水壶给自己倒了一杯热水，他倒得有些急，水满得从杯口溢了出来，沿着桌子流了一大片，直到听见水滴落地板的声音他才反应过来，低低地咒了一句。

哪怕唇干舌燥，他此刻却没有一丝心情去喝一口水。

那"滴答滴答"的声音听在他耳中，真是莫名的讽刺，他听得心里越来越烦躁，眉头紧紧锁着。

"哐当"一声，那热水壶被他一手甩了出去，也不知道撞上什么，一阵清脆的碎裂声后，整个屋里终于静寂下来，连一丁点儿的声音都听不见了。

没有光亮，没有声音……满室寂寥，像魔鬼的触手，将他缠得严严实实。

许久许久后，才有一声轻轻的叹息响起。

陆遇止从外套口袋里摸出自己的手机："周助理，帮我联系司机，我要出去一趟。"

不等那边有什么回应，他直接挂断，摸索着从地板上站起来，准备去换衣服。

周鸣急急忙忙地赶到，刚打开门就看到客厅一片狼藉，柜子上的水晶装饰品碎了一地，而旁边已经凹进去的水壶还在往外冒着水……他愣在原地，好一会儿才回过神。

将碎片包好扔到垃圾桶，周鸣刚想进卧室看看情况，手刚触上门把，门就开了。

"陆先生。"

陆遇止换了一身衣服走出来，听到声音眉头皱了皱："你怎么来了？"

周鸣看了一眼卧室，除了床上乱糟糟地摆了衣服外，其他的看起来似乎没什么异样，他心里暗暗松了一口气。

跟在这人身边两年多了，周鸣大概也摸清了他的脾性，不算是个情绪太外露的人，哪怕是最难熬的时候也咬牙熬过来了，可不知为何，最近的脾气开始变得越来越暴躁。

"司机到了吗？"

"到了，就在楼下。"

"你不必跟过来了，我有点儿私事要处理。"

周鸣听到"私事"两个字，眼皮突然跳了两下，走到他面前，一脸担忧："医生说，你现在的情况不适合饮酒，是不是……"

男人唇边扬起一丝笑意，那双平静无波的眼睛却寒意逼人："我记得你只是我的助理。"

周鸣听出了他的言外之意，便不再说话了，默默跟在他身后走了出去。

这条路陆遇止走过上百遍，就算看不见，心里多少也有数，感到身后那亦步亦趋的脚步声，他不禁走得快了些，谁知没走出几步，脚下不知被什么东西绊了一下，一个重心不稳就摔了下去。

后面传来周鸣的惊呼声："陆先生，您没事吧？"

陆遇止冷着脸，在自己的脚下摸了摸，摸到一个纸袋，他发出一丝冷笑："呵！"

周鸣来得急，也没留意地上还放了这袋东西，刚刚那一摔他看得胆战心惊，也不知道有没有摔伤，不过……

看着犹自坐在地上面容冷峻的男人，周鸣心底溢出一丝叹息，最伤的应该是他的心吧？

周鸣对这个上司以前的事大概有所了解，那么高高在上的一个人，一夜之间遭逢变故，几乎失去了一切，现在又双目失明……甚至有可能一辈子都在黑暗中度过。

陆遇止却一脸平静，他从纸袋里摸出了三盒牛奶、一袋面包，甚至还有一部手机。

他将前两样东西扔下，皱眉摸起那手机来。

周鸣也蹲下来："这手机有什么问题吗？"

"iPhone4？"陆遇止在 home 键左边摸到一条熟悉的划痕，他的动作猛地顿了一下。

不过是一款过时已久的手机，而且还是别人的手机，周鸣搞不懂他为什么要这么执着，一副恨不得将它拆开的样子。

刚好这时，手机响了起来。

周鸣看着递过来的白色手机，有些不解。

"帮我看看是谁打的电话。"他回忆着，电梯里那隐约的熟悉香味……

周鸣看了一眼屏幕："只有一串号码。"

话音未落，他就感觉到坐在地上的男人眉峰一敛。周鸣暗暗地观察着，看着他不急不缓地接通，并把手机放到耳旁……

周鸣瞪大双眼，这样接别人的电话不太好吧？不过看着当事人一副淡定的样子，他又觉得自己有些大惊小怪了。

"亲爱的，你终于接我电话了！要不是昨天你回了我的信息，我都以为那个邮箱被你弃用了。你现在在哪儿呢？好久好久没见你了……"

陆遇止静静地听着，薄唇抿得几乎成了一条直线。周鸣心下不禁疑惑，难道他认识打电话来的人？或者说，他认识这部手机的主人？

通话结束后，陆遇止用力将手机套拆了下来："告诉我，背面写了什么？"

周鸣接过来一看，看到手机背面刻绘的文字，心底的疑惑更大了："陆先生，上面好像是你的名字。"

歪歪斜斜并排在一起的三个字：陆遇止。

周鸣正一头雾水不得其法之际，又听他轻轻地笑了出来："很好。"

可周鸣分明注意到他眼底一瞬即逝的痛苦，心里顿时有些不是滋味。

手机一把被他夺了回去，正暗叹他的动作前所未有的精准时，周鸣见他小心翼翼地将手机放进外套口袋里，那专注的神情和动作，仿佛那是极为重视的宝贝。

"扶我回去。"

周鸣怔了一会儿才反应过来，小心地把他从地上扶起来，两人慢慢走进了屋里。

周鸣倒了一杯水，然后在对面沙发上坐下："有点儿烫。"

陆遇止却似乎没有听到似的，捧着杯子喝起来，唇齿间的焦灼，让他的心慢慢平静下来。

他平静的时候，周鸣却感受到了阵阵压抑。静水流深，他虽无法从这人的表情中看出什么，却也隐隐察觉到，那手机的主人，一定对陆遇止很重要。

可如果是这么重要的人，为什么这两年多来却没有出现过哪怕一次呢？

到了晚饭时间，叶微澜才发现之前买的东西不知去向，她明明记得出电梯前还抱在怀里的，那么只有……可她出去找了一圈，走廊里干干净净空空如也，只得空手而返。

外面的雨越下越大，她也懒得再下去一趟，幸好房东在杂物箱里还留了一小袋意大利面，她煮熟面条，加了点儿番茄酱便随意解决了一餐。

第二天雨还是下个不停，叶微澜站在阳台上透过雨帘去看那边的动静，他的窗帘没有拉，可雨太大，根本看不清，她只能守着门缝，看他有没有出门。

她早上才发现自己的手机也丢了，没有闹钟起得比较晚，这个时间，他应该出门了吧？

叶微澜刚要把门合上，谁知隔壁的门却拉开了一条细缝，她立刻屏住呼吸，只敢从门后露出小半边脸。

只见一身正装的男人从里面走了出来，他昨晚似乎没有睡好，眉心处有着淡淡的疲倦。叶微澜看到他一手拿着公文包，一手提着一把黑色的长木柄伞，面色像外面的天一样，阴沉沉的。

一大早就心情不好吗？

叶微澜跑进房间拿了外套裹上，又顺便戴了口罩，直到全身武装好才匆匆出了门，幸好男人还在等电梯，她缓缓吸了一口气，慢慢走到他身后。

两人间隔着一米多的距离，叶微澜看着那熟悉的挺拔身影，眼眶不知怎么又慢慢地热了。

电梯门开了，陆遇止慢慢走了进去，叶微澜也跟在后面，率先按下一楼的按钮，谁知这时一只修长的手从身侧伸过来，骨节分明的手指轻触上"8"，又慢慢摸下来，在已经亮着的"1"上又按了一下。

似乎突然明白过来了什么，一滴眼泪从叶微澜眼中蹦出来。

这就是子若邮件里说的"很重很重"的伤吗？或者说仅仅是那次严重车祸后的后遗症之一？叶微澜心底泛起阵阵苦涩，"陆遇止"三个字哽在喉中，她却连一个音都发不出来。

果然是看不见了，连她脱下口罩以原本面貌出现在他面前，他依然一无所觉般，淡色的唇微微抿着，视线不偏不倚地看着前方，眼底像是涌动着一层墨。

那乌墨映在叶微澜眼中，被不断涌出来的温热液体冲刷，泅化成浓黑的一片，她反着手背去擦，不争气的泪水，怎么都擦不完，她急了，甚至轻轻发出一声呜咽，又用手狠狠地堵了回去。

他一定不希望她看到他这副模样。

那么高傲的人。

电梯门打开，陆遇止率先迈着长腿走了出去，叶微澜忐忑又茫然地跟在后面。他走得很慢，几乎听不见脚步声，而她却觉得他稳健而艰难的步子一下一下地踏在自己心上。

她宁愿他恨自己，也不希望看到他以这样的方式活着，这种苦痛的代价，在某种意义上，是她带给他的。

外面是雨天，室内的灯光堂而皇之地亮着，将她小小的影子投射在地上，同他的影子叠着，仿佛他们之间又有了关联。

前面那人似乎有所察觉般微微侧过头。同他视线相交的那一刻，叶微澜惊得连指尖都在发抖，不过很快，他又扭过头去，继续往外走。

雨还在下，纷纷扬扬，路上一片湿漉漉的。陆遇止走了没一会儿裤脚便湿了一小块，感觉到后面亦步亦趋的脚步声，他又将脚步放缓下来。乌蒙蒙的天，原本就让人备感压抑，膝盖也隐隐作痛，可他嘴角却慢慢扬起一个似笑非笑的弧度。

叶微澜手里捏着一个智能导航仪，耳边别的蓝牙手机里，一个温柔的女声说着："前方三百米处是地铁站……请输入您将要前往的目的地，谢谢。"

目的地？

可她也不知道要去哪里啊。意识到又落后了十几米，叶微澜飞快跑着追了上去，在离他三米远的地方又恢复了正常的速度。

进了地铁站，人头攒动，叶微澜的目光紧紧锁住前方徐徐前行的高大身影，她艰难地从人群里穿过去，不敢离得太近，又害怕被人流冲散，再也看不见他。

陆遇止靠边，一边走一边接电话。

"陆先生，司机等了很久，可一直没见您下来，请问是您的身体有什么不舒服吗？"

陆遇止握着手机，凭着感觉走到一个人比较少的角落："周助理，我没事，"他将那充当盲杖的长柄伞转了几个圈，"今天的行程都帮我延后。"

"可是，"周鸣的声音听起来有些急切，"今天下午您有一个封面人物的采访，是三个月前就定下的，而且……"

陆遇止不等他说完，语气很淡地打断："推掉。"

"是。"

那边，叶微澜不小心撞到了人，道完歉，她的视线探向前方，不过几秒，那人竟像凭空消失了般。

陌生的面孔，一张张在眼前闪过，白皮肤、黄皮肤和黑皮肤，高矮胖瘦，林林总总，可都不是他。

那么多人，可没有一个是他。

叶微澜仿佛皮球般泄了气，头顶一束冷光穿过，她下意识地抬手捂住自己的眼睛，一把黑色的长伞晃入她低垂的余光里，继而，男人那英挺的侧面也渐渐清晰……

失而复得的惊喜刹那间充盈了她的血肉，令她双眼熠熠生辉，竟比头上那灯还要炽烈。

全世界都在她身后隐去，此刻，叶微澜眼中，只剩下一个人。

那目光，似乎要把他融化。

可前面的人似乎没有一点儿感觉，继续在人群中慢慢移动，叶微澜回过神来时，他已经刷卡进去了。

她没有卡，也不知道他的目的地。

幸而排队买票的人不多，叶微澜很快买了一张到终点站的票。

原本以为追进去那人又不见了，可眸光一斜，叶微澜便看见了他。他正站在墙边打着电话，虽然听不见声音，但她能感觉到他和手机那端的人很是亲近，因为他此刻的表情看起来是那么温柔。

而这温柔，却不是对着她。

叶微澜垂在身侧的手慢慢握成了拳头，双腿仿佛灌了铅，脚下一步都移不开。

如果他全部的温柔都会给另一个女人，她能做到微笑祝福吗？

心说，能的。眼泪执拗说，不能！

耳边又隐隐浮现临行前母亲那番语重心长的话："罪无边界。就算是他母亲欠你的，如今他也已尽数归还，你要知道，活着是一件比死更痛苦的事。"

父亲也在叹息："爸爸知道，真相很残忍，短时间内对你的打击很大，可你也要想想，上一辈的罪孽，确实该由他来承受吗，这样会不会有点儿不公平？"

理论上是这样，可情感上叶微澜过不了心底的那道坎，可又盼着能多看他一眼……多一眼也是好的。

人啊，真的是一种很矛盾的生物。

又何尝没有察觉到自己的心正慢慢变软？可她从来没有想过再回到他身边，从来没想过。

陆遇止挂了电话，漆黑的眼睛毫无焦距地朝四周看了一圈，转过身，慢慢扶着扶手走下去。

车厢里很静，叶微澜没有座位只能站着，和旁边的男人留了两个人左右的距离。

只需要微微伸手，便可触到他的袖子。

不知怎的，男人突然朝她这边挪了过来。那熟悉的清冽气息扑来的刹那，叶微澜的心几乎漏跳了一拍，手紧紧地扶着杆，一动不敢动。

两人间只剩下一个拳头的距离。

叶微澜稍稍侧过头，就可以看见他线条清晰漂亮的侧脸、微抿的薄唇，她的目光继续往上，掠过直挺的鼻子，最后定格在他如深井般的双眸上。

这是那双她曾经说过最喜欢的眼睛，上帝将它们能看见的光明取走了。

那些日子，他是怎么过的？

陆遇止轻轻咳了几声，叶微澜担心地看过去，看到他眉峰紧紧蹙着，眉心簇拥着一片倦意，她多想伸出手去帮他轻轻抚平那眉间的褶皱……

而她确实也伸出了手，恰好广播报站，这才恍然惊醒，讪讪放了下来。

从地铁站出来时，外面的雨已经停了，叶微澜跟着他走进一家装修豪华的酒店。她出来得急，身上只带了一点儿零钱，恐怕连这里最便宜的一杯酒水都买不起，只能坐在一楼大厅的沙发上等。

她在心里轻轻问自己，叶微澜，你跟着他，到底想干什么？

又有一个声音说：想那么多干吗？只要守在这里，总能等到他出来。

热心的前台小姐送过来一杯热水，叶微澜道了谢，捧着杯子慢慢喝起来。

酒店二楼的旋转餐厅里，服务生见有客人进来，连忙迎上去。

这个客人的要求有点儿奇怪，他要坐在一个能看到一楼沙发的位置。

服务生压下心里的疑惑，热情地将客人引到角落，谁知他却不点单，而是不徐不疾地从钱包里拿出一沓钱放在桌上，用流利的法语和他说："告诉我，一楼沙发上是不是坐了一个女人？"

服务生透过玻璃窗往下看，点了点头，可对面的人似乎没有什么反应。

训练有素的服务生从这位客人奇怪的蛛丝马迹中发现了他的秘密。

"是的，先生。"

"描述一下她的外貌和衣着。"陆遇止的长指一下又一下地敲着桌面，清冷的声音听起来没有一丝起伏。

服务生又细细地看了一遍，惊叹道："哇，是一个长得非常美艳的东方女士，长头发，身材很棒，尤其是那细腰……"

"够了，"陆遇止淡淡打断他，语气透着明显的不悦，"她现在在做什么？"

"她在看这边。"服务生不敢太多嘴。

陆遇止默了半晌没说话，他拿出手机划开屏幕，推到桌子的另一边："帮我看看是不是同一个人。"

屏幕亮起，服务生瞪大眼睛，那锁屏上的女人，俨然是下面坐着的那个。

"是的，先生！"他的声调陡然提高，"她们长得一模一样！"

真惊奇，这样让人过目不忘的美女，是双胞胎，还是同一个人呢？

叶微澜坐着等了差不多两个小时，腿都有些麻了，弯腰去揉的时候，刚好看到那男人从电梯里走了出来，她立刻站起来，双腿软绵绵根本支撑不住，又跌落在沙发上。

也不知道是不是错觉，叶微澜感觉到他路过的时候脚步顿了一下，然后又迅速迈了出去。

她一把抓起伞，连忙跟了上去。

跟着跟着就走进了一家小型的便利店，叶微澜这时才感到饥肠辘辘，用剩下的零钱买了一个汉堡，跟在男人身后一口一口地吃着。

嗓子很干，可她已经连买一瓶水的钱都没有了，她印象中自己从来没有这么窘迫过。

异国他乡，丢了手机，忘带钱包，也不知道要去哪里，更不知道怎么回去——唯一能指路的导航仪也被她落在了酒店。

男人似乎兴致很好，出了便利店，又悠闲地背着手，踱去街心公园的图书馆，那里有专为盲人准备的语音读本。

陆遇止在"听"书的时候，叶微澜就坐在对面看他，双手撑着下巴，看得很专注。

橘黄的灯光罩在男人身上，那清俊的轮廓顿时柔和了不少，他戴着耳机，黑色的耳机线垂在脖子两侧，衬得那片肤色更白。不知道听到了什么有趣的故事，叶微澜看到他的嘴角轻轻扬了一下。

她的心情，顿时也变得明媚起来。

在图书馆耗了大半个下午，出来时暮色已浓，外面又下起了雨，叶微澜摇摇头，握紧手里的伞，心里轻叹，真是一个随性的季节。

她习惯性地抬眸去看前面的人，这时才发觉他两手空空如也，那长柄伞不知被丢在了何处。

廊檐外雨势渐大，甚至溅湿了陆遇止的西装裤腿，可他仿佛一点儿都不在意。在他走出一步、身子将暴露在大雨下时，叶微澜突然冲了上去，将他纳入自己的伞下。

男人奇怪地转过头来，那眼睛仍然平静无波，叶微澜和他对视着，抿唇不出声。

风将那熟悉的清新气息吹到鼻端，陆遇止感到全身莫名舒畅，他轻轻吸了一口气。

下一刻，叶微澜惊呼一声，男人突然伸手搂住她的腰带进怀里，温热的呼吸埋在她脖颈间，微凉的鼻尖甚至轻轻蹭了一下那敏感的肌肤……

她顿时全身僵硬，如遭雷劈。

只因听到他用那低沉性感的声音在她耳边说："宝贝儿，一路跟了我那么久。嗯，真香，一晚多少钱？"听起来那么轻佻，又那么自然。

他用的是英文，叶微澜每个字都听得清清楚楚，可她不明白他的意思。

雨点噼里啪啦地打在台阶上，远处的灯火像萤火虫一样朦胧地闪着，叶微澜眨了几下眼睛，定定地看着身侧这个男人，他也在"看"着她，那双黑眸里蓄满危险，看得她双腿发软。

他的唇突然贴上来，牙齿带着雨的凉意咬上她颈侧的一处肌肤，轻轻厮磨着……叶微澜从未见过这样可怕的他，脸上血色尽数褪尽，像狂风席卷中的落叶般瑟瑟发抖着——她几乎毫不怀疑，他的牙齿下一刻就会咬断她薄弱的血管。

叶微澜紧紧抿着唇不发出一丝声音。

男人另一只空着的手准确地捏住她的下巴，强势地把她的头扭过来，摸到她的唇，用力地咬住。叶微澜吃痛地"唔"了一声，又怕他听出来，更是死死地咬住牙关。

"真不可爱。"他突然停止了动作，甚至稍稍松开她往后退了一点儿。叶微澜以为他听出了自己的声音，心慌意乱地红着脸，可下一刻她就明白过来，自己这种担心完全是多余的。

"味道还不错，"男人似乎回味般轻笑着舔了舔唇，声音还带着微喘，"说吧，陪我一晚多少钱？"

叶微澜的魂儿几乎都要被他最后一句话震飞出来，原来……原来他是把自己当作巴黎乡下随处可见的、站在路边揽客的应召女了吗？那双眸子一层一层地被失望覆盖……

来之前，想过见面后，他们之间会反目成仇，也可能从此老死不相往来，她却不曾想到竟是如此的不堪，他居然把自己当成了那种女人！

他们的身体还贴合着，呼吸交融，清晰可闻，那只手又轻佻地从腰间摸上来，叶微澜用力甩开，却被他箍住双手反压到背后。他微微往上一提，她的身体被迫前送，以一个虔诚的献祭姿势。

柔软紧紧压着那片紧实的肌理，两片胸腔感受着来自对方的跳动，仿佛一个身体里长了两个心脏，一个跳得有力，一个跳得慌乱。

连在梦中都不敢奢望的纤柔身体，此刻正真实鲜活地拥在怀里，每一寸都是他熟悉的。陆遇止低下头，准确地捕捉住她的唇，将那份喜悦、那份禁锢在灵魂之下的深刻思念，一并哺入她温软的口中。

强势而不容拒绝。

膝盖处突然传来剧烈的疼痛，陆遇止下意识地一松手，一阵强大的推力从胸口处袭来，他一个没站稳，后背猛地撞在柱子上。她跑了！

顾不得突如其来的疼痛，他跌跌撞撞地冲下台阶，冲进密密麻麻的大雨里。

图书馆前是一块大草坪，是到出口的必经之处。暗浊的泥水很快把他的鞋袜湿透，清冷的寒意不断往上蔓延，陆遇止感觉每一步都像走在刀尖上，可他顾不了那么多了，她出来连包都没有带，手机又在他身上，异国他乡，她语言不通又是个路痴，再加上这糟糕得不能再糟糕的天气……

每一样都让他胆战心惊。

陆遇止开始后悔起来，刚刚不应该这么对她，也不应该对她说那么轻佻恶毒的话，可天知道他的心有多难受？他忍得几乎发狂！

手里握着的障碍物感应器反应越来越激烈，陆遇止加快脚步，钻心的疼痛在膝盖处肆虐，他眉头密布一层冷汗，夹杂着冰冷的雨水，沿着脖子没入衬衫里。

离出口处越来越近，叶微澜的心也像那骤雨般狂乱地跳着，之前那一幕幕像碎片似的在脑中闪过，她双手不得动弹，慌乱中抬腿踢了一下，也不知道踢中他哪里，只听得一声闷哼，他的手便松了，她于是趁机推了他一把，连伞都没拿就跑了。

可是……她该跑去哪里呢？

这陌生国度，纵然已暂时有了她的容身之处，可回去的路……她不记得。

眼下没钱，没手机，也没有可求助的熟人。

只有窘迫和绝望如影随形。

叶微澜苦笑了一下，刚准备继续往前走，谁知身后袭来一股力量，扣着她的手腕将她整个人拉过去，随即又将她扑倒在草地上。

寒意彻骨，湿透的衣衫根本阻止不了体温的流失，叶微澜冻得牙齿打战，雨水从他发梢落下来，滴在她额头上，渗入鬓角。

她伸出手轻轻碰了碰他脸颊，随即被男人用力握住，他指间的温度比她更低，贪婪地吮吸着她腕间的余温。

"原来宝贝儿喜欢玩……"嗓音从头顶飘落下来，带着一丝玩味，"欲擒故纵？"

叶微澜用力抽回自己的手，故技重施地重重推了他一把，可因两人此刻姿势的缘故，她根本推不动分毫，甚至被他压得全身不能动弹。

男人的双腿紧紧压着她，叶微澜全身冷得发抖，他身上却烫得厉害，尤其是某个地方……似乎感觉到她的反应，他笑了笑："喜欢吗？"

叶微澜一点儿反应都没有了。

这种亲密的事，我只对你一个人做。

可他现在对着一个"陌生"女人，而且还是被他误以为是那种女人的女人，都能……都能……

如果陆遇止能看到她此刻脸上的表情，便可以知道自己的目的达到了。

我已经不是你以前喜欢的那个人了，你眼前的这个男人，他几乎失去了一切，而且可能一辈子都生活在黑暗中。

我们之间再也回不去了。

所以，又何苦越缠越深？

知道你来看我，知道你还记得我，我已经很开心了。

这辈子大概就是这样了，不怨命，也不怨任何人，但那些人从我手上夺走的一切，必将不惜一切代价讨回！

我唯独……不需要你的勉强和……同情。

不远处，一束强光照过来，照出一条雨丝细密的光路，直直地落在两人身上。

车门打开，周鸣撑着伞急急忙忙地下来，他十五分钟前接到上司的电话，让他过来街心公园接人，可眼前诡异的一幕却生生让他停住了脚步。

只见那个从来不跟女人亲近的男人正缓缓从一个陌生女人身上起来，甚至还拉了她一把。两人衣服全都湿了，还沾满了泥水和草叶，明明应该看起来格外狼狈的，可因两人外貌太出众，俊男美女的，站在一起竟很是和谐。

身体已经出现了明显的不适，陆遇止先坐进车里，见车外的人迟迟没有动作，他降下车窗，忍耐着嗓子里的痒意，命令道："上来！"

叶微澜被人推了一把，恍恍惚惚坐了进去，如果她的思绪稍微清晰些的话，就会发现他刚刚说的那两个字，用的是中文。

车内暖气很足，叶微澜这时才感觉到冷，她不断地摩擦着手臂，还是不受控制地全身发抖，一条毛巾突然被扔了过来，落在她腿上。

她疑惑地看过去，看到男人紧挨着车窗而坐，和自己隔得远远的，他身上的外套不知何时脱下，搭在座椅上，水不断地滴在地毯上。叶微澜犹豫了一会儿，低声说了"谢谢"。

她自作聪明用了唯一会说的法语，听在陆遇止耳里却有欲盖弥彰的意味，他慢慢闭上眼睛，一副不愿再理她的样子。

前座的周鸣心里好奇得要死，不近女色的老板这是开荤了吗？怪不得他这几天暴躁不安，原来是……动了那方面的心思？

不过想想也是，男人嘛，总是要解决生理需要的时候，要是身边总没个女人，也从不出去外面找女人，那才不正常。

叶微澜坐着坐着就睡了过去，不过她睡得并不沉，脑子倒是晕沉沉的，鼻子也有点儿痒，她没忍住便打了个喷嚏。

睁开眼睛第一时间就是看向旁边，他不知什么时候也醒了，或者说从来都没睡，只是闭着眼休息？

叶微澜摸了摸鼻子，神色有些不自然地看向窗外，看到那栋熟悉的大厦越来越近，她终于松了一口气。

电梯里只有他们三个人，安静得有些过分，他旁边那个助理模样的男人时不时投来打量的目光，只是带着好奇，没有从头到尾地扫视——毕竟她全身的衣服还湿着，可饶是如此，她还是被看得有些尴尬，脑袋垂得低低的。

在这静寂中，叶微澜突然想到一个问题，他以为她是那种女人，现在她又跟着他回来，是不是……

幸好电梯速度很快，没一会儿便到了 25 楼，电梯门一开，一阵香风飘过，周鸣便看到自家老板准备带回家过夜的女人飞速地跑出去。

他不明所以之际，叶微澜已经用钥匙开门进了屋。

"砰"的一声，关门的余声在走廊上回荡。

陆遇止却若无其事般走了出去，经过周鸣身边时，淡淡道："你先回去吧。"

周鸣突然有一种被人糊弄的感觉。

本以为两人住同一栋公寓，顺路就捎了回来，没想到她就住在隔壁。

陆遇止扬唇笑笑，关上门，换好鞋子，直接在门口脱下一身湿衣，全身仅着贴身衣物穿过宽敞的客厅，慢慢走进了浴室。

长长的热水澡后，头重脚轻的症状并没有减轻，陆遇止随手拿过一旁的浴袍穿上，只在腰间松松打了个结，露出一大片紧实的胸口，上面有一圈明晃晃的牙印，是两人抱着在草地上打滚的时候她咬下的，咬得可不轻，仿佛生生要扯下他的一块心头肉来。

不用探热针，陆遇止也知道自己发烧了，他对这种病症一点儿都不陌生，是车祸后的并发症。草草找了退烧药吃下，药效一上来，他倒在床上，连被子都没盖，便沉沉睡了过去。

这一夜倒是睡得安稳，也没做什么乱七八糟的梦，唯一不尽如人意的就是，他还在发烧，而且嗓子痛得要命，几乎说不出话来，膝盖也隐隐作痛。

陆遇止闭着眼睛平静了十几分钟，从床头摸到自己的手机，拨通了助理周鸣的电话，让他带私人医生过来一趟。

等待的间隙，他下床洗漱，顺便进厨房煮了一壶热水，然后站在一旁发呆。

等了一会儿，水开始有了响动，陆遇止又伸手去摸琉璃台上的杯子，不小心扯动了胸口的伤，眉头轻轻皱了一下。

他突然想到，她昨晚也是全身湿透，不知道是不是和自己一样正发着烧？

她在这里无依无靠，不像他还有助理可差使。

关心则乱。陆遇止甚至等不及水沸腾，直接切断了电源，在角落里摸到一把拐杖。拐杖并不常用，上面落了一层灰，他紧紧地把它握在手里，步子走得又快又急。

风风火火带着家庭医生赶到的周鸣，刚掏出钥匙开门，余光瞥见自家老板穿着薄薄的黑色睡袍，正使劲地按着隔壁家的门铃，那阵势，活像仇家上门讨债一样。

一大早的，这又是玩什么花样呢？

许是察觉到了后面的脚步声，陆遇止猛地回头，视线空洞地落在某一处："周助理，马上帮我联系这屋子的主人。"

周鸣简直吓了一大跳，眼前这个男人头发乱糟糟，向来波澜不惊的面上竟满是慌乱，和平时的形象大相径庭。他心里有一种隐隐的猜测，这一切改变，都是因为昨晚那个女人。

房东很快赶到，看到屋前站着三个高大的陌生男人，脚步顿了顿。周鸣赶紧迎上去，和她简单解释起来，房东听完后，立刻一脸戒备。

她之前受朋友所托，那位看起来娇娇弱弱的年轻小姐是从中国来的，在此地孤身一人，无亲无故，嘱咐她多多照料。

房东又扫了一眼这几个男人，除了那个提着医药箱的医生外，其他两个看起来就不是好惹的，尤其是站在最前面的那个黑衣男人，周身散发着冷冽的寒意，给她一种极其危险的感觉。

周鸣从房东脸上的表情便可知道她把他们当成坏人了，又耐着性子解释"里面那位小姐是我们的朋友，中国同胞，昨天晚上她淋了一场雨，我们担心她生病了。这不，一大早的，怎么按门铃都没人出来开门……"

房东也不知道周鸣说的是真是假，不过看着他一脸诚挚，语气倒是松了一些："我先打个电话给她，确认一下。"

连打了三遍都没人接听，房东也意识到事情有些不好，她努力保持着镇定："我先进去看一下，在没有确认身份前，请你们留在外面。"

陆遇止的耐心告罄。

"她是我妻子。"

清清淡淡五个字，简简单单一句话，尘埃落定，惊得在场的每一个人都说不出话来。

房东往后退了两三步，她不再去怀疑眼前这个男人话里的真实性，因为从他的表情里，她读出了一份珍贵的疼惜。

那是一个深情男人对心爱女人的疼惜，更是丈夫对妻子的……

果然不出所料，开门进去的时候，房东看到屋里的窗帘全被拉上，卧室的大床上，叶微澜卷着被子沉沉睡着，双颊红彤彤的，手心往她额头上一探，烫得惊人。

"快送去医院！"房东惊呼。

"不用，"周鸣扶着陆遇止进来，"我们有私人医生。陆先生，您还在发着烧，是不是……"

"扶我到床边去。"

随行的医生很快确定叶微澜的病症："只是发烧，暂时没发现感冒症状，吃点退烧药便差不多了。"

听到这里，陆遇止松了一口气，刚想站起来，双腿突然一软，他的膝盖磕在床沿上，痛得闷哼了一声。

周鸣把慢了半拍的手伸过去，将他的身体扶正，心里轻叹一口气："陆先生，医生说您的夫人并没有大碍，是不是可以让他看看您的情况？"

陆遇止的嗓子都哑了，只得淡淡点头。

他的情况比叶微澜严重多了，医生忙活了大半个小时才处理好，帮他挂好水开好药，临走前再三叮嘱周鸣："陆先生这膝盖是绝对不能再受凉了，还有发烧也必须得注意，他现在的抵抗力太差，一场感冒都可能轻轻松松夺去他的生命。另外，他的眼睛，再不做手术的话……"他说到这里，便欲言又止起来。

周鸣听得面色越发凝重，也很是无奈："你又不是不知道他的脾气，这种事，他不上心，谁能劝得动？"

医生又往屋内看了一眼，笑了笑："或许他那位美丽的妻子会是转机。"

"但愿如此。"

房东太太接了一个电话就走了，周鸣在客厅坐了一会儿，听不到里面有什么动静，也轻轻关上门出去了。

卧室里静得连药水滴下来的声音都听得清晰无比，陆遇止坐在床前，动作极轻地在被子里寻到她的手，沿着手臂慢慢摸了上去，摸到她的锁骨、下巴、干燥的唇，再来是鼻尖……轻轻放上她的额头。

烧退了些。

耳边又回响起医生刚刚说的话："她身体底子好，没什么大事，倒是你要多多注意。"他当时的紧张一定吓坏了这老家伙吧？怪不得他在下针的时候一点儿都不留情。

没事，只要她好就一切都好。

陆遇止将手收回来，滑入她的指间，十指紧扣。

药水渐渐起了作用，他感到眼皮渐重，侧坐的姿势有些不舒服，便掀开一角被子躺了进去。

怕吵醒睡着的人，加上还挂着药水，陆遇止的动作一直放得很轻，可身侧的人似乎若有察觉般靠过来，在他怀里寻了个舒服的位置，又睡了过去。

手臂终于环住一个熟悉的轮廓，鼻端是清新好闻的馨香，陆遇止的意识也渐渐模糊。

难得睡了一个两年多以来的好觉。

明明觉得时间过了很久，可醒来才发现不过睡了两个多小时，药水也吊完了，周鸣正帮他拔针，见他醒来，压低声音问："陆先生，感觉怎么样？"

周鸣努力不让自己的视线落到床上那娇小的身影上去，虽然好奇心早已按捺不住。

陆遇止懒懒地靠在床头，轻轻"嗯"了一声，看着心情很是愉悦的样子。

周鸣想了想又说"不知道夫人的口味，我简单弄了点儿小粥……"还没说完，他便注意到床上的男人脸色突然一沉，愣愣地不再说了。

"粥留下，扶我回去。还有，今天的事情保密。"

叶微澜是饿醒过来的，昨晚洗了个澡，脑子昏昏沉沉的，她连饭都顾不上吃，躺在床上迷迷糊糊睡了过去。

一睡就睡到了大中午。

睁开眼睛的第一眼就看到手机放在床头桌上，她眨了眨眼睛，立刻坐起来，一把捞过手机，划开屏幕。

这的确是她的手机，原来并没有丢吗？

上面有几个未接电话，是房东太太打过来的。叶微澜打过去却没有人接，只好发了一条短信过去，随即跳下床，换好衣服准备出门去买东西吃。

准备好出门的时候，叶微澜发现桌子上不知何时多了一个保温食盒，她疑惑地打开一看，竟然是一盒还冒着热气的粥，惊喜极了。

联想到那几个未接来电，叶微澜猜想这应该是那位好心的房东太太送过来的，更何况，别人也没有钥匙可以进来。

吃完粥，感觉全身都暖了起来，叶微澜在屋里走了一圈，最后走到阳台，看到对面正拿着手机打电话的男人，她不敢相信地揉了揉眼睛。

这个时间，他怎么还在家？

她吸了吸鼻子，走过去，隔着两堵墙，光明正大地将他从头到脚看了一遍。

这还是重逢以来第一次这么认真地看他：比起以前，他看起来清瘦了不少，还是那么偏爱黑色，衬衫扣得一丝不苟，衬得脸色苍白……他这几年来一定过得很不好，那眉心的褶皱都深了许多……

"周助理，帮我订一张今晚回国的机票。"

低沉沙哑的男声将叶微澜从神游中拉了回来。今晚回国，怎么这么突然？他不是在这里定居了吗？他这一走，还会不会再回来？他是不是……已经认出她是谁了？为了躲她，才这么匆忙决定的吗？

再抬头看过去时，那道颀长的身影已经消失在窗帘后。

叶微澜失魂落魄地进了自己屋，一会儿坐在沙发上对着电视发呆，一会儿蹲在地上对着墙壁出神，等回过神来时，手机短信提醒她已经成功预订了今晚由巴黎飞往 H 市的机票。

时间在发呆和纠结中飞快流逝，叶微澜甚至没有时间去收拾行李，最后只拿了手机和钱包，就匆匆搭车到了机场。

他们坐的是夜航，而且是头等舱，人并不多，显得格外安静。

叶微澜听到隔壁传来压低的咳嗽声，心都快揪成一团，又不敢过去，只能让空姐给他送了一杯温水。

听到他哑着嗓子跟空姐道谢的声音，接着是很轻的吞咽声，叶微澜的心也一点点平静下来。

喝完水后，他似乎也好了些，至少不再咳了。

在一片静谧中，困意阵阵袭来，叶微澜不知不觉就偏头睡了过去。

天亮后，飞机平稳地降落在 H 市机场，叶微澜抱着外套跟在男人后面慢慢走出来，两人之间保持着一种非常安全的距离。

走到外面，阳光有些刺眼，叶微澜下意识抬手遮了遮眼睛，没想到余光竟看见一个熟悉的身影。

那人似乎也发现了她，发出一声："咦？"

叶微澜赶紧比出一个"嘘"的手势，陆清灵虽疑惑，但还是点了点头，看向对面的男人，绽开笑颜："哥哥。"

叶微澜松了一口气，转身就要走，没想到一只手从腰上擦过来，准确地扣住了她的手腕。

"去哪儿？"

不是疑问，而是质问。

叶微澜的心"怦怦怦"跳起来。

他是什么时候……认出她的？

直到坐上车，叶微澜也没有想出答案，她转头去看身侧的男人，突然很想直接问他，但不知怎的，话在唇边溜了好几圈就是问不出来。

叶微澜揉了揉手腕，想到刚刚他拉着自己上车，力道控制得恰到好处，既不会伤了她，也没有留下让她挣脱的余地。

可刚坐下，他就立刻松了手，仿佛她身上染了瘟疫似的，而且再也不肯多看她一眼。叶微澜心里无端地漫上一股沮丧。

坐在副驾驶座上的陆清灵频频回头看，从她的神情中，叶微澜知道她对自己的出现肯定是满腹疑惑，可这个时候自己心情低落得不行，根本不想说话，只能勉强扯出一个笑容。

陆清灵却显然会错了意，以为她是在忌惮自己哥哥，连忙摇了摇手机，做出口型："微信。"

"叮"的一声，叶微澜的手机响了一下，她下意识地去看旁边的男人，见他似乎没有什么异样，这才点开来看。

"嫂子，你和我哥和好了？"

叶微澜却盯着那两个字发怔了好一会儿，眼眶渐渐发热。她忍着心里的苦涩，一个字一个字地写下："我们是在飞机上遇见的。"

陆清灵对这个答案有些失望。无意中遇见的，可我哥怎么就认出你了呢？

她还想多问些什么，见叶微澜已经把手机收回去，显然对这个问题并不想多谈，这才作罢，不过心里到底还是有几分唏嘘几分好奇。

车子稳稳地开上高架桥，叶微澜偏头看到那熟悉的白鸟标志，心狠狠地揪了一下，她立刻转过头。

当年他就是在这个地方出事的，那撞飞出去的栏杆早已修补好，湖面在阳光下熠熠生辉。

一切都是原来的样子，甚至比原来更好，或许也已经没有多少人记得那次车祸，唯有他，还在承受着不幸的折磨。

有细碎的光从车窗外透进来，从男人沉静的眼角眉梢滑到她的手上，他依然保持着之前的姿势，目不斜视地看着前面，眼角似乎有微光在闪动，那薄唇却是抿得紧紧的，从她这个角度看过去，几乎成了一条直线。

那修长的手指垂在座椅边缘，有一下没一下地轻敲着，面色平静，看不出喜怒，只有拒人于千里之外的冷淡。

叶微澜不自在地往窗边靠了靠，打算在前面找个地方下车。她一分一秒都不想继续在车里待下去，何况，他们最终要去的，是不同的地方。

"麻烦……"

她的话才起了个头，陆清灵突然回过头："哥哥，待会儿您是要回市中心的公寓，还是回家？"

好一会儿后，淡淡的嗓音才响起："直接回家。"

"哦。"陆清灵转过头去之前，又看了叶微澜一眼，仿佛在问，你刚刚是不是想说什么。

叶微澜点点头，对司机说："麻烦到下一个路口把我放下来。"

司机在后视镜里看了后面的人一眼，见陆遇止没什么反应，似乎已经默许，他慢慢地将车停在路边。

叶微澜感激地说了声"谢谢"，刚要转身去开车门，一道冷淡的声音从旁边传来："继续开。"

司机战战兢兢地重新启动了车子。

陆清灵双手合十，对叶微澜做了一个"拜托"的手势。

想到要跟他回家，必然会遇上他的母亲，叶微澜对这一点实在无法妥协，她真的没有办法……

"回公寓。"陆遇止揉了揉眉心。

"是。"司机打了转向灯，车子拐进市中心主干道。

原来，他也和自己想到了同一个地方吗？

可此时，他们的关系已经变成这样，她如果和他回家，那又算什么呢？叶微澜想了想，还是说："我想……"

男人慢慢偏过头来，那双漆黑的眼睛仿佛结着冰："在你没有把握能说服我之前，不要跟我说话。"说完，他又转过头去，跟之前的平静相比，俊脸上已然写满不悦。

叶微澜慢慢明白过来他的意思，浑身如同置于冰天雪地中。

是啊，就算闹得再僵，甚至已没有回旋的余地，他们在法律上还算夫妻，那个家，也是他们一起生活过的。

车子很快进入小区停车场，陆清灵显然也察觉到两人之间的微妙气氛，一下车溜得比兔子还快。

司机将行李搬上来，也很快就离开了，偌大的屋子里，只剩下两个人。

屋内的摆设几乎没有什么变化，也很干净，应该是定期有人过来清扫。叶微澜看着坐在沙发上一脸疲惫的人，轻声问："你要不要先回房间休息一下？"

只听他轻轻地从鼻子里发出一声"哼"："你最好不要打趁我睡着时偷偷溜走的主意。"

这语气太别扭了，叶微澜都有些忍不住想笑出来，也没理他，径直进了厨房，准备煮点东西吃。

而她身后的男人，则是迅速闭上眼睛听她脚步声的方向，好一会儿后，直到那声音听不见了，他才慢慢睁开眼。

叶微澜只在厨房里找到面条和鸡蛋，于是简单做了两碗鸡蛋面，端出来时，她发现那人竟然在沙发上睡了过去，连忙把面放下，转身进卧室抱来一张薄毯给他轻轻盖上。

男人睡着的时候眉心仍蹙着，眼底有着淡淡的青色，看来是好一阵时日没有好好休息过了。叶微澜不禁有点儿心疼，他这三年到底是怎么过来的？

她不知道，但很确定，一定不会比她好过。

她又替他掖了掖毯子，长发末梢不小心轻轻扫到他的面颊。

叶微澜低头一看，男人那长长的睫毛动了一下，她以为他要醒来，立刻站直身子，稍稍将离得极近的距离拉开。

不过很快她发现自己是虚惊一场，他的呼吸又开始变得悠长平缓。

这时，门铃响了。叶微澜怕好眠中的男人受到惊扰，赶紧小跑着出去，门外站着刚刚送他们回来的司机，手里提着两个大袋子，里面都是些蔬菜肉类鸡蛋水果等物品。

叶微澜道过谢，将门轻轻关上，花了将近二十分钟才将袋子里的食物整理好，桌上放着的面已经糊了，她懒得重新去做一份，便草草挑了一些面条吃。

沙发上的男人睡得正熟，叶微澜把他的鞋子脱下，托着他的双腿慢慢放到沙发上，让他睡得舒服些。

做完这些，她又进了卧室，刚刚拿毯子的时候太匆忙没来得及细看，现在她对着衣柜里放得整整齐齐的衣物，心情复杂到了极点。

仿佛这三年的时间并没有过去，它们身上还留着淡淡的清香，根本不像被尘封过，更重要的是，她以为他早就把这些扔了。

毕竟人都不在了，不是吗？

不知不觉，暮色四合，窗外的灯明晃晃得刺眼，叶微澜在地上蹲得太久，缓了好一会儿才站起来。

陆遇止已经醒了，听到渐渐清晰的脚步声，他的视线看过来，一点儿都不客气地说："我饿了，去做饭。"

叶微澜没有说什么，给他倒了一杯温水放在手边，这才走进厨房。

菜都是挑简单的、他喜欢的口味做，她自己倒是无所谓了。

叶微澜将煮好的青菜装盘，回过头，从半掩的门里看到男人正拿着手机讲电话，脸色很是严肃。

客厅里，陆遇止发出一声轻笑："她终于忍不住了吗？"

手机那端传来程杨的声音，一如既往的平静："我三天前得到消息，陆女士在上次豪赌中又输掉了几千万，她挪用公司公款的空缺还差好大一个口子，不得不借外债。据不完全统计，负债高达三个亿。加上她三个月前一次投资失败，害得公司出了大血，股东们早已对她心怀怨言，目前已经有几个老股东暗地里联合想把她拉下台。我收到的最新情况是，由于巨大的债款，陆女士已焦头烂额，显然她也已经发现拆西墙补东墙的策略并不可行，目前她正打算……"

"在背负巨额债款的情况下，要想在短时间内筹集一大笔钱，她只有一个办法，"陆遇止语气淡得像水，却隐约带着一丝笑意，"出售她名下的公司股份。"

而这股份，当年正是从他手上夺去的。陆遇止幽沉的眼底闪过一丝微不可察的恨意。

当年他在海外的一项投资失败，加上不久后又出了车祸，几乎成了一个废人，公司各大股东见风使舵，联名要求撤销他的职务。

职务可以撤销，但是陆氏集团不能改姓，在生命和前途未卜之际，他唯有将名下的股份转让给姑姑陆宝珠，以保全陆家在集团中的地位。

可这位好姑姑……

"可以吃饭了。"

清软的声音将陆遇止从回忆中拉了回来，他难得愣了一下才适应那听起来熟悉却又有那么点儿陌生的声音。客厅里不知何时开了灯，昏黄的灯光沿着他笔直的鼻梁而下，将那微抿着的薄唇染了一层柔色。

一顿饭吃得静寂无声，叶微澜并不算太饿，只喝了一碗汤，拣了几根青菜吃，肉一块都不去碰。相反的是，陆遇止的胃口似乎很好。

"帮我添一碗饭。"

"甜酸排骨还不错。"

叶微澜立刻会意，夹了两块放进他碗里。

"还煮了麻婆豆腐？"

"汤也要喝一碗。"

伺候他吃完饭，叶微澜吃下的东西都差不多消化了，她将碗送进厨房洗好，出来的时候陆遇止正坐着看电视新闻，声音放得很大。

叶微澜只好去卧室取了衣服洗澡。

半个小时后，叶微澜一边擦头发一边走出来，男人不知何时也进来了，正坐在床边，闭目养神着。

"等一下帮我洗澡。"

"嗯。嗯？"叶微澜应下之后才反应过来他说的什么，脸飞快地红了一下，双脚却像被人定在原处，迈不开一步。

他许久没有听到她的声音，自嘲地笑了一下："算了，我自己来。"

叶微澜的心又开始揪疼，他走过自己身边的时候，她想伸手去拉他，却抓到一丝清凉的空气。

听着浴室里传来的磕磕碰碰的声音，叶微澜咬了咬牙，还是跟了进去。

他已经开始脱衣服了，动作很利落，很快连贴身衣物都不剩，似乎料到她一定会进来，他连头都没回："放热水。"

叶微澜先试了试水温，觉得差不多了才开始放，水在浴缸底铺了浅浅的一层，然后慢慢漫过他的长腿。叶微澜拿着湿毛巾有些紧张地替他擦着后背，热气氤氲中，她清亮的双眸仿佛染了一层淡淡的雾。

一声破水而出的轻响，因为精神高度集中的关系，叶微澜听得格外清晰，便好奇地看了过去。

这一看，叶微澜的耳根子都红了个遍，吓得立刻扔了手里的毛巾。

她几乎都不敢再去看他的表情——虽然知道他看不见，但她此刻满脸密布红晕、呼吸急促、心脏都快要跳出来……

还是不小心看了。

他看起来似乎没有一丝的尴尬或者窘迫，仿佛刚刚什么都没发生似的。

叶微澜非常努力地给自己做着心理建设：又不是没见过，又不是没见过，又不是没见过。

帮他洗完澡，叶微澜身上出了一层汗，黏黏的有些不舒服，她只得再次洗了一遍。

出来的时候，陆遇止已经躺在床上了，卧室里的中央大灯被关上，只留了床头一盏台灯，照亮了一个小角落，他的侧脸就藏在这幽暗中，看不清表情。

叶微澜以为他睡着了，轻手轻脚地抱着一床薄毯，正要掩上门时，身后传来一道不咸不淡的声音："应该不用我提醒你，这屋子没有客房吧？"

她当然知道，本来就是打算去客厅沙发将就一宿的。

叶微澜转过身，立在门边好一会儿，看了一眼床上的人，他仍闭着眼睛，屋里太静了，静得连他的呼吸声都清晰可闻，以至于她都无法欺骗自己刚刚那句话只是幻听。

她慢慢地挪过去，犹豫着爬上了床，在他身侧轻轻躺下来。

床很大，两人之间隔着好大段距离，叶微澜僵硬的身体落到柔软的床上，仍是觉得不妥帖，最后探手去关了灯。

终于，卧室里连最后一丝光亮都不剩。

叶微澜以为自己会难以入睡，没想到听着那和缓的呼吸，睡意渐沉，醒来时已天色大明。摸了摸旁边的位置，只摸到一丝凉意，他应该起床很久了，叶微澜坐在床上微微出神好一会儿才去梳洗。

浴室里放着一应俱全的洗漱用品，而且还是新的，未曾拆封，这些东西昨晚还没有，应该是他一大早让人送过来的。她拆了一把牙刷，开始刷牙。

阳光丰盈，一路追逐着叶微澜的脚步，她刚走下最后一节楼梯，抬头便瞥见男人正站在落地窗前打电话。

"我等一下会直接带她过去。"

叶微澜站在原地，听他说了这么一句，很快联想到他口中的"她"指的是自己。

男人似乎察觉到动静，转过身来，阳光在他身后，将那道修长的影子映在地上："去吃早餐。"

他说着的时候耳边还贴着手机，叶微澜愣了好一会儿才知道这句话是对自己说的。

在她恍神的时候，陆遇止已经慢慢走到餐桌边坐下，捧着一碗粥喝起来。

她昨晚想了很久，觉得非常有必要跟他理清两人此时的关系，很显然他们在这点上的理解出现了偏差，而且这偏差还不算小。

"陆遇止。"叶微澜犹豫了一下，还是打算跟他说清楚。

只是她刚说出三个字，对面的男人动作突然顿了一下，勺子在碗壁上划出一道刺耳的声音。

有多久没听她这样叫过自己的名字了？

饶是心底如地震后的坍塌现场一样，他面色依然是清清淡淡的："什么事？"

"我们都知道这辈子是不可能在一起的了，不是吗？"她声音轻柔，说的话却字字如针，刺得彼此都痛，"既然是这样，又为何不干脆断个干净，这样纠缠下去对我们都没有好处。陆遇止，你值得更好的女人，真的。"

说完这话，叶微澜胸口如同被针扎了般，细细密密地疼着，脸上已满是泪水。

陆遇止看起来似乎一直都很平静，连声音都没什么起伏："说完了？"

叶微澜发出一声轻轻的哽咽："我们找个时间去民政局……"

"今天是奶奶的忌日，她临终前一直牵挂着你，你去看她一眼，也算了了她的最后一桩心事。至于你刚刚说的那件事，我会尽快让人处理好，到时候你只需要签个字。"说完这些，男人推开椅子站起来，毫不留恋地走了出去，而他面前摆的那碗喝了两三口的粥，还在不断冒着热气。

明明已经得到了想要的答案，可叶微澜的心却似跌落了谷底，沉重而尖锐地疼痛着。

就这样吧。

也只能这样了。

陆遇止这次就是专门回来拜祭老太太的，虽然行程比计划中推迟了两天，但用人们早已妥帖地将必需的祭祀品都准备好。

老太太的墓设在陆氏墓园，在东北角上，是专门请风水大师选的。离世前的两三天，她将陆遇止叫到床边，交代起后事："老爷子还有一个原配，我就不凑热闹了，帮我选一个清净的地方。"

老太太的身体太虚弱了，说几句话都要喘大气："……你明明知道那是个误会，为何不跟她解释清楚？微澜是个善良的女孩，如果知道了真相，她一定会……"

"奶奶，"陆遇止握着她的手，"正因为我知道她一定会毫不犹豫地回来我身边，我才不能告诉她真相，我现在这个样子……"

老太太虚弱地笑了一下，似乎想说些什么，可她已经没有力气了，只是轻轻地拍拍他的手。

奶奶以后都不会在了，你的眼睛又看不见，一个人孤零零的，这往后漫长的大半生，该怎么过啊？

老人家是在一个晚上走的，走时很安详，没有遭受太多的痛苦。

陆遇止不吃不喝在她灵堂前守了一夜，一言不发地跪着，任谁劝都不起来，等旁人都走了，夜深人静时，他终于忍不住，失声痛哭。

他的人生屡遭不顺，最后连这一个疼惜自己的长辈也离去，雪上又加了一层寒霜，仿佛光着脚走在冰面上，战战兢兢，不知何时不知何处会裁倒，再无翻身之日。

陆遇止站在墓前："奶奶，我把她带来了。"

叶微澜给老太太上了香，又鞠了三次躬，心里有很多话想说，可又一个字都说不出来，她侧目去看前方沉默的高大身影，视线慢慢模糊。

"孩子，答应奶奶，无论发生什么事，一直陪着他，好不好？"

想起之前奶奶说的话，她没有做到。

她和他之间，似乎正在以"秒"做着倒计时。

从今一别，或许再无重逢之日。

不知什么时候，陆择一也来了，陆清灵和赵芸芸一左一右地走在他旁边，这样肃穆的场面，他却面上满含微笑，双眼熠熠发光。

"嫂子。"陆清灵小声地喊了一句，似乎一点儿都不疑惑她为何会出现在这里。

赵芸芸也看过来，朝她轻轻点了点头。叶微澜这才注意到赵芸芸的小腹是微微隆起的。

两年多前赵芸芸和陆择一的结合并不被人看好，没想到还是一路过来了，相反，他们这被人称赞是天作之合的一对，如今却面临劳燕分飞的境地。

上天还是公平的，不偏不倚地分配给每个人应有的幸福。

陆择一似乎也感受到了此时凝重的气氛，整个人安安静静地站在妻子旁边，只是略带好奇的目光还是控制不住地偏向叶微澜的方向。

"择一，去给奶奶上香。"

赵芸芸将一小把香放入他的手中，她自己也拿了一把，两人走上前，弯腰在老太太墓前拜了拜。

叶微澜的身边站着一身黑衣的陆清灵，眼前，只有那人是形单影只的，她强制自己移开视线，却仿佛被人施了定身魔法一样。

舍不得转身离开，只想多看他几眼，叶微澜心里太清楚，从今以后，她再也没有理由和身份站在这个男人面前。

结束的时候，天上应景地飘下小雨，陆择一夫妇走在最前面，陆清灵扶着陆遇止走在他们身后，叶微澜一个人撑着伞跟在最后，她刻意放慢脚步，渐渐和他们拉开距离。

自始至终，那道颀长的身影，一直没有回过头。

雨幕里，叶微澜看着他们渐行渐远，直到完全在视线中消失，她终于忍不住蹲在地上，捂着脸哭起来。

张开的伞落地，挡住了她大半身子。

陆遇止，你一定要好好的。

你会遇见更好的女人。

你将来会有自己的孩子。

你会……

叶微澜抬起头，却见一把黑色的伞撑在上方，她愣愣地看过去，是赵芸芸。

赵芸芸看了她一眼，拿出一个小木盒给她。

"这是什么？"叶微澜打开来看，眸色一冷，里面的东西她并不陌生，是水晶耳坠。

"我当年不懂事，一心想离开，被陆宝珠抓住短处，在她的威胁下做了错事，这两年多来一直都良心不安，这是我欠你的。"

叶微澜回到自己家，脑中一直回荡着之前赵芸芸的话："在你婚礼那天，陆宝珠给了我一只耳坠，让我趁婆婆不注意将她给你的传家首饰盒里那对耳坠换过来，我不知道她想干什么，但还是留了个心眼儿，那三只耳坠看起来一模一样，可实际上暗藏乾坤……我也是后来才知道，那只吊坠的主人是间接害死你母亲的凶手。"

叶微澜赶紧装了一盆水，将两只耳坠放进去，屏息凝神静静地看。

"陆家传给儿媳和传给女儿的耳坠表面上看不出分别，但一旦浸入水中，便可发现差异。传给儿媳的耳坠入水会现出一轮曜日，传给女儿的则会呈现一轮弯月。陆宝珠太谨慎了，她知道耳坠里的秘密迟早有一天会被你知道，所以她授意我用一只耳坠换了婆婆当时给你的、也就是传给儿媳的那一对，我当时留了个心眼儿，换好后自己留下一只。陆宝珠当时太得意，根本没有发现我交给她的盒子里只有一只耳坠。

如果没错的话，将这两只耳坠放入水里，你会看到……"

水中一轮圆日、一轮弯月，清晰地映在叶微澜眸底。

"婆婆是无辜的，在遇止出事后，她伤心过度，半月后就出了家，再不问世事。她所做的一切，说的那些话都是陆宝珠逼她的，陆宝珠才是真正害死你母亲的人！"

赵芸芸的话一遍一遍地在脑中回荡，叶微澜头痛欲裂，怎么可能？那个一直以来像亲生母亲一样的宝姨，竟是害死母亲的凶手？

"你是叶微澜叶小姐？"

叶微澜转过身，面前站着一个陌生的年轻男人，她瞥了一眼他胸前挂着的工作证："我是。"

"我是赵哥的助理，是他让我出来接你的。"那人说着，递给叶微澜一张通行证，笑了笑，"里面正拍着戏呢，没有这个不放行。"

叶微澜沉默地跟在他身后，不断有各种古装打扮的人从身边走过，她茫然地看了一眼四周，脚步不由得加快，隐约有超越旁边人的势头。

助理小哥接到电话时还纳闷儿呢，要知道赵熙宁是从来不沾桃色新闻的，没想到竟让他出来接一个年轻美艳的小姑娘，他们是什么关系？他不由得好奇心膨胀。

"你也是赵哥的粉丝？"

叶微澜心不在焉地摇头："不是。"

助理小哥的笑僵在脸上。赵熙宁也算红得发紫了，某卫视一年连续播他几部新戏，上至老妪，下到垂髫小儿，只要是个女的，哪个不被他迷得神魂颠倒？当助理的自然也是面上有光，被人这样拂了面子还是第一回。

"赵熙宁他现在在哪儿？"

都到可以直呼名字的交情了，难道是……助理小哥被自己的脑补吓了一跳："难道你是赵哥的女朋友？"

叶微澜根本没有心情听他说些乱七八糟有的没的话，又重复问了一遍："他在哪儿？"

"赵哥现在在片场拍戏呢，他让我先带你到他的休息室……"

不等他说完，叶微澜余光瞥到前面人群密集的地方有一个熟悉的身影，她二话不说就跑了过去。

赵熙宁正坐在躺椅上看剧本，刚刚有一条怎么都拍不顺，正想着趁休息间隙好好再揣摩揣摩人物，没想到头顶突然袭来一片阴影，他当是哪个没眼力见的，正皱着眉想要训斥，抬头竟看见一张熟悉的脸，顿时面露欣喜之色："微澜！"

那个带她进来的助理小哥正一脸忐忑地等在十米开外，时不时观望着这边的情形。

"我有一个问题要问你。"

赵熙宁看着她微红的脸颊，心里知晓她大概是一路跑过来的，不禁好奇到底有什么事值得她这么着急亲自过来一趟，不由得放柔声音："想问什么？"

"当年我婚礼时，"叶微澜一字一顿，说得很慢，"你为什么刚好出现在金叶酒店附近，你是不是算准了我一定会逃婚？"

赵熙宁旋开矿泉水瓶盖的手抖了一下："微澜……"

"还有，"叶微澜声音越发的冷，"你带我离开之后，曾跟我说过三个字，还记得吗？"

他慢慢闭上眼睛："对不起。"

"赵熙宁，你当时为什么要跟我说对不起？"叶微澜几乎是劈头盖脸地朝他吼出来，她的声音太大，已经吸引了不少人看过来，其中不乏前来片场探班的热心粉丝。

"我没看错吧？男神竟然跟一个女的拉拉扯扯，而且那女的看起来还一脸很不情愿的样子？"

"那女的谁啊？"

在看不见的角落伺机而动的相机已捕捉到动静，蠢蠢欲动。

"天啊！"一粉丝尖叫道，"那女的竟然打了男神一巴掌！"

她这一喊，现场的人都看了过来。赵熙宁的经纪人看到那一幕更是眼睛都快瞪出来了，而那小助理更是一脸紧张焦急地跑过来："赵哥！"

赵熙宁这才如梦初醒，连忙脱下外套罩到叶微澜身上，将人推给助理，冷声道："立刻带她离开，要是她被狗仔拍到，你明天也不用过来了！"

小助理哪里见过向来和颜悦色的赵熙宁说过这样的狠话，如同从来没见过这样一个天之骄子般的男人还会在公开场合被一个女人打一样，连忙点头如捣蒜，胡乱地应了下来。

助理小哥将叶微澜送到一个估摸着算是安全的地方，又火急火燎地跑回片场，不出意外，好大一个烂摊子等着收拾。

经纪人像天塌下来一样，愁眉苦脸地在一旁唉声叹气。

而赵熙宁却面色沉冷地坐在沙发上，一言不发，唯独在见到助理时，才肯拿正眼看人："她怎么样了？"

"我将叶小姐送到路口，她就不准我再跟着。"

赵熙宁脸色一变，一把捞起桌上的手机就要往门外走，经纪人把他拉住："你现在是不是嫌还不够乱？知不知道明天的娱乐新闻会怎么写？"

"我怎么知道那些吃饱了撑的、整天没事干专门挖人隐私的狗蛋儿会怎么写？"心情恶劣到了极点，赵熙宁的语气也很冲，甚至爆了粗口，"Jason，你现在要做的，应该是好好想想怎么让那些人闭嘴。"

"还用你说！"经纪人也没好气，刚好手机响起来，他又用眼神警告了赵熙宁一下，跑到角落去接电话了。

"她有没有说什么？"赵熙宁问助理。

"没有。"

意料之中的答案。

身后的夕阳如同染了血色一般，叶微澜拖着沉重的脚步在街上漫无目的地走着，脑中一片空白，不知道该何去何从。

大风将广告牌吹得东倒西歪，行人匆匆而过，被吹得衣衫纷飞，树叶扑簌扑簌响，漫天飞舞。

树下有两个老头儿在下棋。

"老张，有啥好急的，陪我下完这盘再说。"

"昨晚电视台发布红色预警，说这次登陆的台风有十二级呢！我得赶回……"

他话音未落，骤风已将桌面上的棋子掀倒一片，满地狼藉。

"看来是下不成咯。"

两个老人慌忙收好棋子，迎着风小跑起来，跑到一半见公园台阶上还坐着一个人，老张便上前关切地问："小姑娘，台风要来了，你怎么还不回家去啊？"

叶微澜茫然地重复："家？"

"老张，你还磨蹭啥呢，赶紧的！一会儿雨该下了！"

"来了来了，"他一边应着，一边说，"早点儿回去啊！要不你家人该担心了。"

在这种时候，街上几乎找不到一辆空的出租车，叶微澜在路边等了差不多半个小时才拦下一辆，谁知那司机听了她的目的地后，竟然摇摇头："太远了，台风快来了，路不好走，而且我送你进去再出来，起码得两个小时……"

又过了差不多四十分钟才等来一辆，叶微澜直接拉开车门坐进后座。司机是个中年男人，微胖，笑起来法令纹很深："到哪儿？"

叶微澜说了郊区别墅的地址，见他沉默了一下，又连忙补上一句："我可以出多一倍的价钱。"

"这台风天，你说的那个地方，有段路特别不好走啊！"

"师傅，我……"

司机从后视镜看到这小姑娘红着眼眶，一副就要哭出来的样子，令他不禁想起了家中读大学的女儿失恋那会儿的情形，不由得心头一软，慢慢打了方向盘。

"谢谢你。"

车子还没开出一百米远，豆大的雨珠噼里啪啦地砸了下来，司机开了雨刷，由于风大、能见度又差，速度只能放慢下来，慢得不能再慢，车子简直像雨中艰难前行的蜗牛。

原本一个小时的车程，现在走了差不多两个小时，叶微澜看着窗外被狂风吹得东倒西歪的树，耳边掠过一阵阵风吹雨打的声音，她的身子忍不住抖了一下。

车子不知道为什么慢慢停了下来，司机回头，有些无奈地说："前面有一棵大树倒了，车子开不过去，你看是不是先回去？"

叶微澜拿出钱包，也没数具体数目，直接把里面的全部现金抽了出来，连声道了几次谢："也不远了，剩下的路我自己走过去。"

司机简直被吓了一跳，急忙阻止："小姑娘你可别做傻事！风大雨急，你这身板，还没走到呢说不定就被风吹跑了。再说了，这荒郊野外的，说不定有……"

叶微澜难得还笑了一下："您不用吓我，我已经不是个小孩子了。"

说着，她就推开车门要下车。司机见劝她不动，拿出一把伞，叹了一口气："沿着路边走，尽量降低重心，注意安全，一定要注意安全！"

可惜司机的好意并没有派上用场，叶微澜才走出几十米远，那把伞就被风掀了顶卷走了，雨点直接毫无遮挡地打在她身上，又冷又痛。

也不知道走了多久，可总算还是走到了，叶微澜这一身的狼狈把屋子里的人都吓了一跳，陆清灵直接扔了手里的书："嫂子，你怎么……"

赵芸芸还算镇定些，对于叶微澜的去而复返她心里多少有数，亲自找了衣服给她换上，又吩咐人去煮姜汤。

"他现在在哪儿？"叶微澜问。

赵芸芸摸了摸她的额头："你在发烧。"

"我想见他。"叶微澜说。

门被人推开的时候，陆遇止正准备关灯睡觉，外面肆虐的风雨声听得他心生烦躁。

"谁？"

没有应答，只有不断靠近、渐渐清晰的脚步声。

陆遇止在空气里闻到一股湿润的气息，他无法从中分辨来人的身份，便耐心地等着。

"啪嗒！"有液体滴到地板上的声音。

他隐隐猜测到了什么，眉心紧紧蹙着："说话！"

叶微澜的头发还在往下滴着水，她站在离床边三米远的地方，隔着时近时远、不断摇晃飘忽的灯光去看床上的男人："你是不是一直都知道？"

男人的表情一下子变得深不可测。

可惜等不到他的回答，叶微澜全身的力气仿佛突然间被抽去，没一会儿软绵绵的身子便倒在了地板上，不知道磕碰到什么东西，竟发出一阵沉重的声响。

陆遇止不知道她的具体情况，却听得心脏都快停止，他飞快地从床上跳下来，心底的惊慌加上视觉的受限，不小心绊倒一盏落地灯，他整个人也倒了下来。

"该死的，你怎么了，说话！"

他在一片黑暗中摸索着，从来没有像此刻般痛恨自己的眼睛看不见，突然摸到她的手，他顺着又摸到了她的肩膀，往上摸到了她滚烫的面颊。

应该说，叶微澜此时全身都是滚烫的。

这时，窗外一道惊雷，中央大灯闪了几下就灭了，整个卧室陷入全然的黑暗中。

叶微澜做了一个很长很长的梦，梦里她孤身一人行走河畔，走着走着渐渐起了雾气，她茫然四顾，看见前方有一座熟悉的庭院，推开门，她看见玉兰树下坐着一个女人。

"素素回来了。"

叶微澜瞪大双眼，不敢置信地看着她，呆了好一会儿，才喊："妈妈？"

"还愣着干吗，妈妈做了你最喜欢的鲜虾云吞，快去洗手。"

叶微澜这时才发现自己身上穿着的是中学时的校服，肩上还背着一个书包，她恍惚地去洗了手，回来的时候看见桌上放着一大碗冒热气的云吞。

她一边吃一边哭，也不知道为什么哭，是眼泪自己一直掉下来。

"素素，多吃点儿，吃完了乖乖写作业，午睡记得上闹钟，千万不要迟到，妈妈下午要出一趟远门，可能要三五天才回来，我和隔壁陈婶说好了，这几天你去她家里吃饭。素素，妈妈走了，你要好好照顾自己。"

"好的，妈妈再见。"

他日一声再见，岂知再也没有相见之日。

那句竟成诀别。

窗外风雨声凋零，叶微澜慢慢睁开眼睛。

床边坐着一个男人，面容憔悴，一双漆黑的眼睛平静地对着她，没有焦距也没有波澜。她也静静看着他，看见他那只空着的手慢慢沿着她的肩，摸到她的锁骨，继续往上摸她的下巴……

他的动作那样轻、那样柔，仿佛以指为笔，一点一点地勾勒出她的轮廓。

从他坦然而宠溺的神情里，叶微澜知道了一个事实，他以为她还睡着。

她一动不敢动，眼前的男人似乎也沉浸在自己的世界中，否则若依他平日里的敏锐，定然会从她紊乱的呼吸里窥探出一丝端倪。

叶微澜感受着他温热的指腹轻轻压上自己的唇，像一片轻羽般来回扫着。

经过一夜的高烧，她的唇有点儿干，因此那种肌肤与肌肤间的摩擦感更强，不知怎的，身体似乎又慢慢热起来，尤其是喉咙，又干又痒，急需温水的滋润，她轻轻吞了吞口水，最终没有忍住，轻咳了一声。

陆遇止立刻正襟危坐，手也迅速收了回去，那一脸淡淡的表情，仿佛刚刚什么都没有发生似的。

"醒了？"

叶微澜再也装不下去，只得点点头，想起什么，轻轻"嗯"了一下。

男人紧抿着唇，连带着整个面部的表情都有些僵硬，叶微澜只得轻声开口："我有点儿渴。"

她顺便摸了摸额头，是正常的热度，烧应该已经退了，手突然碰到一块纱布，她正疑惑，往下压了压，有隐约的刺痛从额角传出来，她低低地"嘶"了一声。

陆遇止立刻皱眉："怎么了？"

叶微澜也问："我的头怎么了？"

两人几乎同时开口，陆遇止轻轻哼了一声："谁知道。"

叶微澜揉了揉刚刚被他紧握的手腕："你不会是为了报复，故意打我的吧？"

陆遇止突然有一种说不出话来的感觉，只得冷声向外喊道："杨姐，把药和水端进来。"

又被叫错了的王管家一大早就在外面候着，可是里面总听不见动静，没有吩咐她也不好贸贸然闯进去，一听这话，立马端着东西开门进去了。

陆遇止让出了位置。

王管家犹豫了一晚，也不知道如何称呼叶微澜，叫少夫人吧，可这婚是没结成的，叫叶小姐吧，可这证又是领了的，颇有些不伦不类。一面觑着陆遇止的脸色，她在床边椅子上坐下，斟酌再三，柔声问："少夫人，您好些了吧？"

"少夫人？"陆遇止轻笑了一声，"杨姐，恐怕你是糊涂了吧，我可不记得这陆家有过女主人。"

叶微澜喝了大半杯水，闻言露出清浅的笑意："您叫我微澜就好。"

王管家心里重重地叹了一声，现在倒是轻轻巧巧撇清两人关系了，昨晚也不知道是谁，把人紧紧抱在怀里，声嘶力竭地吼着"立刻叫医生过来"。医生好不容易冒雨来了，他倒好，握着人家姑娘的手就是不肯松开，还一个劲儿地威胁医生……

昨晚又逢台风雷雨，刚好断电，按理说，这种环境于他应该没差，谁知道那会儿抱着个人，倒是头一次满心慌乱，现在估计身上还有些跌跌撞撞后的瘀青。

"微澜小姐，先把药吃了，昨夜医生来过了，说你的身体比较虚，需要好好静养一段日子。"

"咦？"叶微澜疑惑地插话，"我记得有一段路倒了一棵树，车子不是开不进来吗？"

王管家温和地笑了笑，瞥了一眼站在落地窗前的修长身影："一般情况是这样，可昨晚啊，有人气急败坏地威胁那医生，要是赶不到的话，以后也不用在这行混下去了。不要说树拦了路，就算是……"

"杨姐，你闭嘴！"

"公子，我是王管家，"王管家继续说，音量不断调高，"微澜小姐，既然车子开不进来，那你是怎么上来的呢？我听医生说，那树倒的地方离这里还有好一段距离，昨晚风大雨大，你一个姑娘家……"

门"砰"的一声被人用力甩上，是陆遇止生气地走了。

王管家收回自己的视线，语重心长地跟叶微澜说："其实他早就在心里做了决定，只是接受需要一段时间，我看得出他对你的心意，昨晚你发烧那会儿，他比谁都心急。唉，他心里也不好受，你多谅解。"

"我知道。"

他对她，比谁都不忍心。

电视里铺天盖地地报道着特大台风过境的新闻，一则消息也如重磅炸弹般炸入公众视野，甚至有隐隐盖过前者风头的态势。

"劲爆！影帝赵熙宁在片场遭陌生女子掌掴！"

"据知情者透露，该女子和赵熙宁私交深笃，疑是他金屋藏之多年的'陈阿娇'，又有可靠情报指，该女子目前已怀孕，因男方不肯负责任，协商未果之下大闹片场，以讨还公道……"

叶微澜看着看着就笑了出来，世人颠倒是非黑白的能力，真是令人深感佩服。

"嫂嫂，我怎么看着这照片上女人的背影好像有点儿熟悉……"坐在她旁边的陆清灵眯了眯眼睛，努力地回想着，"还有这身衣服，不正是昨晚……嫂嫂，打这大影帝的人，不会就是你吧？"

陆清灵心底的疑惑太多了，恨不得一股脑儿全问了，虽然昨晚她已经缠着大嫂把这两人之间的纠葛问了个清楚，当真是觉得如五雷轰顶，没想到姑姑陆宝珠竟然是那样一个蛇蝎心肠的女人，怪不得母亲一直叮嘱自己不要和这个姑姑太过亲近……

叶微澜双眼无神地看向窗外，雨像细密的珠子一样不断歇地落着，衬得她心情越发低落。

"嫂嫂，如果你想挽回我哥的话，其实很简单。"陆清灵突然开口。

"嗯？"叶微澜正愁这件事。

"只要有眼睛的人都可以看出来他还爱着你，而且爱得很深，"陆清灵清了清喉咙，"可他为什么一直抗拒着你的靠近呢？"

她这些话都是经了昨晚赵芸芸的指点，想了半夜才琢磨出来的："他其实很早之前就知道真相了，可他一直没有去找过你，为什么呢？还有，他明明那么在意你，可总是要说一些伤人的话，这又是为何？"

还不等叶微澜回答，陆清灵缓缓道出答案："因为他自卑。"

叶微澜一脸的不相信，想了想，问："因为他的眼睛吗？"

"这只是其中之一，"陆清灵又说，"其实他的眼睛是有机会重新复明的，但他一直都不肯去做手术，当然我并不知道他这么执拗的原因。"

最后，她得出一个结论："他害怕你回到他身边，只是因为同情他。我哥的自尊心一直很强，所以他宁愿把你推开，也不愿意用'同情'这种可笑的东西拖累你。"

"那我该怎么做呢？"

"只有一个方法，"陆清灵说，"厚着脸皮一天二十四小时黏着他，我想，他就算有一颗比石头还硬的心，最后也一定会心软的。"

叶微澜怀疑地看着这个看起来单纯懵懂的小姑子："你确定这个办法能行？"

"我敢保证，"陆清灵拍着胸口，"只要做这些事的人是你，就一定行！"

虽然做了很多的心理准备，但真正抱着薄被走到那扇门前，叶微澜又有些犹疑了。陆清灵看着都替她心急，干脆直接把她推了进去。

里面传来男人低沉的声音："谁？"

叶微澜深深吸了一口气："是我。"

他似乎并不觉得意外："你来做什么？"

"客房的床太硬了。"叶微澜慌乱中找了个蹩脚的借口。

"所以？"陆遇止连头都没抬。

叶微澜用实际行动告诉了他答案，在床的另一侧慢慢躺下来，掩口打了个呵欠："好困。"

其实她此时一点儿睡意都没有，而且心里还有些忐忑，隔着柔和的灯光去看旁边的人，他依然还是那副清清淡淡的神情。她问："你要睡了吗？"

没有回应。

"那我关灯了。"

唯一的光源灭掉，卧室里又暗又静，叶微澜捏着被角，直到感觉身边的位置沉了沉，她才慢慢闭上眼睛。

他的呼吸和缓又均匀，她像上瘾了般听着，越听越清醒，微微侧过身，可惜他的脸都隐在黑暗里，她只能看到一片恍惚。

这个男人，就算他有着最冷硬的外表，但他对她，从来都是用那颗最柔软的心。

如果你还站在原地，那么请你再等一等我，等我一步步回去找你。这一次无论如何，我都不会松开你的手！

雨又开始下了，叶微澜裹着薄被，感觉一丝丝凉意渗进来，无意识地缩着身体，偎进一道熟悉的热源中，迷迷糊糊中，她感觉有一双手搂住了自己的腰。

夜，还很长，很长。

叶微澜一动不敢动。

昨晚她睡着睡着就睡进了他怀里，他的下巴贴着她的额头，徐徐暖热的气息像羽毛般扫过她的面颊，带来一种舒服的痒，叶微澜感受着他胸口处有力而规律的跳动，连呼吸都慢慢放轻。

男人的手臂横在她腰间，弯成一个占有的姿势，他睡着的脸上呈现出一片平静，唇也不似白日里那般抿成直线，叶微澜心想，他此时的样子看起来很放松。

这是不是意味着，在他的潜意识里，他对她的存在是丝毫都不排斥的？

痒意更甚。叶微澜略微抬起头，这才留意到他下巴处冒出了胡楂儿，她伸手轻轻摸了摸，只是手指还未碰上他的皮肤，男人已经睁开了眼睛。

她屏住呼吸，有一种被当场抓包的心虚。

见他似乎没有太大的反应，叶微澜淡定地收回了手。

陆遇止低头闻到一股熟悉的馨香，近在咫尺，柔软的身体被圈在他怀中，很暖很乖，他多么希望时间就在这一刻停止，可下一秒又被自己这种荒谬的念头吓了一跳。他心里太清楚，自己永远没办法抗拒她，唯一能做的就是远离。

叶微澜感觉到他轻轻把自己推开，假装还在梦中般呓语了句"好困"，顺势搂住了他的手臂，半边身子和他严丝合缝地贴着。

她听到他轻轻地呼了一口气，接着又听他说："你压到我了。"

男人好一会儿都没有发出声音。

渐渐地，叶微澜才终于察觉出他的不对劲来——应该说，她突然明白过来，他刚刚那句"你压到我了"是什么意思。

"现在可以松开了？"陆遇止的声音听起来带着淡淡的冷漠，细听之下，还有一丝不易察觉的隐忍。

叶微澜细若蚊蚋般"嗯"了一声，慢慢把腿从那个尴尬的地方收回来，谁知刚退回安全领域，他那边却突然掀开了薄被……

耳根子热得不像话，叶微澜在床上磨蹭了十多分钟，直到听见浴室里的水声渐渐减弱，她才下床梳洗。

早餐是一起用的，两人面对面坐着，相对无言。

"你等一下是要出去吗？"叶微澜主动开口。

"嗯。"仿佛多说一个字都不愿意。

"我可以跟着一起去吗？"叶微澜用勺子搅动着粥，突然觉得这粥失去了味道，吃在嘴里淡淡涩涩的，见他脸上浮现一丝惊讶之色，她连忙解释，"如果不方便的话，就算了。"

陆遇止低下头，继续喝自己的粥，却不再和她说什么了。

直到大半碗粥都变凉，对面的椅子上只剩下一抹阳光，叶微澜才轻轻叹了一口气。

要想融化他们之间的坚冰，恐怕不是厚脸皮缠着他就能做到的吧？

半小时后，一辆黑色的车子静静停在别墅喷水池旁，司机有些疑惑地转头："先生，可以出发了吗？"

"再等十分钟。"

司机听得一头雾水，等？等什么？

台风过后，今天难得的好天气，晴空万里，连阳光都带着一种让人沉醉的味道，司机轻声提醒："先生，十分钟已经到了。"

"走吧。"陆遇止的声音淡淡的，眉间的笑意尽数敛去。

而别墅内某处，叶微澜正坐着晒太阳，天空是一望无尽的蓝色，仿佛一幅纯净的单色画卷，可她根本没有心思欣赏。

银铃般的笑声从不远处飘了过来，她抬起头，看见穿得一身清爽的陆清灵从侧门蹦蹦跳跳地跑过来。

"嫂嫂，我哥刚刚出去了，你怎么还在这儿？"说好的二十四小时黏人计划呢？

叶微澜正为这事愁呢，可对着这热情的小姑子又有些难以启齿，顿了顿只能语焉不详地说了句："他好像都不怎么想理我的样子。"

陆清灵在她旁边坐下，双手托着下巴，想了想："我觉得我哥的所有行为你都应该用逆向思维去分析。"

"怎么说？"叶微澜不是很懂。

"比如，他表现出一副不想理你的样子，你就理解为他心里是特别想跟你说话、特别想抱你、特别想亲你、特别想……"知兄莫若妹，陆清灵说起来头头是道，"他今天早上不想让你跟，可说不定心里却是另一种想法，只是不好意思说而已。你要做的，就是绝对不能被他这些装出来的样子骗了，试着反其道而行，相信总有意想不到的收获。"

叶微澜抓住了她话里的核心："你的意思是说，他不让我跟，我就偏要跟，他让我往东，我就往西？"

"大概是这样没错。"陆清灵点点头，又给她出了个主意，"你今天中午可以亲自给他送饭啊！心爱的女人亲手做羹汤，相信没有一个男人可以抵制这种诱惑。"

在陆清灵的"指导"下，叶微澜到厨房精心准备了午餐，因为煲汤的时间比较久，所以当她赶到陆氏集团的时候，已经有些超过正常的饭点了。

保安亭里的人换了一拨，叶微澜往里面看了一眼，并没有看见那个熟悉的身影，她脚步猛地一顿，突然想起一件事。

陆氏集团已经易主了，就算她现在进去，也找不到陆遇止，而好友余小多也辞去了工作，回了老家，听说现在在一个小学当体育老师。

物是人非，旧时景最伤人。

叶微澜开始往回走，走进熙熙攘攘的人群中，不远处的电子屏幕上正播放着新闻，有不少人围在下面看，她从这些人里穿过，从他们的对话里听到一个熟悉的名字。

"天啊，影帝赵熙宁特意召开新闻发布会，澄清那天遭人掌掴一事，并公开承认他有女朋友了。"

叶微澜愣愣地抬头，果然在大屏幕里看到那张俊朗面孔，他搂着一个女人，笑得很是温柔地对记者说："谢谢各位影迷朋友的关心……我们目前感情稳定……"

"他女朋友不就是前段时间炒得沸沸扬扬的超级名模苏音吗？之前怎么都听不到一点儿风声，不过这一看两人很般配啊！"

也有人附和："听说已经在一起好几年了，现在才曝光，保密工作做得真好。"

叶微澜笑了出来，虽然她并不知道自己为什么要笑，那个记忆中一直对她很好很好的、像哥哥一样护着她的男人，最后还是用这样的方式保护了她。

保护她不被曝光在大众视野里，保护她继续过着平静安稳的生活。

只是，被他牵涉进来的那个女子，又何其无辜？

这次真的再见了，熙宁哥哥。

谢谢你曾来到我的生命中。

陆清灵的电话来得很及时："嫂嫂，我忘记告诉你哥哥新公司的地址了！"

"嗯，我知道了。"

叶微澜拦了一辆出租车，提着食盒坐了进去。午后的阳光慵懒又肆意，风轻轻吹过耳梢，一切美得不可思议，像刚刚那场无声的道别。

另一处，赵熙宁也在懒懒晒着太阳，经纪人在一旁跟他说着发布会后一些影迷的评论："不愧是影帝级别的人物，特么演，把单身狗演得这么像也真是没谁了。不要打我，我确实酸，宇宙无敌第一炉忌那谁谁！"

经纪人都忍不住笑了："你的这些粉丝真可爱。"他又刷新了一下，"对了，还有一个赞你保密工作做得滴水不漏的。"

赵熙宁懒得理他。

出事那会儿还担惊受怕的 Jason 却还要打趣他："话说我也是昨晚才知道你有女朋友的。你们到底是怎么看对眼的，如果没错的话，我记得你们几乎都没有合作过……"

赵熙宁终于冷冷地斜了他一眼："这最佳男演员应该颁给你才对。"

Jason 摸摸鼻子，轻哼了一声。

在丑闻传得沸沸扬扬之际，握住主动权是第一要事，赵熙宁是必须给公众一个交代的，但又不能让微澜曝光，唯一的办法只有对外公布那是他的女朋友，至于这女朋友的人选，也是 Jason 临时决定的，幸好都是一个经纪公司的，上头一发话，这事就成了大半。

不过让 Jason 惊讶的是，这个一向不把任何人放在眼里的人，竟然愿意配合着做这么荒唐的宣传，因为一旦公开双方关系，以后必然会被捆绑着炒作，这是赵熙宁之前最为不屑的。

看来那个被他护在身后的人，对他真的很重要。

"对了，刚刚有一位叫陆宝珠的女士打电话找你，说是有很重要的事和你面谈。"

闻言，赵熙宁眯了眯眼，他还没找那个女人算账，她倒是自己找上门来了？

私人包厢里。

"怎么，你全都知道了？"陆宝珠口气不屑。

赵熙宁恨恨地咬了咬牙："原来是你害死了心姨，当初你明明答应过我会好好报答她的……"

陆宝珠呵呵笑了两声："说起来，我还得感谢你，如果不是你，我怎么会知道那女人的下落，而且是她活该，这世界上除了我，谁都不能生下他的孩子！"因连日来的压力过大，她脸上已有些病态的颜色，整个人看起来很是诡异。

"陆宝珠，你太丧心病狂了！"赵熙宁往后退了两三步，"所以这就是一直以来你对微澜那么特别的原因？"

她轻轻哼了一声："孟素心的女儿是由我教大的，她视我为良师益友，甚至和我亲近得如同母女一样，你想想，如果孟素心泉下有知，她会作何感想？而叶微澜……她知道自己一直尊敬的人竟是间接害死母亲的凶手，这对她来说，又是一个怎样的打击？"

赵熙宁听到这里，忍不住笑了："你也太看得起自己了。"

顿了顿，他又说："其实我今天才发现，原来我们一直都是同病相怜，永远得不到自己想要的……"

"你不过是个见不得光的私生子，有什么资格指责我？"陆宝珠恼羞成怒，突地扑过去，一把掐住他的脖子，"不要忘记，没有我就不会有你，你的生命是我给的！"

赵熙宁竟也不躲不闪，任由她的指甲掐进自己的肉里，他躺在地上，眼底映着摇摇晃晃的灯光，时而明亮，时而昏暗。

从小我有一个奢侈的愿望，就算让我用余生去换一天的生命，让我能尝尝被父亲母亲疼爱是一种怎样的滋味，那么此生应该也是无憾的吧？

可惜，我终其一生，也无法将它实现。

陆遇止和一帮合作伙伴从会议室出来的时候，等在外面的秘书告诉他，有一位姓叶的小姐正在会客室，他脚步略微停了一下，问："等多久了？"

"有半个小时了。"

他转过身："今天大家都辛苦了，我在酒店订了位，接下来就请大家移步就席。"又轻声吩咐助理，"我可能待会儿没办法过去，替我好好招待他们。"

助理领着人出去了。

会客室里。叶微澜正站在落地窗边，听到开门声迅速转过头，看见站在门口的挺拔身影，她突然有点儿紧张："你……你应该还没吃饭吧？"

刚刚听他的助理说，他们一直在会议室开会。

"我做了你喜欢吃的菜，"她将食盒的格子一个个分开，"路上耽误了点儿时间，现在好像有点儿凉了。"

陆遇止却嗅到了空气里的香味，自觉地走了过来。

叶微澜把筷子放到他手里："要先喝汤吗？"

他轻轻"嗯"了声。

叶微澜午饭也没有吃，便陪着吃了一点儿，幸好准备的分量足，够两人一起吃，正夹了一根青菜放进嘴里，她听见他突然说了一句什么，可惜语速太快声音太低她没听清，便反问道："什么？"

"叶微澜，你到底想怎么样？"

语气竟透着淡淡的无奈。

"我想你回来我身边，可以吗？"

在心里酝酿了千百遍的话，自然而然就说出来了。叶微澜摸了摸他垂在沙发上的手，见他没有拒绝的意思，轻轻握住："陆遇止，我们从头来过，好不好？"

男人握着筷子的动作一顿，面上的表情似乎也有些僵硬，他不点头也不摇头，只是说："我吃饱了。"

明明都没有吃什么东西，很显然，他并不想继续这个话题。

叶微澜眸底期盼的光慢慢暗了下去，随后又有一小簇火焰从深处燃起："那你先去休息吧，我还没吃完。"说着，她也不管他的反应，给自己倒了一碗汤，吹着热气，一口一口地喝起来。

陆遇止有些无奈地抚了抚额，却并没有起身离开，而是继续坐着等她吃完。

他确实没什么胃口，虽然那些都是他喜欢吃的菜，而且尝得出来是她精心准备的。其实造成眼下这种局面，早在陆遇止的预料之中，只是他还来不及想出应对之策——她似乎比想象中执着。

叶微澜几乎吃光了所有的饭菜，撑得肚子饱饱的，还不小心打了个饱嗝儿。

她下意识地看了旁边一眼，见男人唇边竟可疑地浮现一丝笑意，似乎察觉到她的注视，又慢慢收了回去。

叶微澜耸耸肩，也觉得无所谓，反正在他面前早已毫无形象可言："有没有休息室，我想睡一下。"

"刚吃饱就睡？"

叶微澜被他这么一反问，愣了一下，其实她就是想找个理由继续留下来："我的消化能力一向很好。"说着又心虚地打了个小小的嗝儿。

他这回倒是真心实意地笑了出来："听得出来。"

那笑容很淡很淡，可对叶微澜来说，却不亚于蔽空乌云后隐隐射出的丝丝缕缕缕阳光，令她心生欢喜。

休息室的床很大，叶微澜躺在上面，深深吸了一口气，肺腑里都是他清新好闻的气息。

熟悉得让她安心。

因此这个午觉格外的长，叶微澜醒来时，时间已经直指下午三点。长时间的睡眠让她的脑子还有些混沌，甚至有些不知道自己此刻身在何处，听着外面时而传来的嘈杂声，她下意识地拉开休息室的门。

办公室里原本三三两两讨论的人瞬间安静了下来，纷纷惊讶地看着不远处站着的美艳女子。叶微澜也不清楚怎么回事，目光习惯性地寻找那个熟悉的身影，谁知道却看见了另一张熟悉的面孔。

程杨？他怎么会在这里？

只见程杨正弯下腰和陆遇止说着什么，原本还一脸淡然的男人突然脸色变了变："进去把鞋穿上！"

叶微澜慌慌张张低下头，这才发现自己光着脚踩在地板上，她脸忍不住红了红，转身关上了门，靠在门板上轻轻喘息。

她穿着一件无袖短裙，因为刚睡醒的缘故，露出了大半边肩膀，长发也有些乱……

门外突然有了动静："开门。"

叶微澜想起自己刚刚还顺手锁了门，踌躇了一下打开，她先探出头去看了看，松了一口气："他们都走了？"

男人却不说话，只是拉着她的手，往上摸了摸，摸到肩头那位置，只感觉手心处一片滑腻腻的肌肤，他忍不住皱了皱眉："怎么穿这么少？"

叶微澜却被他突如其来的动作吓了一跳，怔了半晌才反应过来，刚要说话，他却突然松开了手，转身大步走了出去。

原来男人别扭起来竟是这样的。

叶微澜也跟出去："我刚刚看见程杨了，他怎么会在这里？"

"他是成远企业的对外负责人。"

"那你呢？"叶微澜忍不住问道。

"成远是我的。"

叶微澜印象中成远企业是近年来才崛起的，一出现便是以黑马之姿，这两年多来更是不断发展，隐隐有和陆氏集团平分秋色之势。

叶微澜那么聪明，一下子就明白过来："这是第二个陆氏？"

这回他却紧抿着唇不答她了。

叶微澜的心中受到了极大的撼动，在所有人以为他辞去陆氏集团的职务，远赴他国为朋友打理分公司时，却有谁能想到他却在H市埋下了一颗不为人知的种子，如今这颗种子不仅生根发芽，而且假以时日定以参天凌云之姿重回大众视野，最重要的是，如今的陆氏集团内部早已四分五裂……

那一刻她脑中只浮现一句话：

置之死地而后生。

这个男人心思深沉得太可怕了，如果他也用这种手段对付她，那么微澜很肯定，自己必然溃不成军，可惜她知道，他永远不会这样对她。

被爱的永远都是有恃无恐。

两年前他就是被她的这份有恃无恐伤得体无完肤，像他这样精明的男人，如果说他有什么理由还愿意让她留在身边，那必然只有一个。

他还爱着她。

陆遇止察觉到她的沉默，偏头过来，眼底却平静如死水，看得叶微澜眼眶微热。

她太自私了，可她不得不用这份自私，再为自己谋取一个可能。

"陆遇止，你之前不是问我想怎么样吗？"

男人握着笔的手稍微顿了一下，这细微的反应落在叶微澜眼中，让她生出无限的勇气："只要你亲口对我说一句'叶微澜，我不爱你了，你快滚出我的生命'，或者，你准备好离婚协议书，只要你做了这两件事的其中之一，那我以后就绝对不会缠着你。"

那支钢笔在白纸上划出又重又长的痕迹，握笔的手背早已青筋毕露。

怎么可能……不爱？

那句话他一个字都说不出口，可如果不说些什么，这个自以为抓住他七寸的小女人是不是得意得尾巴都要翘上天？

"三、二、一……"叶微澜一边看着他微微开启的薄唇，一边飞快地倒数着，"好了，很遗憾，你已经错过了说那句话的有效期。"

哪里是遗憾，分明是庆幸。叶微澜悬着的心终于放了下来。

陆遇止却有些哭笑不得地揉了揉眉心，强装出来的淡漠，在她近乎耍赖的强词夺理中，一点一点地瓦解。

送饭的日子持续了一个星期，陆遇止的态度一直不温不火，有时心情好了便会搭理她几句，有时候又装作没听见继续忙公事，两人之间总有一种说不清道不明的隔膜，可彼此又那么默契，当它并不存在。

直到这天中午，程杨特找上叶微澜，脸上的表情是前所未有的凝重："叶小姐，有一件事我想了很久，觉得还是很有必要跟你说。"

叶微澜疑惑地看他："什么事？"

"是这样的，"程杨压低声音，看起来谨慎又谨慎，"陆总的主治医师说，他的眼睛如果再不动手术的话，恐怕会错过最好的时机……"

叶微澜从他的欲言又止里听出了事情的严重性，担心地问："他为什么一直不肯去做手术？"

"这个原因如果连你也不知道的话，这世上估计就没人知道了，"程杨愁眉苦脸地叹气，"医生一直催他赶紧手术，毕竟拖得越久成功率越低，可他也不知道为什么就是一直不肯去。"

这个问题叶微澜想了一个下午也没想明白，直到晚上吃饭的时候才灵光一现，急忙丢下碗筷跑回卧室去了。

"我和赵熙宁真的长得很像吗？"

"那你最喜欢我的什么？"

"眼睛。陆遇止，我最喜欢你的眼睛。"

为什么他一直不愿意接受手术？因为医生说过，手术成功的概率只有五成，一旦手术失败，那双她说过最喜欢的眼睛，将会永远暗淡无光。

他连百分之五十的机会都不敢去赌……在他一次次冷淡地推开她的手、拂开她的靠近时，叶微澜的心都不曾这么难受过。

他不该是这个样子的，他应该永远是那个行事果决、不受任何人影响的陆遇止，而不是像如今这样……怯懦。

然而，说没什么胃口先回房洗澡的那个人此时并不在卧室，叶微澜揪着心在二楼晃了一圈，终于看到书房的门缝里透出淡淡的灯光，她毫不犹豫地推开门走进去。

书桌后闭目养神的人被她吓了一跳，皱着眉头问："发生什么事了，跑这么急？"

听到她凌乱的脚步声和急促的呼吸，陆遇止的心紧了一下，刚要说话，她已经在自己身前蹲了下来，用力握住他的手，有温热的液体滴到他手背上。

"你怎么了？"

"陆遇止。"

他听出了她的哭腔，因而更觉得燥意丛生，沿着她的手摸上去，果然在她脸颊触到一片湿润。

"还记得你以前曾经给过我一张心愿单吗？你说过无论我许下什么心愿都会做到的，是不是？"

当然记得。和她度过的那短暂而美好的时光，点点滴滴他都记得清清楚楚，不想忘记，也不舍得忘记。

许久后，陆遇止轻轻"嗯"了一声。

叶微澜捏着那张薄薄的纸，上面明晃晃地写着他的名字，她本来早已做好了最坏的打算，用这种算不上光彩的手段留住他。

但是现在，她并不打算让他知道这些，这张心愿单，另有用处。

叶微澜将它塞到他手里，深深吸了一口气："我希望你能慎重考虑一下手术的事。"

这下反倒是陆遇止愕然了："这就是你的心愿？"

让他考虑一件他几分钟前就已经做好决定的事？

陆遇止今天的心情不太好，主治医生强烈建议他越早进行手术越好，偏偏这是他最不愿意去面对的。

思虑良久，他终于做了决定，刚准备打电话跟医生约好手术时间，她正好闯了进来，时间抓得恰到好处。

"我以为它对你而言还有别的用处，"陆遇止自嘲地笑了笑，"比如说，用来留在我身边之类的。"

叶微澜一时无言，一会儿后又听他说："我答应你。"

从书房里出来，叶微澜像踩在棉花上一样，这么容易就说服他了？早知道这样的话，她应该先跟他心平气和地谈一谈，不行的话再拿出杀手锏的。

那张心愿单，用得有些可惜了。

手术安排在三天后，医生早已做了充足的准备，在进手术室之前，陆遇止叫叶微澜来到旁边："你还有什么话想跟我说？"

叶微澜担心得一夜都没睡好，此时脑子恍恍惚惚的，被他这么一问，鼻子一酸，只说了四个字："手术顺利。"

陆遇止的脸色很平静，语气也淡淡的："没有别的了？"

"我会一直在外面等你。"叶微澜小声地说。

他似乎轻笑了一下，捏了捏她的手："记得你说的话。"

红色手术灯亮起，时间便过得格外慢，每一分每一秒对叶微澜来说都格外煎熬。

然而，只要是等待，就会有一个结果。

听医生说"手术顺利"的那一刻，叶微澜几乎都站不住，险些软倒在地上，幸好陆清灵眼疾手快地扶住了她。

几天后，当最后一层纱布被轻轻掀掉，眼前的一切都由模糊渐渐变得清晰，这种感觉熟悉又陌生，陆遇止微微眯着眼，尝试着去适应这个久违的世界。

年轻的护士在一旁温言提醒："慢慢来，一开始有点儿不舒服是正常的。"

正是午后时分，窗台上有盈盈的光透进来，可陆遇止扫了一圈，却没有看见那个他一直心心念念的人，眉心立刻皱了起来。

程杨刚想解释些什么，眼角余光扫到一角裙摆从门口摇曳而来，他松了一口气。

叶微澜站在门口，看到坐在床边的男人，此刻正用那双重得光明的好看眼睛看着她，目光幽深，眸底深处似乎有光，明明灭灭，不知是喜还是怒，不知是哀还是乐，快得让人抓不住。

陆遇止突然移开了视线。

叶微澜走过去，笑意盈盈："你现在感觉怎么样？眼睛会不会不舒服？"

"你刚刚去哪里了？"他的话里犹自带着一丝薄怒。

"我……"叶微澜不敢直视他的眼睛，咬了咬唇说，"我刚刚在楼下遇见一个熟人，没注意时间，就多聊了会儿。"

事实是，她刚刚晕了过去，医生说她体力透支，开了单子让她去挂水，这才耽误了这么久。

那截垂下的纤柔脖颈，恰好遮住了那道探寻目光对她苍白脸色的扫视。

陆遇止抿着唇并不说话，仿佛在隐忍些什么，半晌才说："我想休息了。"

你知不知道，当我知道自己的双眼能重新看到这个世界时，我希望第一眼看见的人，是你。

而你……明明答应过我的。

你说会一直陪着我。

接下来的几天，陆清灵每天都会过来看陆遇止，陪着他说话聊天。她性格开朗，声音又动听，陆遇止看起来似乎也很享受和她聊天的时光，连不轻易示人的笑容都渐渐多了起来。

叶微澜心里却有些不是滋味，因他这几日的冷脸相对，也不知道在同她闹什么别扭。

"陆遇止。"

男人依然谈笑风生着，叶微澜又喊了一遍，这次他终于有了反应，淡淡地看了过来。她刚要和他说，陆清灵却爆发出一阵大笑，又将他的注意力吸引了过去。

看了看时间，再不走就赶不上飞机了，叶微澜轻轻叹了一口气，转身出去，顺手关上了门。

身后那道情绪复杂的视线也随之阻断。

　　叶微澜这一走便消失了三天。

　　上次普陀村的爆破工程还未最后完工，合作方需要她亲临现场指导，因为近来连下大雨，山体被冲刷得厉害，如果再不实施爆破，之前测量出来的数据又将报废。

　　这项工程说来也是艰辛，合作方内部领导换了两班，前段时间刚刚度过破产的危机，由于开山工程浩大，急需资金周转，只得花了些手段将原本和普陀村村民签下的合同"改头换面"，可这年头谁都不是傻子，开山那是动祖宗根的大事，大家都指望着那点分红供家里的娃儿走出大山，自是不肯依。

　　双方僵持不下，经过多次谈判，终于谈妥了一个合情合理的价钱，这项工程才被重新提上日程。

　　山里信号差，时有时无，叶微澜发一条短信都要发老半天，后来她干脆放弃，全心投入到工作中。

　　幸好工程顺利，从山里出来那一天，叶微澜从包里拿出手机，按了按，发现没电了，和同行的人借了充电宝，刚开机，手机就像犯羊痫风的病人一样剧烈抽搐起来。

　　全都是未接来电提醒，密密麻麻，而且它们都来自同一个人。

　　叶微澜立刻回拨过去，温柔的女声中英文转换着提醒："您好，您所拨打的电话已关机。"

　　她不禁纳闷儿，不是他发过信息吗？这么急着找她，是发生了什么事吗？

　　划开收件箱一看，微澜怔了一下，那条信息旁浮动着一个红色的感叹号——这说明信息发送失败。

　　拒绝了同事聚餐的邀请，叶微澜提着一个小包，匆匆赶回了家。

　　叶微澜提着行李回到卧室，手刚放到门把上，她一下子就察觉异样，里面似乎也有人在开门。

　　叶微澜的心突然剧烈地跳动起来。

　　果然，门被人从里面拉开，一双修长的大手伸了出来，用力扣住她的手腕将她拉了进去。

　　叶微澜的后背抵在门上，行李包"砰"的一声倒在地上，她还没反应过来，一阵温热又熟悉的气息像疾风般扫了过来。

　　唇被人狠狠咬住。

　　真的是咬，他几乎毫不怜惜地咬着她的双唇，没一会儿便有一股腥甜在两人的唇舌间漫开，她吃痛地"唔"了一声。

"叶、微、澜!"他一个字一个字地念出她的名字,将一张薄薄的纸片塞到她手上,"你究竟还想骗我多久?"

她曾说过希望他慎重考虑手术的事,可这张心愿单上明明写着别的内容。

是她太贪心了。

叶微澜大口喘着气,看到上面写着的"陆遇止"三个字,想解释些什么,他却不再给她这个机会。

男人拦腰将她一把抱起,扔到床上……

叶微澜直接睡到了日落西山,醒来的时候,恍然不觉身在何处,只觉得唇干舌燥,身体酸软。

有一抹昏黄的光停留在落地窗外,像铺了一层金泽,流光溢彩,晃得人眼睛都睁不开。

她露出很浅很浅的笑容,眸子却比窗外那夕阳还要璀璨,看起来明艳动人。

似乎经过那一个下午,日子突然就变得"浓情蜜意"起来。叶微澜心里很清楚,虽然他不点明,但两人之间,好像真的和好了,直到她在那个傍晚接到一个男人的电话。

对方自称是陆遇止的私人律师,并用公事公办的语气问她:"陆太太,您什么时候过来签一下字?"

叶微澜当时心里一个"咯噔"。

签字?签什么字?

难道是……她突然想起那次为了逼他做出决定,自己曾经说过这样一段话:"陆遇止,除非你亲口对我说,叶微澜我不爱你了,请你滚出我的生命,或者将拟好的离婚协议书拿给我签字……"

所以他要她签的……是离婚协议?

那一瞬间,叶微澜觉得一颗心完全全跌入谷底。

如果换作是以前的她,想必会痛快签字,毕竟这世上又不是非谁不可,生活才能继续下去,可那个时候,她并没有遇上一个叫陆遇止的男人。

他教她尝尽情爱的蚀骨,也教她尝过分离的痛彻心扉,他是这世间和她最亲密的人。

而她只需要在那张纸上签下"叶微澜"三个字,便会将他们的关系、那些或甜或苦或痛的过往,彻底结束。

她不想这样!

陆遇止正在书房和人讲着电话，巨大的"砰"的一声响起，他的视线下意识地看过去，难得地愣怔了一下，便听见冲进来的人大声说："陆遇止，我是绝对不会同意签字的！"

手机那端突然安静了下来。

陆遇止几不可察地皱了皱眉，压低声音说了一句："杨律师，那件事还是我亲自处理吧。"

杨律师？叶微澜心想，这不就是刚刚打电话给她的那个男人？

他要亲自处理？

叶微澜走到他身旁，一字一句说得很是认真："我不管你是怎么想的，反正我是绝对不会同意在离婚协议上签字的！"

男人挑了挑眉，眉梢眼角处隐约可见淡淡的笑意，他看了她一眼："这可由不得你。"

叶微澜急了："你真的那么想摆脱我？"

"我以为你还恨我，"他的语气又轻又淡，"毕竟当初你是那么恨我。"

叶微澜听得心沉了沉："其实，我从来没有真正恨过你，我只是……一时难以接受，我妈妈她对我很重要，一开始我也以为自己是恨你的，但后来我突然意识到，你是无辜的……我们都没有办法选择自己的出身……"

她语无伦次地坦白着自己的内心。

等反应过来时，叶微澜惊讶地发现自己竟被拉着坐在了他腿上，而近在咫尺的人，一边听一边用纸巾替她擦脸上的泪，而且笑得很温柔。

她张了张嘴巴，却一个字都说不出来。

这是怎么回事？

"你刚刚说，不恨我了？"

叶微澜点点头。

"那你还爱我吗？"

"爱。"这一次她再也没有犹豫。

"既然你爱我，"陆遇止笑了笑，视线却不曾在她脸上移开，伸手在桌上抽出一沓文件，"那就签了它。"

所以，又回到了原本的话题吗？他还是坚持一定要她签那份离婚协议书？

叶微澜没有想到两人此刻竟离得那么近，近得转头之间她的唇轻轻从他下巴处擦过，她局促地低下头，目光落到他用手指捏着的文件上，惊讶道："财产转让合同？！"

这是怎么回事？

"不然呢？"男人在灯下挑眉看她，眼底藏着不加掩饰的笑意，"你以为我要你签的是什么？"

叶微澜翻开文件匆忙扫了一下，有些不解地问："为什么要我签这个？"

她说话时睫毛上还带着泪珠，浸着柔和的灯光一眨一眨，有说不出的动人。

陆遇止舒展身体，大手却悄悄覆上她的纤腰，简单解释起来："过不了多久陆氏集团就会宣告破产，然后被成远企业吞并，我在那儿还有一点儿股份，届时个人的财产会被重新清算，我需要在那之前将它转移出去。"

叶微澜似懂非懂，他却已经捉了她的手，将笔塞了进来："签吧。"

她看着他的眼睛，从里面看到一簇暖融融的光，也就不再犹豫，提笔签下了自己的名字。

"真乖，"他露出笑容，亲了亲她的脸颊，声音低沉地在她耳边回旋，"想要什么奖励吗？"

"不……"叶微澜艰难地吐出一个字，被他那灼热目光看得脸早已滚烫不已，她有些不自然地扭动了下身子，发现了一个被她忽视的事实……

瞬间，她腰板挺直，连呼吸都被夺去。

他的唇直接压了下来："在这里，还是回卧室？"

叶微澜的声音低得只有自己才能听见："回……"

男人却从她的神情中窥见了她的心思，将她抱起来，拉开书房的门，快步走了出去。

在最炽烈的时刻，叶微澜听到他在自己耳边的低喃：

"我从来没有想过要摆脱你，我想这辈子一直一直和你在一起。"

一颗心盛放的感动，满得几乎要溢出来。

"陆先生，我有一个问题不是很懂。"周鸣百思不得其解，"陆女士给的价钱在行业内并不算高，您为什么迟迟不肯跟她签股份转让合同？"

陆遇止抿了一口咖啡："周助理，你要知道，她正在做最后的困兽之斗。"

"什么意思？"

"她就像一头走到穷途末路的困兽，越是在这种时候，越是会保持高度警觉，如果这个时候有人想救她，她的第一反应不是感激，而是怀疑。同理，依她现在的状况，她再清楚不过，自己再找不到比成远更好的买家，如果我们一开始便满足她的所有要求，那么结果很可能适得其反。"

"陆先生，您的意思是，"周鸣大概有些懂了，"我们刻意压低她的价钱，是为了消除她对我们的戒心？"

"不是，"修长的手指轻抚着白色杯沿，陆遇止的声音冷得几乎没有温度，"陆宝珠这样的人，永远不可能对人消除戒心，我们要做的便是为她制造一个让她自以为很有安全感的陷阱。"

果然不出所料，几天后陆宝珠亲自联系上周鸣，表明了合作的诚意，并约好时间签订股份转让合同。

尘埃落定那一刻，周鸣露出大大的笑容，甚至按捺不住内心的激动和陆宝珠握了握手。

眼见着烂摊子从自己手里甩了出去，还卖了一个不算太低的价钱，看来弥补那欠下的巨额债款也算是有望了，陆宝珠也由衷地露出笑意："合作愉快。"

此时，陆遇止就在隔壁的包厢里品着茶，周鸣带着由陆宝珠亲自签名的股份转让合同兴冲冲地走了进来："陆先生，大功告成！"

放出的长线终于钓到了大鱼，周鸣很是激动："如果陆女士知道你就是成远企业的所有人，而她竟把自己从您手上抢去的股份又'低价'卖给了您……"

那个场景，一定很精彩，他都有些迫不及待想看到了。

想比他的激动，陆遇止则显得冷静许多，他翻看了一遍那份合同，冷峻的脸上浮现若有似无的笑意。

他失去的一切，如今一样一样地讨还回来了。

陆、宝、珠。

灯光下，他眼底露出一丝冷漠，像秋日清晨的白霜。

"陆太太，您看起来似乎有些紧张？"周鸣站在叶微澜身侧，稍稍一侧头便看见她脸上的表情，宽慰道，"不用担心，这是一场没有任何疑问的战局，陆先生有百分百的成功概率。"

叶微澜松了松握紧的拳头，没有说什么，只是轻轻笑了一下，又回到自己的沉思世界中。

半个小时过去了，偌大的会议室里传来阵阵激烈的掌声，周鸣面露喜色，难掩激动。叶微澜的心仿佛落到了半空，也稍稍松了口气，没一会儿便有人摔门从里面走了出来。

等在外面的两人齐齐望了过去。

出来的正是一身狼狈的陆宝珠，如同丧家之犬般，形容枯槁，面无血色，憔悴得几乎不成人样，在经过叶微澜身边时，她突然瞪过来一眼，眼眶密布血丝，险些连眼珠子都要跳出来。

"你！"她指着周鸣，恨得几乎将牙齿咬碎，"好样的！竟合起伙来骗我！"

陆宝珠突然转向叶微澜，充满恨意的目光几乎像要把她绞碎，仿佛下一刻就要过来将她的脖子掐断。

周鸣见状，立刻上前挡在叶微澜前面，他有点儿担心这个已接近崩溃边缘的女人会做出什么丧心病狂的事来。

叶微澜却从他身后走出来："我有件事想问你。"

陆宝珠似乎早已预料到她要问什么，苍茫无波的眼底突然涌出一股笑意："叶微澜，你这辈子休想知道你亲生父亲是谁！"她一边说，一边狂笑着，引得许多人看了过来。

"我妈妈，她说的最后一句话是什么？"叶微澜平静地问。

陆宝珠突然止住了笑，用惊讶而怪异的眼神看着眼前这个女孩子："你竟不想知道自己生父的消息？"

"想。"叶微澜点头，"但我知道，你不会说。"

话声刚落，陆宝珠忽然像被人抽去了全身的力气，连仅剩的那一口气都无法撑起她最后的尊严。想起那个夕阳如血的黄昏，她踏着一路微光走进那间低矮的小屋，屋内原本正织着毛衣的女人抬头看见她，脸上的惊愕，竟还历历在目。

她只待了不到十分钟，解决了一个此生最大的心腹之患，同时也得到了一个似乎永远无法摆脱的诅咒。

"陆宝珠，你一定会有报……"

这是孟素心说的最后一句话，甚至还没说完，她就咽了气。

你一定会有报应的！

这句话有太多人跟她说过。

在佛堂前，那个为保全子女不惜做低姿态的懦弱女人，凭着护犊的一腔孤勇指着她鼻子骂："多行不义必自毙，陆宝珠，你会有报应的，不是不报时候未到！"

在病床前，老太太奄奄一息："当年你父亲将你托付给我，念在你尚且年幼，我自认真心相待，可竟没想到你藏了这样的祸心。老爷子说得不错，你虽面目和善，但性情乖张，又残忍跋扈，陆家的家业绝对不能交到你手上！

"你不是一直都觉得是我老太婆私自改了他的遗嘱？现在我拼着最后一口气告诉你，他原来的意思是将你逐出家门，葬礼后你分得的那些财产，还是我替你争取的。陆宝珠，如今我时间也不多了，奉劝你一句，报应会迟到，但它终将到来！"

陆宝珠的记忆又回到了十几年前，她居高临下地看着躺在床上全身插满管子的男人，那是她同父异母的弟弟，也就是陆遇止的父亲。他出了车祸，刚从鬼门关抢救回来，她特意叫醒他，这个虚弱不已的男人费力睁开眼睛，声音细若游丝："姐，我想喝水。"

她记得自己毫不费力地拂开他的手，当着他的面取掉了氧气管，听着他的呼吸由重变轻，最后轻得再也听不见，这才慢慢倒了一杯水，放在他手边⋯⋯

如果他有机会说出最后一句话，应该也是那句"陆宝珠，你会有报应的"吧？

还有，那晚，陆择一在自己的十八岁生日宴上出了太大的风头，连家族的几位大长辈都说他将是陆氏最佳的继承人，她在楼梯处等了两个多小时，终于等到喝得醉醺醺准备回房的他。

这个年轻人对她并没有一丝设防，以至于他被推下楼梯的时候，眼里都浸透了惊悚和难以置信。第二天，陆氏集团未来的继承人消失了，只剩下一个终日见不得光的傻子。

所以，报应终于要来了吗？

"哈哈哈哈⋯⋯"陆宝珠仰头大笑，她再也不看他们一眼，转身往外走去。

周鸣不了解她们之间的过往，只能沉默着，叶微澜则是若有似无地叹了口气。

不是不恨的，如果不是这个女人，母亲或许不会那么快离开这个世界，可她这一生，都还没学会如何去恨一个人，母亲没教过，养父母也没教过，以后更尝不到这种滋味，她注定会被保护得很好。

而她需要讨还的一切，也自有他⋯⋯

"想什么，这么入神？"有人从身后轻轻揽住她的腰。

叶微澜转身的那一瞬，一股熟悉的清冽气息将她萦绕，不知何时，站在她身后的竟换了一个人。

久久没有得到她的回应，男人低低一笑："在想我？"

"会议结束了？"

"嗯。"陆遇止静静打量她的神色，那一双漆黑如墨的眼睛含着情意，"一切都在意料之中。"

他自信的神采已无法让人忽视，经过一个多月的休养，这个男人耀目灼灼，身上已看不到往昔生活在黑暗中的一丝影子。

"晚上还有个庆功宴，"陆遇止细细斟酌了一番，缓缓问，"要不要一起去？"

他知道她向来不喜欢那种场合，但毕竟两人才刚和好，如胶似漆，真是一分一秒都不舍得和她分开。

果然，叶微澜摇了摇头："我可不可以不去？"

下一刻，下巴被男人的手抬了起来，随着视线的不断上移，叶微澜对上那幽深的双眸，听见他说："把最前面五个字去掉。"

"不去。"

他摸了摸她脸颊，甚是亲昵："以后只管做你想做的，不用问我可不可以。"

叶微澜听得微微红了脸，很快学以致用："我想回家。"

一开始陆遇止还没领会她的意思，看了看时间："我会尽量在八点前回去，在家等我。"

这话听起来寻常，可语气过于暧昧，难免让人浮想联翩"等我"后面的深意，叶微澜抿唇笑了笑，又说了一遍："我想回的是爸妈的家。"

笑意在男人脸上僵住，好半晌后他才说："明天早上我去接你。"意思很明显，你最多只能在娘家待一个晚上。

"好。"叶微澜露出盈盈笑意，"那你先去忙吧。"

"我让司机送你。"

在叶微澜离开后，陆遇止回到办公室，周鸣已在里面等着他。

"起诉陆宝珠的资料都准备好了吗？"

周鸣颔首："是的，陆先生。"

许是得了陆遇止的吩咐，司机并没有直接送叶微澜回家，中途还绕去了商场，大概事先打过招呼了，没花几分钟便大包小包地提了出来。叶微澜简单扫了一眼，大都是给老人家强身健体的补品和一些时令水果。

他设想得真周到，叶微澜一路上嘴角都忍不住往上弯。

叶父叶母是连夜从上海回来的，行李都还放在客厅，叶微澜将东西放到桌子上，和叶父聊了几句，就进厨房了。

"妈，还有什么我可以帮忙的？"

叶母回头看她一眼，眉开眼笑的："去把生菜洗了。"

叶微澜将择好的生菜叶放到水龙头下，一片片细细地冲洗，洗完后全部浸在水盆里，待会儿便可以直接捞起来煮了。

"你和遇止，打算什么时候把婚礼补办一下？"

叶微澜刚擦干手，想了想，摇头："我也不知道。"他从来没跟她提过这件事。

"而且，一场婚宴下来会很累。"

"你这傻丫头，"叶母笑了，"这光领证不办婚礼，成什么体统？"

叶母和叶父的婚礼当初办得仓促又简单，只邀请了三五好友，全无亲戚列席，以至于叶家从来都不承认她这个媳妇，不是不遗憾的，何况她这辈子只有这么一个女儿，唯一的念想也只剩这个了。

叶微澜沉默。

叶母又细细端详了她一遍："我看你最近好像胖了一些。"

气色看起来也不错，那脸肤色白皙，又透着点儿红润，那腰虽然还是细细的，但看起来已经有些已婚少妇的风韵……

一说到这个，叶微澜也有同感，她不好意思地笑了笑："最近是吃得有点儿多。"尤其是在他身体的恢复阶段，王管家的补品一送就是两份，她也跟着沾了点儿光，可能就是这个缘故吧？

叶母欣慰地拍了拍她肩膀。

吃过饭后，叶微澜在客厅陪父母说了会儿话，不知不觉困意渐深，叶母见她一副疲累的样子，赶紧催着她回房睡觉。

叶微澜洗完澡，睡意汹涌而来，躺在床上就睡了过去，直到听到一阵手机铃声，她才迷迷糊糊地醒来："喂。"

听着那犹带睡意的声音，陆遇止看了看时间，才九点半，他的声音放柔："吵醒你了？"

叶微澜困得眼皮都睁不开，轻轻咕哝了句什么。陆遇止听到那端传来的清浅呼吸声，俊容上露出一丝宠溺，虽然有些舍不得，但还是轻轻挂断了电话。

次日一大早。

"她还没下来，这会儿估计还在睡呢。"

"妈，我上去看看。"

叶母看着这个女婿，内心不是不感慨的，俗话说不是一家人不进一家门，兜兜转转还是回到了原点。缘分这种东西，真是令人唏嘘。

"哎？哎哎！"叶母似乎才反应过来，连应了几声，"也该叫她起来吃早餐了，这孩子，昨晚估计又失眠了。"

叶微澜曾经一段时间，有很深的失眠症，最严重的时候连安眠药都不管用，大家都看得出来她的心结，可她却强颜欢笑说自己没事，不用担心。

那时的夜又长又静，她清醒的每分每秒都用来思念一个人，一个不能在唇边提及、也永远不可能拥有的人。

可这嘱托给黑夜的思念，终于还是走到了尽头，那个人披着一身曙光，眉眼温柔："我想一直一直和你在一起。"

她像一个迷失在荒芜原野中的稚童，一遍一遍执着又执拗地问："可以吗？"

"当然，"那人的声音更柔了，"只要你想。"

床边沉了沉，床上的人依然睡得无知无觉。

偏北角的小屋，此刻却阳光明媚，男人专注的眼神里似乎有两簇温暖的光在轻轻跳动，他不受控制地伸出手，摸上她睡得微红的侧脸——微澜总喜欢趴着睡，半边脸是向着他的，映着阳光，连细细的绒毛都染了一层金色，另半边脸安静地藏在一片清影中。

他的唇落下来，轻轻压在她的颊边，无声地亲了片刻，脱鞋上床，躺在她身侧，将温热的呼吸埋在她如玉的白皙颈边。

微痒，叶微澜睁开眼睛，缓缓对上近在咫尺的一双黑眸，干净又纯粹，她在里面看到一团小小的影子，轻笑："你来了。"

她似乎对他的出现一点儿都不意外。

陆遇止把岳母的叮咛抛之耳后，姿态慵懒地侧身拥着她，修长的手覆在她小腹上，有一下没一下地动着。

叶微澜掩口打了个呵欠。

"还没睡醒？"他语气戏谑，"昨晚不是很早就睡下了？"

叶微澜嘟哝了句什么，将他的手从睡衣里拉出来，他还有些意犹未尽，使了点力气捏了捏，引得她惊呼一声。

她掐他手臂，低声骂他："流氓！"

他却只是笑，握住她的手放到心窝处，低声威胁："别闹！"

叶微澜果真不动了，脸却悄悄红了。

好半晌后，陆遇止才出声，气息还是微乱的："待会儿想去哪儿玩？"

"你今天不用上班？"

"陪老婆比较重要。"

甜言蜜语什么的，在这方面，叶微澜实在不是他的对手，她看了看窗外："现在几点了？"

"我上来的时候大概九点。"

她拿手机看了一眼："九点半了，我居然睡了差不多十二个小时！"

更奇怪的是，她还觉得又困又累，好像怎么都睡不醒的样子。

陆遇止轻笑一声，刚想说什么，门突然被人轻轻敲了几下，接着传来叶母的声音："准备好了就下去吧，早餐都凉了。"

两人对视一眼，倏地笑开。

一室静好，倒映在他们温柔的眼神里。

吃过早餐后，两人便出门了，不过都不知道去哪里，只是开着车，漫无目的地闲逛。

其实去哪里又有什么关系，只要陪在身边的是那个人，去往何处都犹置天堂。

车子开出市郊，风景就渐渐变了，市中心的树始终灰蒙蒙，可此处却分明不同，多了一丝自然和野性，肆意地迎风舒展笔挺的身姿。

叶微澜远远就闻到了一股独属于海的气息，她抬眸望去，在右前方，一片蓝得无边无垠的海仿佛从天际蔓延而来，银白色的海浪一波波地涌上海岸，晶莹剔透——它们把阳光藏在了身体里。

"好美！"

"是吗？"陆遇止转过头，眼底映着那张娇俏妩媚的脸，他心想，这世间最美的景色，已被我珍藏在眼底。

海风轻柔，带着一股淡淡的腥咸，叶微澜赤脚走在沙滩上，脚下的沙子柔软又纤细，和踩在棉花上一样。

"陆遇止！"不知道发现了什么，她忽然很激动地挥动着手，大声喊，"有螃蟹！"

叶微澜想用手去碰这被海浪遗弃在沙滩上的可怜小东西，可又怕它咬自己，神情紧张极了："你快过来啊！"

陆遇止本来正和人讲着电话，听见她喊自己，低声和那边的人说："你先看着处理，如果没有什么事的话，下午不要打扰我。"

挂断电话，他想了想，又按了关机键。

赶到的时候，叶微澜抬起头看他，阳光在她眼底点点滴滴散开，熠熠生光："你怎么这么慢，它都钻进沙子里了！"

带着点儿撒娇又埋怨的意味，可她偏偏不自觉，他视线一垂，瞥见她太低的领口处，露出一片明晃晃的白皙。

"没事，"他蹲下来，随手捡起一根小木棍，"躲哪里去了，我把它挖出来。"

"幼稚。"叶微澜扳回一局，笑得眼睛都弯起来，借着他的手起身，"我有点儿渴了，想喝水。"其实还有点儿饿，明明他们是吃过午饭才出来的。

陆遇止拿出一瓶矿泉水，拧开了瓶盖才递过去："慢点儿喝，别呛着了。"

这个时候虽然是夏末，但郊外的阳光还是有点儿猛，晒得叶微澜双颊红红的，像熟透了的苹果。她喝了大半瓶水，又听他笑了一下："又没人跟你抢。"

他接过那瓶水，仰头把剩下的全部喝完。

叶微澜目不转睛地看着男人湿润而泛着水光的唇，上前一步揪住他的袖子，他洞悉她的意图，却装作什么都不知道连连后退，最后背靠在车门上，挑眉问："你做什么？"

"你不知道？"她一手抵在他身侧，眼里都是笑意，表情却很严肃，"这是网上流传的很有名的壁咚。"

壁咚？陆遇止凝眉看她，似乎不太明白这个词的意思。

"什么意思？"

"试试不就知道了？"

长长的一段时间后，他们靠在彼此肩上喘息，心跳早已不分你我。

海岸线一次次地前进后退，海面上一只不知名的海鸟向下俯冲，叼起一只银色小鱼，拍着翅膀远去。

苍茫的天和地，和他们一样，都有着鲜活的呼吸。

一个月后，陆宝珠被以故意杀人罪、故意伤人罪和非法洗钱罪起诉。

接到法院传单的那一刻，她却空前的平静，连目光都如死水一般。

"现在你满意了？"

站在窗前吸烟的男人闻言慢慢转过身，深陷的双眼写满了疲惫，看着她不发一语。

良久，他才叹一口气："你这又是何必。"

"你恨我吗？"陆宝珠平静地问。

恨吗？张敏行也在心里问自己，心本如明镜，可却照不出他最真实的想法。

这世间很多东西是无法用爱恨去衡量的，爱恨本无边界，就连白天和黑夜，也会有相交的一刻。

"叶微澜是你和孟素心的女儿。"

"我知道。"

陆宝珠很是惊讶："你知道？"

他不语，又吸了一口烟，在白色烟雾后，冷眼看她。

"可惜啊，你们这辈子不可能相认了。"她知道他的软肋。

"陆宝珠，我们离婚吧。"

"你说什么？"陆宝珠不敢置信，连声音都颤抖着，"你舍得吗？"她想到什么，突然朝他扑过去，"你！你……"

张敏行替她说完剩下的话："我辞去职务了。"虽然过程百般艰难，但他对那个人人羡慕的位置早已全无兴趣，他本是不爱慕名利权势之人。

"你想和她相认？"这是陆宝珠唯一能想到的原因。

张敏行看着她，双唇紧抿。叫他如何回答一个连自己都不知道答案的问题？

她现在已经足够幸福了，不是吗？

法院判决下来的那一天，张敏行收拾好简单行李，独自南下，再无讯息。

当晚叶微澜很早就睡下了，一夜无梦到天明。

鼻间闻到一股清新的芬芳，她疑惑地睁开眼，看见床的另一侧铺满了玫瑰，目光一偏，一身正装的男人正安静地跪在晨光里。

他正对她微微笑着，眉目舒展。

"叶小姐，给你三个选项。

"第一，嫁给我。

"第二，我娶你。"

叶微澜抿唇不说话，不点头也不摇头。

"第三，我们结婚。"他轻轻打开手里的黑色盒子，一枚粉色钻戒出现在她眼前，"不能贪心，只能选一个。"

叶微澜轻笑点头："我愿意。"

陆遇止起身，松了一口气的样子，将戒指推入微澜的右手无名指，低头亲了亲她的手背，声音低哑："陆太太，这辈子，我要一直一直和你在一起。"

叶微澜搂住他的脖子，吻上他的唇……

床动花影摇。

许久后，叶微澜微喘着问："为什么是一千一百一十三朵玫瑰？"

男人目光灼然："因为最美的那朵已经在我怀里。"

人世孤独，只想和你一生一世。

玫瑰纷纷落地，微澜恍惚地想，应该什么时候告诉他陆家小宝贝已经在她肚子里了呢？

有一天，时光会褪色。

然而，他说，我要一直一直和你在一起。

这句话，她的耳朵记得。

这个男人。

她会一生都记得。

掌心上的幸福

桌上，几株白鹤芋斜斜地交织着黄昏，晚霞在天边燃烧，灼灼的红色，轰轰烈烈洒向人间。

"好，现在新郎可以亲吻新娘了。"

随着主持人话声一落，婚礼来到了高潮部分，只见新娘白皙娇颜上缓缓铺开一层浅粉，英俊的新郎执起她的手，送到唇边轻轻一吻。

掌心吻，你是我此生唯一的深情。

"不够不够不够！"余小多喊得嗓子都哑了，"我们要看新郎 Kiss 新娘！"

众人用热烈掌声附和。

新郎从善如流，长长的热吻后，他搂着怀里的新娘，眸底满是温柔的笑意："够了吗？"

"不够不够！我们还要看新娘 Kiss 新郎！"连伴娘团都开始造反了。

新娘子大概没当众秀过恩爱，当即羞得连耳根子都红了，陆遇止刚想提醒她们收敛些，没想到唇上突然一热，她已踮着脚亲了上来……

空气里弥漫开馥郁的甜蜜气息。

叶父叶母站在不远处，看着这一幕，彼此的眼里都有着满满的欣慰。

时隔三年后，余小多终于抢到了新娘捧花，高兴得合不拢嘴。叶子若挽着未婚夫的手从她身边走过，惊讶地问："小多，你好像还没有男朋友吧？"

凌空一把刀插入胸口，有一种不期然又意料之中的疼痛，余小多嘟着嘴："子若姐，你真是太讨厌了！"

叶子若哈哈大笑，摸摸她的头："不逗你玩了。喜欢什么类型的，姐姐介绍一个给你。"

"我不挑的啊，"余小多低下头，小声说，"只要他对我好就行了。"

一开始的时候，我也会幻想他是个白马王子啊，总有一天他会跨越千山万水来娶我，可时光渐渐教会我，童话不一定是骗人的，就像微澜遇见了她的陆先生，然而，这世间不是所有人都拥有这份幸运。

我已蹉跎不起那么多光阴，去赌一场没有结果的等待。

我只求一个温暖怀抱，冷时可偎；我只求一个宽厚肩膀，无助时可靠；我只求一人，余生可共度。

婚宴在六点准时开始。

陆遇止又一次细细嘱咐了伴娘团绝对不能让新娘沾半点儿酒后，环视了一圈也没有看到那个身影，心里轻叹了一声。

这么重要的日子，他还是不来吗？

这丝怅然也很快被喜庆的气氛冲淡，陆遇止不由得多喝了几杯，回到叶微澜身边时，人已微醺。

"怎么了？"他凝视着娇妻，眼角眉梢都是笑意。

"陆遇止，"叶微澜深吸了一口气，才恢复了些许冷静，她捏着一个首饰盒，声音轻轻颤抖着，"我刚刚看见姑丈了。"

陆遇止心一紧，下意识看向周围，只是那人早已没了影，他握住叶微澜的手，抑制住翻天覆地的心绪："是吗，他现在在哪儿？"

突然间又有一种松了一口气的感觉。他终于还是来了吗？

叶微澜却全然没有听见他的话似的，双眸安安静静地看着他："他跟我说了一句很奇怪的话。"

她本是极盛的容貌，一身红装，乌发如瀑，盈盈的泪从眼角流出来，楚楚可怜又倔强的模样，看得陆遇止心都快要碎了。他握住她的手，柔声问："他说了什么？"

他说：素素，爸爸愿你一生顺遂，平安喜乐。

"陆遇止，他说他是我爸爸。"

陆遇止用力将她抱住，低低地"嗯"了一声。

"你听到了吗？"叶微澜轻轻揪住他的袖子，那欢喜的泪又流下来，"我找到我爸爸了。"

原来，孟行素的"行"，就是张敏行的"行"。

陆遇止的手抱得更紧了。

其实这件事他也刚知道不久，张敏行南下那天是他去送的，离别之际，这个一路沉默的男人郑重请求他一定要好好照顾叶微澜，那时陆遇止已看出些许端倪，后来再细想一番便推测了出来。

毕竟能让向来眼高于顶的陆宝珠这般痴恋疯狂的，这世间除了他张敏行，不可能再有第二人。

可父女间错过的光阴，又如何能轻易拾得起来？

一个月前，陆遇止特意打电话给张敏行告知婚期，隐约表达了邀请他前来参加婚礼的意思，没有得到确定回复。

但他还是来了，以一个父亲的身份，给了他的女儿另一份完整的幸福。

洞房花烛夜，几乎是陆遇止一生中最漫长的一夜，他听着怀里的人均匀的呼吸声，心一颤一颤的，久久无法平静。

不想睡，他舍不得，不敢睡，只怕那只是一个梦。终于等到清晨天光初现。

叶微澜还在睡着，红唇艳艳，他亲了一遍又一遍，终于将她唤醒。

"早。"

男人却急切握住她的手腕："你昨晚说的是真的？"

叶微澜轻轻打了个呵欠，将他的手放到自己的小腹处："你不会因为这个一夜都没有睡吧？"

"我家孩子真的在里面？"他的眼眶都微微红了。

叶微澜揉了揉他的短发："傻了啊你，我都说了几遍了……"

"老婆，谢谢你让我成为这个世界上最幸福的男人。"

我也要谢谢你，谢谢你是你，始终都是你。

叶微澜怀孕三个月后，口味变得很挑，尤其喜欢吃辣。

饭桌上，那红通通的辣椒，看得向来嗜辣的陆遇止都有些发慌，可叶微澜却吃得津津有味。

俗话说，酸儿辣女。叶母很肯定地认为女儿肚子里的一定是小公主，于是全家上下开始准备女婴用品，粉红色的奶瓶、粉红色的小衣服、粉红色的小鞋子……

万事俱备，只等着小公主出生了，这时国外某个知名妇产科医生来中国开讲座，他最颠覆国人认知的学术观点便是：没有任何一种孕妇症状可以预测胎儿性别。

叶父叶母觉得这外来的洋医生不靠谱，一看见粉色的小东西还是忍不住买买买，更是恨不得全都搬回来。

日子一天天地过，全家人都在等着小公主的到来。

终于，平安夜这天，叶微澜顺产下一个七斤八两的宝宝，黑发浓密，声音嘹亮，两腿间还带着小把把。

众人："……"

当视觉观感慢慢形成，陆小宝看到的世界是这个样子的：粉色，粉红色……连他吐出来的口水泡泡都是粉红色的——外公从国外寄过来的奶粉是草莓味的。

妈妈，这个世界好可怕啊！

怀孕时宝宝没怎么折腾，产后叶微澜的身体也恢复得很好，陆遇止每天都早早回家陪着母子俩，晚上夫妻俩更是蜜里调油，难舍难分。

恰巧的是，国内开放了二胎政策。

于是，在陆先生的不懈努力下，在陆小宝小嘴巴里长了一排整齐的小米粒时，叶微澜又顺利怀上了二胎。

番外二

陆小宝手记

我叫陆小宝，大名陆霁，听说是我出生那天下了一夜的雪，天色放明时一片晴好，便得大外公取名单字"霁"，连我的小外公都说这名字寓意很好哦！

我为什么会有两个外公呢？太简单了，因为我妈妈有两个爸爸呀！好吧，虽然我也不知道她为什么会有两个爸爸，大人的世界太复杂了，有好多东西我都不懂，比如——

有一天我问爸爸："为什么妈妈的肚子这么大？"

你们猜猜我爸爸是怎么糊弄我的？

他竟然说，因为我妈妈的肚子里有小妹妹了！

听听，这怎么可能呢？妹妹不用呼吸吗？妹妹不用喝奶奶吗？我抱着奶瓶开始了很严肃的思考——这些我是不敢去问爸爸的，因为他看起来好没有耐心的样子，他的全部心思都放在妈妈身上了。

我没有见过比妈妈更好看的人了，她像童话里的仙女一样漂亮，而且很温柔，她的身体好香好软，我最喜欢抱着她，听她讲故事了。可是，这天晚上我才刚刚躺下，爸爸就把我拎起来了，他说怕我睡在妈妈旁边会压着她肚里的小宝宝。

我嘟着嘴看了妈妈一眼，她就跟爸爸说："没关系的，宝宝睡觉很乖。"

妈妈最好了！我在心里开心地哼哼。

可是我太小看我爸爸了，他摸摸妈妈的头发，低声说："听话。"

妈妈就亲了我一口："宝宝最乖了，听你爸爸的话，好不好？"

连妈妈都这么说了，我还能有什么办法呢？

当我抱着小枕头准备回自己房间睡觉时，我看见爸爸在妈妈的旁边躺下了，他的手还抱着妈妈！你们评评理，爸爸比我高、比我大、比我重，他怎么就不怕压着小宝宝呢？

我好委屈啊！

可是，一会儿后我就又很开心了，因为爸爸也被妈妈赶出来了，我还听见妈妈骂他"无齿"，虽然我一直都搞不懂"无齿"是什么意思，明明我爸爸有一口又白又整齐的牙齿啊！

那天晚上爸爸是和我一起睡的，我们穿着一模一样的睡衣躺在床上，他说："陆小宝，闭上眼睛，睡觉。"

可我看到他一直在偷偷笑，明明都没有一点儿要睡觉的意思，于是我缠着他给我讲《三只小猪》的故事。

爸爸的声音也很好听，我越听越觉得故事好有趣，可他才刚刚讲到第二只小猪就渐渐没了声音，我好着急啊，他还没给我穿尿不湿呢！

那天晚上我做了一个好美好美的梦，我梦见自己来到一个森林，地上铺满了像金子一样的阳光，一个胖乎乎的小娃娃从树上跳下来，她说她是我的小猪妹妹。我们手拉着手蹦蹦跳跳，在溪水里快乐地玩耍……

"陆、小、宝！"

咦，我怎么好像听到了爸爸咬牙切齿的声音，难道他也跑到我的梦里来了？

我慢慢睁开眼睛。

天啊！

爸爸板着脸的样子看起来好凶哦！咦，他的睡衣怎么湿答答的？难道……我往下一看，我的小裤裤呢？

爸爸脸色不好看可以理解，可我也难为情呀！

人家还是第一次尿床呢！身为大人，就不懂得帮忙维护一下小男子汉的小小自尊心吗？

中午的时候，我偷偷跟妈妈告状了，因为爸爸早上还打了几下我的小屁股，虽然一点儿都不疼，可谁叫他没有保守秘密，让外公外婆们知道我尿床这件糗事了呢？

妈妈跟我保证她会和爸爸好好谈谈。

这一谈就是一个多小时，妈妈还没从卧室里出来，我有点儿担心，万一爸爸也欺负她了怎么办？

我刚把门推开一条细缝，爸爸就看了过来，他的手抵在唇边做了一个"嘘"的动作。

我知道，妈妈又在睡觉了。自从肚子里有了妹妹，她总是很喜欢睡觉，像小猪猪似的。

不过，说好的替我讨回公道呢？

晚上我又梦见了小猪妹妹，她很开心地说马上就要和我见面了，我们一起快乐地唱歌跳舞。

第二天早上醒来，我怎么也找不到爸爸妈妈了，外婆告诉我，妈妈到医院去生宝宝了。

小猪妹妹果然没有骗人，我高兴得快要飞起来了！

当看到妹妹的那一刻，我"哇"的一声就哭了出来。

这皮肤皱皱、鼻子红红，连眼睛都没睁开的小娃娃就是我的妹妹？她好丑啊，明明就是只小猴子！

可爸爸的心情好像很好，他揉揉我的头，声音温柔极了："你刚出生那时，和妹妹也差不多。"

胡说八道！

子若阿姨说我遗传了妈妈的美貌，长大后一定是个倾倒众生的大帅哥，我这还没长大呢，就有很多叔叔阿姨想找我去拍广告了。

我抹掉眼泪，很严肃地跟爸爸说："我才不像妹妹这么丑！"

可他好像太高兴了，根本没听见我的话。

我难过了好几天。

更难过的是，连小猪妹妹也不来梦里找我玩儿了。

我伤心地去找妈妈想寻求安慰，她正喂妹妹喝奶，爸爸也站在一边看着，我从来没有看过他露出那么温柔的眼神。

我爬到床上。

啊！这个粉嘟嘟的小娃娃是谁？她的眼睛好漂亮，我摸了一把，她的脸颊好软哦！看，她还对着我笑呢！

我忍不住也笑起来，可突然又觉得有点儿失落，我拉着妈妈的手："妈妈，虽然这个小娃娃很可爱，可我还是想要原来的妹妹。"虽然她有点儿丑丑的。

妈妈和爸爸一起笑出来。

"宝贝儿，她就是你妹妹啊！"

我不信！

直到有一天我发现妹妹和我越长越像，我才知道妈妈没有骗我。

我最喜欢看妹妹喝奶了，她的小肚子会和青蛙一样一鼓一鼓的，我摸一下，她还会"咯咯"地笑，用她柔软的小手拍我的脸。

她的手短短的，手指上还有像小酒窝一样圆圆的小坑坑。

对了，妹妹的小名叫牙牙，是我取的哦！因为她笑起来的时候和妈妈一样，眼睛都会微微眯起来，像弯弯的月牙儿，好看极了。

妹妹满月那天，家里来了好多人，大家都说她长大以后一定是个美人，我心里可自豪了，我才不会告诉他们她以前的时候像小猴子一样丑丑的呢！可妹妹好像有点儿不领情，她趴在妈妈怀里，懒懒地睡大觉。

我越来越喜欢我的牙牙妹妹了！

这天妈妈去参加小多阿姨的婚礼，爸爸没有去，因为他要在家带我和妹妹，我看得出他有些心不在焉，因为晚上的饭菜都没什么味道，他大概忘了放盐。

睡觉的时候，我和妹妹一左一右躺在爸爸旁边，哄睡了我们后，其实我没有睡，他就拿出手机打给妈妈了。

我听到他在跟妈妈撒娇，他一共叫了十五遍老婆，说了十次我想你，七次我好想你，三次我好想好想你……天啊，我的手指和脚趾加起来都不够数了！

我记得爸爸明明说过，男子汉是不可以太黏妈妈的。我就不懂了，男子汉就可以这么黏自己的老婆吗？

第二天妈妈还是没有回来，爸爸在书房开视频会议，我和妹妹坐在旁边的地板上吃糖。

我吃了十五颗，妹妹只吃了六颗。

第三天，谢天谢地妈妈终于回来了！

那天晚上，我挨罚了。

因为爸爸在公司开会的时候，当着很多叔叔阿姨的面，从他的公文包里抽出了一大堆花花绿绿的糖果纸……